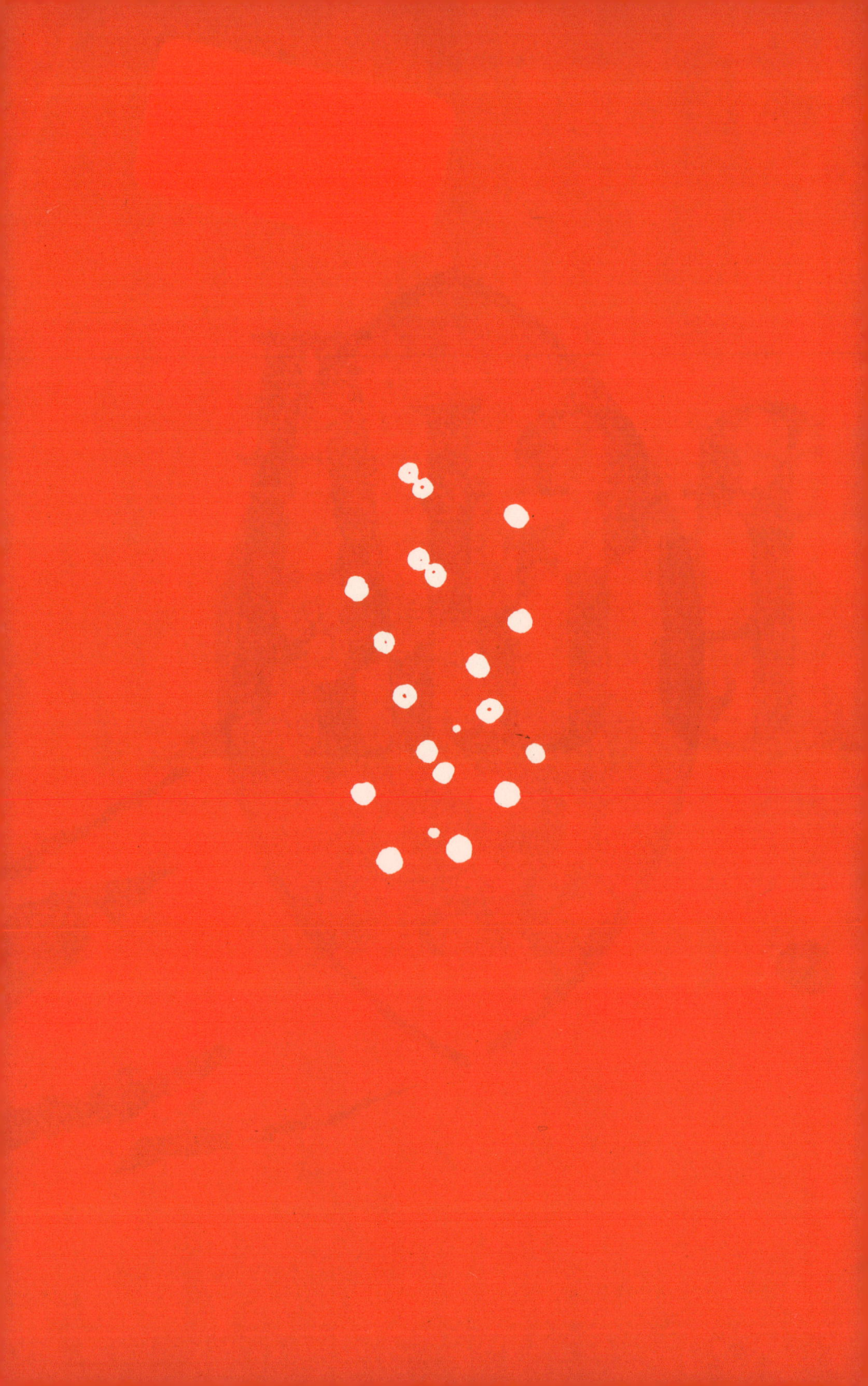

DADOS INTERNACIONAIS DE
CATALOGAÇÃO NA PUBLICAÇÃO (CIP)
Angélica Ilacqua CRB-8/7057

Antologia macabra / Clive Barker,...[et al]
organização de Hans-Åke Lilja ; ilustrações de Odilon
Redon ; tradução de Paulo Raviere. — São Paulo :
DarkSide Books, 2019.
242 p.

ISBN: 978-85-9454-004-1
Título original: Shining in the Dark

1. Contos de terror - Antologias 2. Histórias de fantasmas
I. Barker, Clive II. Lilja, Hans-Åke III. Redon, Odilon
IV. Raviere, Paulo

19-2842   CDD 808.83

Índices para catálogo sistemático:
1. Contos de terror : antologias

Ilustrações de Odilon Redon
Uma cortesia da National Gallery of Art

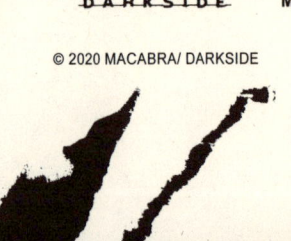

ANTOLOGIA MACABRA
SHINING IN THE DARK
Copyright © 2017 by Hans-Åke Lilja
Tradução para a língua portuguesa
© Paulo Raviere, 2020
© Marcia Heloisa, 2017 ("O coração delator")

A produção deste objeto sagrado e profano, originário das folhas da árvore da vida e da seiva do saber, transbordam o ímpeto da busca pela palavra perdida. Alimentaremos inúmeras famílias com a sabedoria suprema desta safra. A co-existência com o sobrenatural e o sangue de cada escolhido inspirou o nascimento de um novo rebanho.

Fazenda Macabra
Reverendo Menezes
Pastora Moritz
Coveiro Assis
Caseiro Moraes

Leitura Sagrada
Felipe Pontes
Isadora Torres
Rayssa Galvão
Tinhoso e Ventura

Direção de Arte
Macabra

Impressão
Gráfica Geográfica

Colaboradores
Irmão Dorigatti
Irmão Chaves
Irmã Martins
A toda Família DarkSide

Todos os direitos desta edição reservados à
DarkSide® Entretenimento Ltda. • darksidebooks.com
Macabra™ Filmes Ltda. • macabra.tv

© 2020 MACABRA/ DARKSIDE

ORGANIZAÇÃO
HANS-ÅKE LILJA

ANTOLOGIA
MACABRA

DARKSIDE

Tradução
PAULO RAVIERE

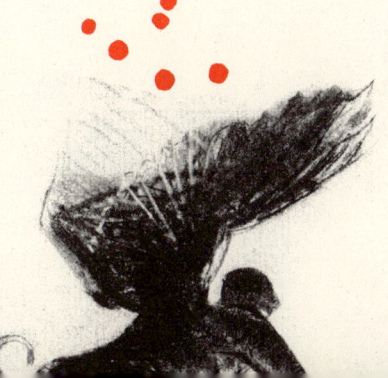

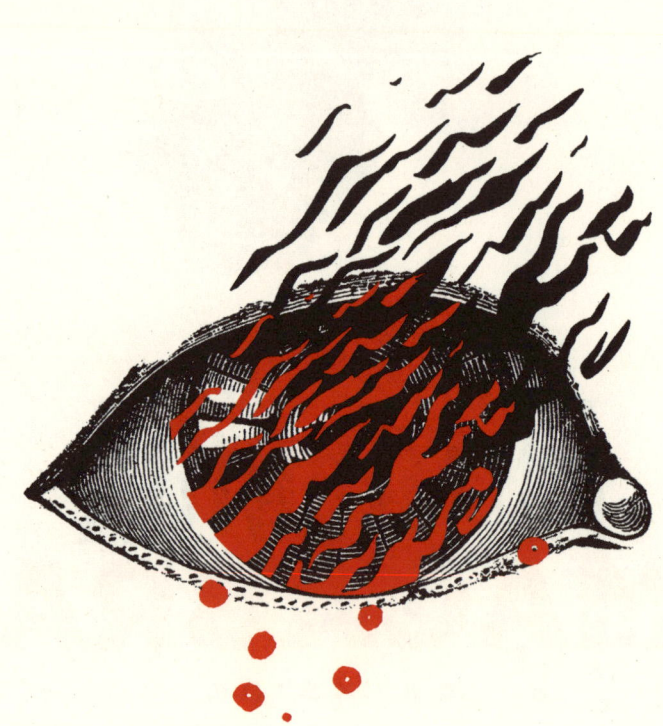

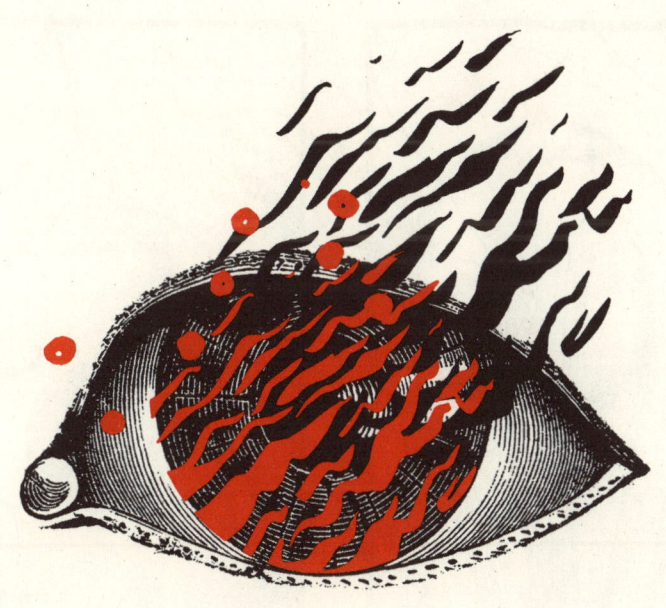

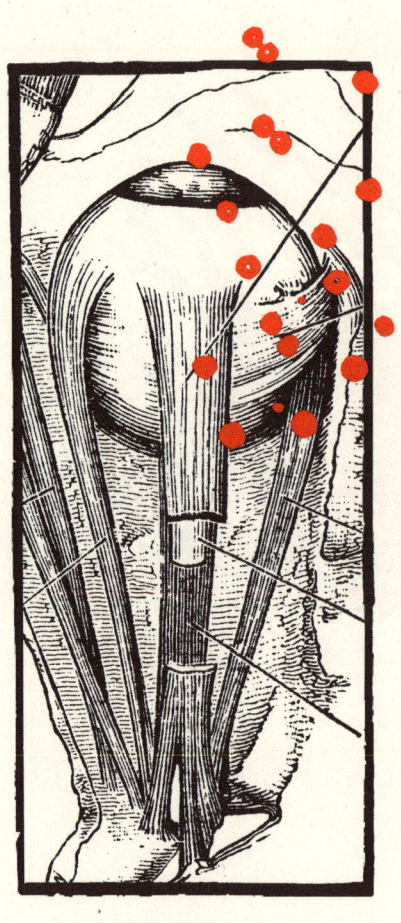 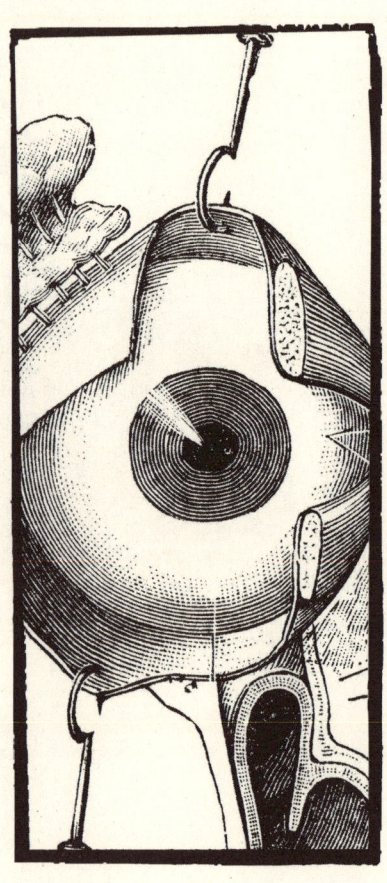

ORGANIZAÇÃO
HANS-ÅKE LILJA

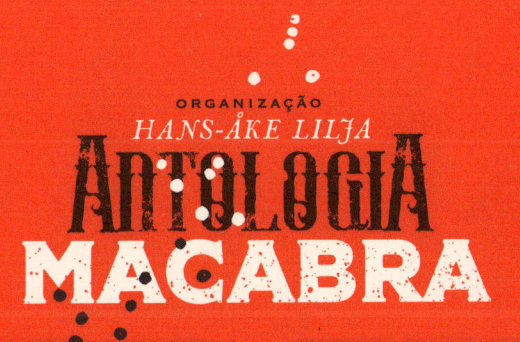

Antologia Macabra

Introdução

01. STEPHEN KING
O COMPRESSOR DE AR AZUL:
UM CONTO DE HORROR

02. JACK KETCHUM
P.D. CACEK
A REDE

03. STEWART O'NAN
O ROMANCE DO HOLOCAUSTO

04. BEV VINCENT
AELIANA

05. CLIVE BARKER
PIDGIN E THERESA

06. BRIAN KEENE
O FIM DE TUDO

07. RICHARD CHIZMAR
A DANÇA DO CEMITÉRIO

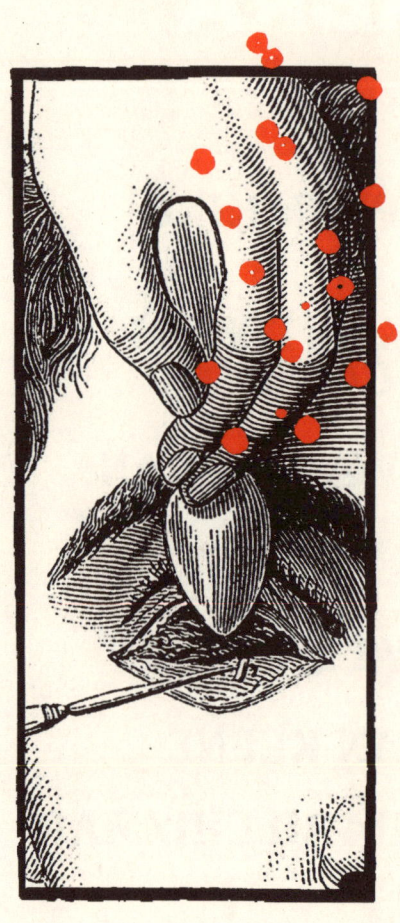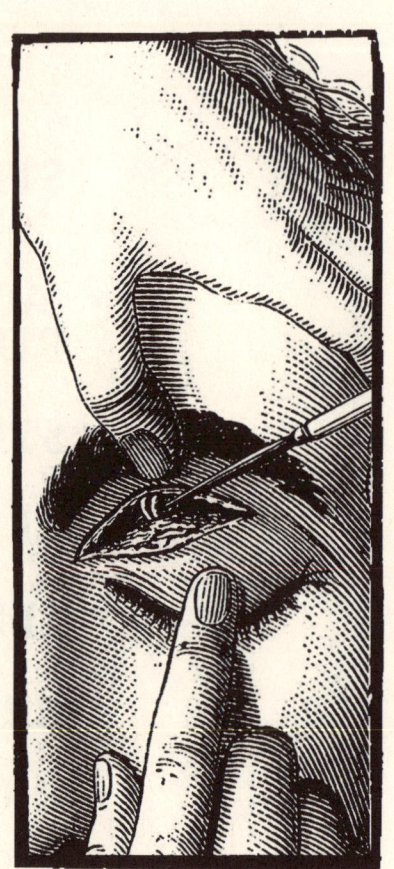

ORGANIZAÇÃO
HANS-ÅKE LILJA
Antologia Macabra

08. KEVIN QUIGLEY
ATRAÍDOS PARA O FOGO

09. RAMSEY CAMPBELL
O ACOMPANHANTE

10. EDGAR ALLAN POE
O CORAÇÃO DELATOR

11. BRIAN JAMES FREEMAN
AMOR DE MÃE

12. JOHN AJVIDE LINDQVIST
O COMPANHEIRO DO GUARDIÃO

Traduzido do sueco para inglês por Marlaine Delargy

AGRADECIMENTOS

Para todos os leitores do Lilja's Library. *Esse livro não seria possível sem vocês!*

E para Stephen King. Estou pronto para mais vinte anos, e você?

INTRODUÇÃO *por*
HANS-AKE LILJA

UMA CELEBRAÇÃO AOS VINTE ANOS DO LILJA'S LIBRARY

Vinte anos. Mas que beleza. Vinte anos! É um bom tempo. O que você fez nos últimos vinte anos? Eu me casei, tive duas lindas crianças, já me mudei três vezes. E, o mais importante (pelo menos para este livro): mantive o site *Lilja's Library — The World of Stephen King* [A Biblioteca de Lilja — O Mundo de Stephen King]. Não consegui fazer atualizações diárias no site durante todos os vinte anos, mas fiz meu melhor para manter os leitores atualizados sobre tudo o que acontecia no Reino de Steve, o *Steve's Kingdom*. E posso dizer que, enquanto admirador do mestre King, fiz um trabalho cuidadoso para fãs como eu.

Então, quando faltava pouco menos de um ano para o aniversário de vinte anos do site, comecei a achar que precisava de algo a mais na comemoração. Não podia deixar a data passar batida. Cheguei até a conversar com Brian Freeman, da editora Cemetery Dance, e acho até que foi ele quem veio com a ideia: "Que tal fazermos uma antologia para essa comemoração?". *Ora, por que não?*, pensei. Mas, para essa ideia dar certo, eu precisaria de uma autorização para publicar um conto de Stephen King. Não faria o menor sentido produzir um livro para celebrar o aniversário de vinte anos de um site dedicado a Stephen King sem incluir um conto do próprio mestre, não acham? Seria loucura.

Então fui atrás da autorização para incluir um conto dele na antologia, e, em meados de julho, consegui sinal verde para usar "O compressor de ar azul", um conto que King não publicara em nenhum de seus livros. Acho que vocês conseguem imaginar minha alegria. Se não conseguirem, pelo menos saibam que teve muitos pulos, gritos e gargalhadas histéricas. Com o conto em mãos, pude começar a montar o resto da antologia — o que achei que seria muito fácil, depois de tudo o que fiz para conseguir autorização para publicar "O compressor de ar azul". Cara, ledo engano. Não me levem a mal, amei cada momento, mas foi uma experiência completamente nova, e agradeço a sorte de ter tido ajuda de Brian Freeman. Eu não fazia ideia de como funcionava o pagamento de algo do tipo; não sabia redigir os contratos dos escritores... Para falar a verdade, eu não tinha ideia de como fazer quase nada, mas consegui — e, como disse, gostei de cada momento.

Também tive a chance de conversar com alguns dos maiores escritores da atualidade. Inclusive, pude conversar diretamente com a maioria dos treze (um número ótimo, não acham?) publicados nesta antologia, além de alguns outros que não apareceram aqui. Demorei bastante para conseguir entrar em contato com alguns (não basta apenas pesquisar o nome das pessoas no Google, atrás de um e-mail ou um número de telefone), e outros me responderam apenas algumas horas depois que enviei o primeiro e-mail. Todos os que se comprometeram a participar deste livro colaboraram com um conto, alguns já publicados, outros inéditos (ah, como é gostoso ser o primeiro a ler um conto novinho em folha). Seis dos doze contos (você não leu errado: um dos contos é uma parceria, então temos treze autores e doze contos) ainda não tinham sido publicados antes deste livro. Alguns deles, inclusive, foram escritos justamente para esta antologia. E a maior parte dos outros seis só tinha sido publicada em revistas; ou seja: são grandes as chances de vocês estarem lendo a maioria dos contos desta antologia pela primeira vez, o que me deixa muito empolgado.

Uma dessas histórias ("A companhia do guardião", de John Ajvide Lindqvist) foi escrita originalmente em minha língua nativa, o sueco. O conto foi traduzido para o inglês por Marlaine Delargy, e depois ainda tive que resolver alguns detalhes dessa nova versão diretamente com John, o que foi muito maneiro. Nunca tinha nem sonhado que daria conselhos para o cara que eu considero o melhor escritor de terror da Suécia.

O conto mais antigo deste livro é de Edgar Allan Poe; "O coração delator" foi escrito em 1843, há mais de 170 anos. A história mais recente é "Um fim a todas as coisas", de Brian Keene, e foi terminada em meados de abril de 2016. Esta antologia reúne o medo e o horror de treze autores, alguns que conheço há mais de vinte anos, e outros que acabei de descobrir. Algumas histórias aqui são de puro terror, e outras vão causar bastante desconforto. Alguns desses contos darão muito o que pensar, alguns vão arrancar lágrimas dos seus olhos, e outros vão resultar em alguns sorrisos. Espero que você se divirta muito com todas as histórias aqui e que ame cada uma pelo que é, assim como eu as amo. Quando terminar de ler o livro... bem, não se esqueça de dar boa-noite a seus bichinhos de estimação. Nunca se sabe quando você vai vê-los de novo...

HANS-ÅKE LILJA é editor do site *Lilja's Library*, dedicado ao universo do mestre do terror Stephen King. Esta coletânea celebra os vinte anos do espaço. Saiba mais em liljas-library.com.

Do topo da colina — e através dos olhos de cada um deles — contemplaremos a fúria e a beleza das palavras. A combinação mordaz da verve e dos sentidos ecoará entre o fogo e renascerá das cinzas para desvelar um novo amanhecer. Salve a beleza macabra do Horror.

UM CONTO MACABRO *por*
STEPHEN KING

O COMPRESSOR DE AR AZUL

Era uma casa alta, com um telhado impressionante, todo de telhas planas. Seguindo pela estradinha costeira até a entrada do terreno, Gerald Nately pensava em como aquela casa era quase um país, um microcosmo geográfico. O telhado subia e descia, formando diversos ângulos acima da construção principal e das duas alas laterais, estranhamente inclinadas. Um mirante no topo da casa, coberto com uma cúpula em formato de cogumelo, tinha bela vista para o mar; e a sacada fechada, grande como um bonde, que se estendia ao longo da entrada da frente, dava para a paisagem de dunas pontilhadas com a vegetação opaca de setembro. O telhado duplo e muito inclinado dava a impressão de que a casa erguia as sobrancelhas, surpresa, e emprestava um ar de imponência à construção, que pairava sobre ele — uma casa que mais parecia um avô evangélico.

Foi até a varanda e, depois de hesitar por um instante, cruzou a entrada de tela e andou até a porta principal, encimada por um arco de vitral.

Na varanda havia apenas uma poltrona de vime, um balanço enferrujado e um cesto de tricô velho e abandonado. Aranhas tinham estabelecido suas teias de seda na sombra dos cantos do teto. Ele bateu à porta.

A resposta foi apenas silêncio, mas era um silêncio cheio de vida. Estava prestes a bater outra vez quando ouviu o chiado alto de alguma cadeira se arrastando. Era um som cansado. Silêncio. Então ouviu o barulho lento e horrivelmente arrastado de pés velhos e sobrecarregados avançando para a porta. Uma bengala marcava o contraponto: tap... tap... tap...

O chão de madeira estalava e rangia. Uma sombra enorme surgiu no vitral, a forma irreconhecível no borrão do vidro jateado. Ouviu o som interminável de dedos trabalhando para desvendar o enigma de corrente, ferrolho e cadeado. A porta se abriu. "Olá", cumprimentou uma voz anasalada, sem qualquer emoção. "Você é o sr. Nately. Você que alugou o chalé. O que era do meu marido."

"Isso mesmo", respondeu Gerald, a língua inchando na garganta. "E a senhora é..."

"Sou a sra. Leighton", retrucou a voz anasalada, parecendo satisfeita com a rapidez da chegada de Gerald ou talvez com o som do próprio nome, embora nada disso fosse muito especial. E repetiu: "Sou a sra. Leighton".

• • •

> porra que mulher enorme e velha pra caralho parece uma jesus olha esse vestido estampado ela deve ter uns sessenta anos e como é gorda meu deus ela é gorda como uma porca e que cheiro é esse de sebo nesse cabelo branco enorme as pernas parecem uns troncos de árvore morta não tinha aquele filme do tanque ela podia ser um tanque podia me matar e essa voz esquisita nem parece dela e lembra gaita meu deus e se eu rir eu não posso dar risada ela deve ter uns setenta anos nossa como é que ela consegue andar com essa bengala a mão dela é maior que o meu pé a mulher é uma porra de um tanque pode arregaçar até carvalho carvalho meu deus.

⁂

"Você é escritor." Ela não o convidou para entrar.

"Estou sempre com a pena a postos", retrucou, rindo para disfarçar a pena que sentiu de si mesmo depois daquela resposta ridícula.

"Pode me mostrar alguns textos depois que se acomodar?", perguntou a mulher. Seus olhos pareciam cheios de um brilho e um desejo eternos. Não tinham sido afetados pela idade, que reinava sem controle pelo resto do

⁂

pera escreve isso

imagem: "a idade reinava sem controle naquele banquete corpulento: ela parecia uma porca selvagem solta numa mansão imaculada, cagando nos tapetes e se batendo na cristaleira, acabando com as taças de vinho e os cálices de cristal, pisoteando os divãs cor de uva até mola e estofamento saltarem por aí sem padrão nem sentido, sujando o chão lustroso como espelho do salão de entrada com pegadas de cascos bárbaros e jatos de mijo"

beleza já temos a mulher virou uma história já estou sentindo o resto do

⁂

corpo, deixando a carne mole e inchada.

"Se você quiser. Não consegui ver o chalé lá da estrada, sra. Leighton. Pode me dizer onde..."

"Você veio de carro?"

"Sim. Estacionei bem ali." Ele apontou para a estrada atrás das dunas.

Os lábios dela se abriram num sorriso estranhamente unidimensional. "Então foi isso. Vindo pela estrada, só dá para ver um vislumbre do chalé da estrada. Só dá para ver se vier andando." Ela apontou para um ponto escondido a oeste, longe das dunas e da casa. "Ali. Bem no topo daquele morro."

"Ótimo." Ele ficou ali, parado, sorrindo. Não fazia ideia de como terminar aquela conversa.

"Quer entrar e tomar um café? Ou uma Coca-Cola?"

"Sim", respondeu, prontamente.

A mulher pareceu um tanto abalada com o aceite instantâneo. Ele tinha sido amigo de seu marido, afinal, não dela. Seu rosto assomou sobre Gerald, grande e branco como uma lua, com uma expressão distante e indecisa. Até que ela o conduziu para dentro daquela casa idosa que o esperava.

A mulher tomou chá. Gerald tomou Coca. Parecia que milhões de olhos o observavam. Gerald se sentiu como um gatuno, roubando qualquer ficção oculta que pudesse criar a partir dela, explorando escondido, munido apenas de seu carisma juvenil e de uma lanterna psíquica.

• • •

Meu nome é Steve King, claro, e você vai ter que me desculpar pela intrusão na sua mente — ao menos é o que espero. Poderia me justificar dizendo que tenho a permissão de espiar por trás da cortina acordada entre leitor e autor, já que sou eu quem está escrevendo. Ou seja: como a merda da história é minha, tenho o direito de fazer o que quiser com ela. Mas, como esse argumento exclui completamente o leitor, não é válido. A *regra número um* de todos os escritores é que quem conta a história não vale o cocô do cavalo do bandido em comparação com quem a ouve. Mas vamos deixar esse assunto para lá. Estou me intrometendo na história pela mesma razão que o Papa resolve ir ao banheiro cagar: a necessidade.

Você precisa saber que Gerald Nately nunca foi levado à forca, que seu crime não foi sequer descoberto. Mas, mesmo assim, ele pagou pelo que fez. Depois de escrever quatro romances enormes, bizarros e mal recebidos, arrancou a própria cabeça com uma guilhotina de marfim que comprou em Kowloon.

Eu o inventei num momento de tédio, às oito da manhã, numa aula de Carroll F. Terrell que assisti durante o curso de inglês da Universidade do Maine. Dr. Terrell estava falando de Edgar A. Poe, e pensei:

guilhotina de marfim em Kowloon
mulher bizarra feita de sombras, parece uma porca
um casarão
O compressor de ar azul só aparece bem depois.

⋯

Gerald acabou mostrando alguns de seus textos. Nada importante, como o conto que estava escrevendo sobre ela; apenas fragmentos de poesia, o esqueleto de um romance que já latejava em sua mente fazia um ano, como estilhaços de bomba cravados na carne, e quatro ensaios. A sra. Leighton era uma crítica atenta, viciada em fazer anotações nas margens — todas com caneta hidrográfica preta. A mulher, às vezes, aparecia no chalé quando ele ia visitar a cidade vizinha, então Gerald mantinha o conto escondido no galpão dos fundos.

Setembro se dissolveu num outubro gélido, e o conto foi terminado, enviado a um amigo, devolvido com sugestões (ruins) e reescrito. Gerald achava que já estava bom, mas ainda não parecia completo. Faltava alguma coisa indefinível. O foco era uma sombra difusa. Até considerou pedir para ela avaliar, mas rejeitou a ideia, e depois pensou nela de novo. A mulher era a história, afinal, e Gerald não duvidava que ela pudesse fornecer uma conclusão.

Seu comportamento com relação a ela começou a ficar cada vez mais doentio. Estava fascinado com seu porte enorme e animalesco, com o vagaroso passo de tartaruga com que ela percorria o espaço entre a casa e o chalé,

⋯

imagem: "a sombra decadente de um mamute se balançando pela areia banhada de sol, a bengala na mão retorcida, os pés enfiados em sapatos de lona gigantescos que afundavam e remexiam o chão seco, o rosto grande como uma bandeja, os braços feitos de massa de pão, os peitos parecendo dunas — ela toda uma geografia de si mesma, um país de tecido"

· · ·

com a voz estridente e monótona. Mas, ao mesmo tempo, a desprezava, não conseguia nem suportar seu toque. Começou a se sentir como o jovem de "O coração delator", de Edgar A. Poe. Achava que podia passar madrugadas inteiras parado à porta do quarto dela, lançando um único raio de luz sobre seus olhos adormecidos, pronto para dar o bote e surrupiar o instante em que eles se abrissem.

A urgência de revelar o conto era uma angústia enlouquecedora. Mais ou menos em primeiro de dezembro, já tinha decidido que o faria. Tomar a decisão não lhe causou nenhum alívio, como acontecia nos romances, mas de fato trouxe uma sensação de prazer antisséptico. E fazia sentido; um ômega que fechava com o alfa. E era mesmo o ômega: sairia do chalé no dia quinze de dezembro. Tinha acabado de voltar da agência de viagens Stowe, em Portland, onde agendara uma passagem para o Oriente. Tanto a decisão de ir embora quanto a de mostrar o manuscrito à sra. Leighton foram tomadas juntas, quase no calor do momento, como se estivesse sendo guiado por uma mão invisível.

· · ·

E a verdade é que ele foi mesmo guiado por uma mão invisível — a minha.

· · ·

Era um dia branco de céu nublado, trazendo a promessa de neve ainda subentendida. Gerald andava pelas dunas entre o casarão com telhado inclinado dos domínios dela e seu pequeno chalé de pedra, a brancura da areia já prenunciando o inverno. A maré alta e cinzenta quebrava na praia de seixos, e gaivotas pareciam boias flutuando sobre as ondas.

Quando chegou ao topo da última duna, Gerald soube que ela estava em seu chalé — a bengala, que tinha um apoio de mão de bicicleta branco na ponta, estava escorada à porta. Uma coluna de fumaça saía da pequena chaminé.

Gerald subiu a escadinha de madeira, bateu a areia dos sapatos de cano alto, fazendo barulho para chamar atenção, e entrou.

"Oi, sra. Leighton!"

Mas a minúscula sala de estar e a cozinha estavam vazias. O relógio naval na cornija da lareira só tiquetaqueava para si mesmo e para Gerald. O enorme casaco de pele da sra. Leighton estava pendurado na cadeira de balanço, como uma vela feita de bicho. O fogo estava aceso na lareira, brilhando e estalando sem parar. A chaleira estava em cima do fogão, na cozinha, e uma xícara de chá estava a postos no balcão, esperando pela água. Ele espiou o corredor estreito que dava para o quarto.

"Sra. Leighton?"

O corredor e o quarto estavam vazios.

Estava prestes a voltar para a cozinha quando ouviu a risadinha abafada da mamute. Era uma risada pesada, lenta e incontrolável, dessas que passam anos escondidas, envelhecendo como barris de vinho. (Edgar A. Poe também escreveu uma história sobre vinho.)

A risadinha evoluiu para urros de uma gargalhada louca. Vinha do outro lado da porta à direita da cama de Gerald, a última porta no chalé. Vinha da cabana dos fundos.

• • •

>   *nossa mas minhas bolas se encolheram igual na escola essa puta velha ela tá rindo ela encontrou essa piranha gorda desgraçada desgraçada desgraçada essa puta escrota só tá fazendo isso porque sabe que eu tô aqui fora essa piranha velha puta escrota*

• • •

Foi até a porta num só passo e a abriu. A sra. Leighton estava sentada ao lado do pequeno aquecedor, o vestido puxado para cima dos joelhos grandes como troncos de carvalho para poder se sentar de pernas cruzadas. E segurava o manuscrito dele, minúsculo em suas mãos inchadas.

A risada dela rimbombava, ecoando ao redor dele. Gerald Nately viu explosões de cor diante dos olhos. Aquela mulher era uma lesma, um verme, uma criatura gigantesca e rastejante que se formara no porão daquela casa sombria diante do mar, um inseto sinistro que conseguira se enfiar dentro de uma forma humana grotesca.

À luz fraca que entrava pela janela coberta por teias de aranha, o rosto dela virou uma lua cheia acima de um cemitério, pontuada pelas crateras estéreis dos olhos e pelo rasgo da boca, uma fenda profunda aberta depois de um terremoto.

"Pare de rir", mandou Gerald, ríspido.

"Ah, Gerald...", começou a sra. Leighton, ainda rindo. "Mas que história ruim! Até entendo o pseudônimo. É..." Ela chorava de tanto rir. " É abominável!"

Gerald foi até ela, tenso.

"O problema é que você não conseguiu me fazer gorda o bastante, Gerald. Eu sou gorda demais para você. Se ainda fosse Poe, Dostoievsky ou Melville... mas você, não. Você não, Gerald. Você, não."

Ela voltou a rir, uma explosão estrondosa.

"Pare de rir", mandou Gerald, tenso.

∴

A cabana dos fundos, à moda de Zola:

As paredes de madeira deixavam passar feixes de luz aqui e ali, tudo coberto de armadilhas para coelhos penduradas e jogadas nos cantos; um par de sapatos de neve empoeirados e sem cadarço; um aquecedor enferrujado soltava centelhas amarelas como olhos de gato; ancinhos; uma pá; tesouras para poda; uma velha mangueira verde enrolada como uma cobra de jardim; quatro pneus carecas empilhados, parecendo rosquinhas; um rifle enferrujado e sem ferrolho; um serrote de duas mãos; um balcão empoeirado coberto de pregos, parafusos e arruelas, com dois martelos, uma plaina, um nivelador quebrado e um carburador desmontado que já esteve dentro de um conversível Packard de 1949; sem falar num compressor de ar de 4 cv azul-marinho, plugado numa extensão ligada a uma tomada dentro do chalé.

∴

"Pare de rir", repetiu Gerald, mas a mulher continuou se balançando para a frente e para trás, segurando a barriga e sacudindo o manuscrito, resfolegando e guinchando como uma gaivota.

Sem nem pensar, agarrou o rifle enferrujado, brandindo-o como um martelo, e a derrubou.

• • •

Quase todas das histórias de terror são de natureza sexual.

Peço desculpas por interromper a narrativa com essa informação, mas achei necessário para esclarecer a conclusão macabra desse conto, que é (ao menos psicologicamente) uma clara metáfora para meu medo de sofrer de impotência. A bocarra da sra. Leighton simboliza uma vagina; e a mangueira do compressor, um pênis. O corpanzil feminino esmagador é uma representação mítica do medo sexual que cada macho sente, em maior ou menor grau, de ser devorado pela abertura da mulher.

Nos trabalhos de Edgar A. Poe, Stephen King, Gerald Nately e outros escritores desse gênero literário em particular, é possível encontrar quartos trancados, calabouços, mansões vazias (todos símbolos do útero); pessoas enterradas vivas (impotência); mortos retornando da cova (necrofilia); monstros ou humanos grotescos (o medo exteriorizado do ato sexual); tortura e/ou assassinato (uma alternativa viável ao sexo).

As possibilidades nem sempre são válidas, mas leitores e escritores da era pós-freudiana devem levá-las em consideração quando tentarem se entregar a esse gênero literário.

A psicologia anormal se tornou parte da experiência humana.

• • •

A sra. Leighton soltava grunhidos baixos e inconscientes enquanto Gerald virava para todos os lados, desesperado, procurando algo que pudesse ajudar. A cabeça imensa pendia no pescoço gordo.

Ele pegou a mangueira do compressor de ar.

"Muito bem", falou, rouco. "Então é isso. Vamos lá."

• • •

sua vaca gorda você vai ver se não é gorda o bastante vamos lá agora você vai ficar imensa vai ficar ainda maior

• • •

Agarrou os cabelos da sra. Leighton, puxando a cabeça dela para trás, e enfiou a mangueira na boca, empurrando até o esôfago. Ela tentou gritar, mas, abafada pela mangueira, soava como um gato.

• • •

Parte da inspiração para este conto veio de um velho quadrinho de terror da e.c., que comprei numa farmácia em Lisbon Falls. Numa das histórias, marido e esposa se matavam ao mesmo tempo, com artimanhas cheias de ironia (e geniais). Ele era muito gordo; e ela, muito magra. O homem socava a mangueira de um compressor de ar na garganta da esposa, inflando seu corpo até ela ficar do tamanho de um dirigível. Quando ele desceu as escadas, uma armadilha preparada pela mulher caiu em cima dele, esmagando-o até virar papel.

Qualquer autor que diga que nunca plagiou ninguém é um mentiroso. Todo bom autor começa com ideias ruins e improbabilidades e as molda até virarem uma análise da condição humana.

Numa história de terror, é imperativo que o grotesco seja elevado ao status de anormal.

• • •

O compressor roncou e deu um pipoco ao ser ligado. A mangueira escapou da boca da sra. Leighton. Rindo e murmurando sem parar, Gerald a enfiou de volta. Ela batia os pés no chão, martelando o piso da cabana. A carne das bochechas e o diafragma começaram a inflar num ritmo constante. Seus olhos se incharam, virando bolas de gude. O tronco começou a expandir.

• • •

toma isso toma isso sua desgraça de merda acha que já está gorda o bastante agora já está bem gorda

• • •

O compressor rugia e roncava. A sra. Leighton inflou como uma bola de praia. Seus pulmões ficaram esticados como baiacus.

• • •

Desgraçados! Demônios! Chega de farsa! Ouçam! Ouçam! São as batidas deste coração horrendo!

• • •

Ela explodiu de uma só vez.

• • •

Sentado num quarto de hotel escaldante em Bombaim, Gerald reescreveu o conto que começara naquele chalé do outro lado do mundo. O título original era "A porca", mas, pensando melhor, ele o alterou para "O compressor de ar azul".

Tinha reescrito a história a seu gosto. Havia certa falta de motivação quanto à cena final, quando a velha gorda era assassinada, mas ele não via isso como defeito. Em "O coração delator", o melhor conto de Edgar A. Poe, não há bons motivos para o assassinato do velho, mas era como devia ser. O que importa não é o motivo.

• • •

Ela tinha ficado enorme logo antes do fim; as pernas incharam até duplicar de tamanho. Bem no finalzinho, a língua se esticou para fora da boca como uma língua-de-sogra.

∴

Depois de Bombaim, Gerald Nately foi para Hong Kong e Kowloon. Lá, imediatamente encontrou a guilhotina de marfim que tanto chamou sua atenção.

∴

Na posição de autor, só vejo um ômega adequado para esta história, que é contar como Gerald Nately se livrou do corpo. Ele arrancou as tábuas do chão da cabana, desmembrou a sra. Leighton e enterrou os pedaços na areia exposta.

Quando ligou para a polícia avisando que a mulher estava desaparecida fazia uma semana, o delegado e um agente vieram depressa. Gerald os recebeu com muita naturalidade, chegando até a oferecer um café. Não sentiu o coração bater mais forte, mas teve o cuidado de recebê-los no casarão da sra. Leighton.

Foi embora no dia seguinte, pegando um voo para Bombaim, de onde seguiu para Hong Kong e Kowloon.

STEPHEN KING (1947) escreveu mais de sessenta romances e duzentos contos. Mora em Bangor, Maine, com Tabitha King, autora de *Pequenas Realidades*. Dele, a DarkSide® Books publicou as graphic novels *Creepshow*, *N.*, adaptação do conto de mesmo nome, e o poema *The Dark Man*. Saiba mais em stephenking.com.

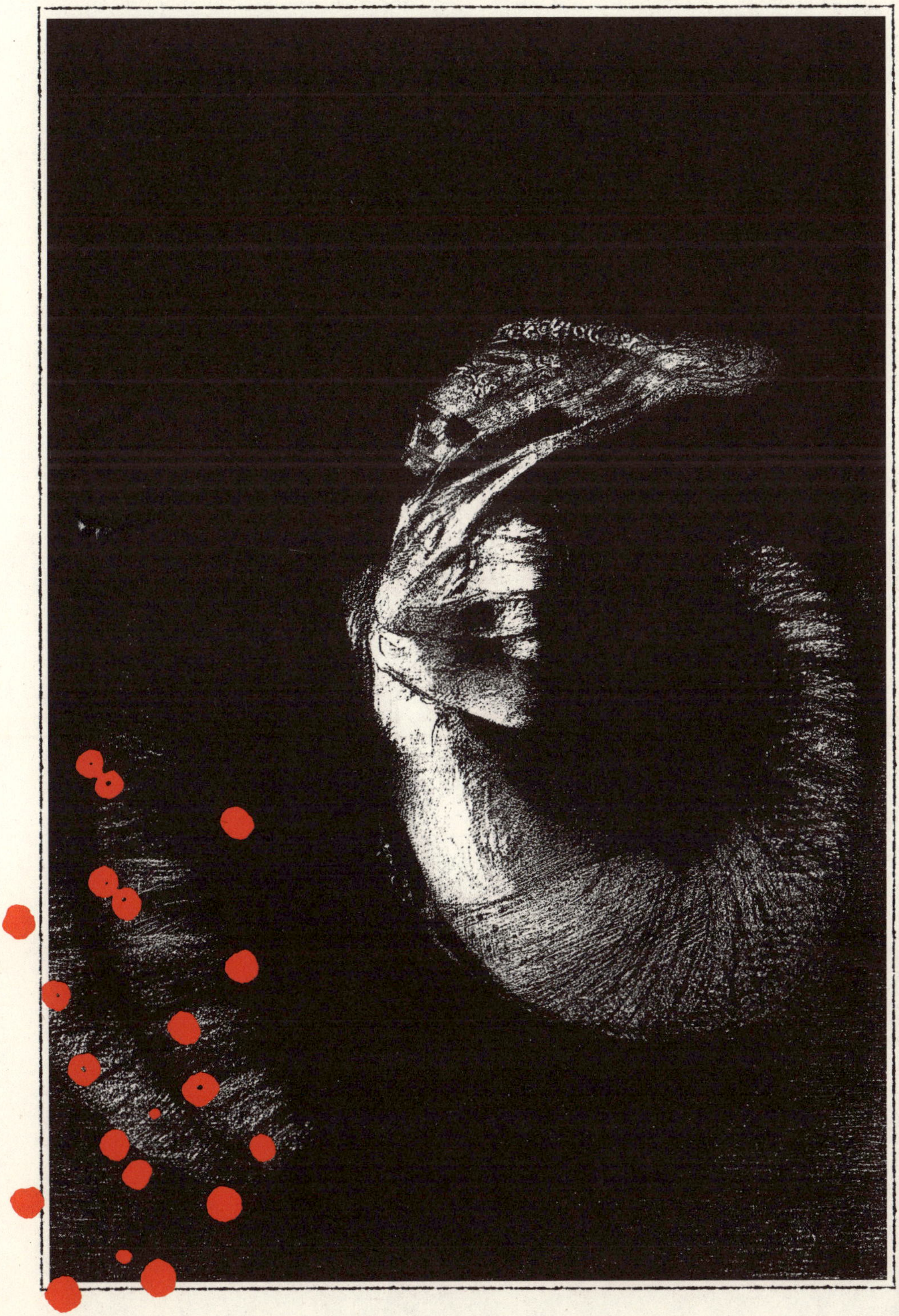

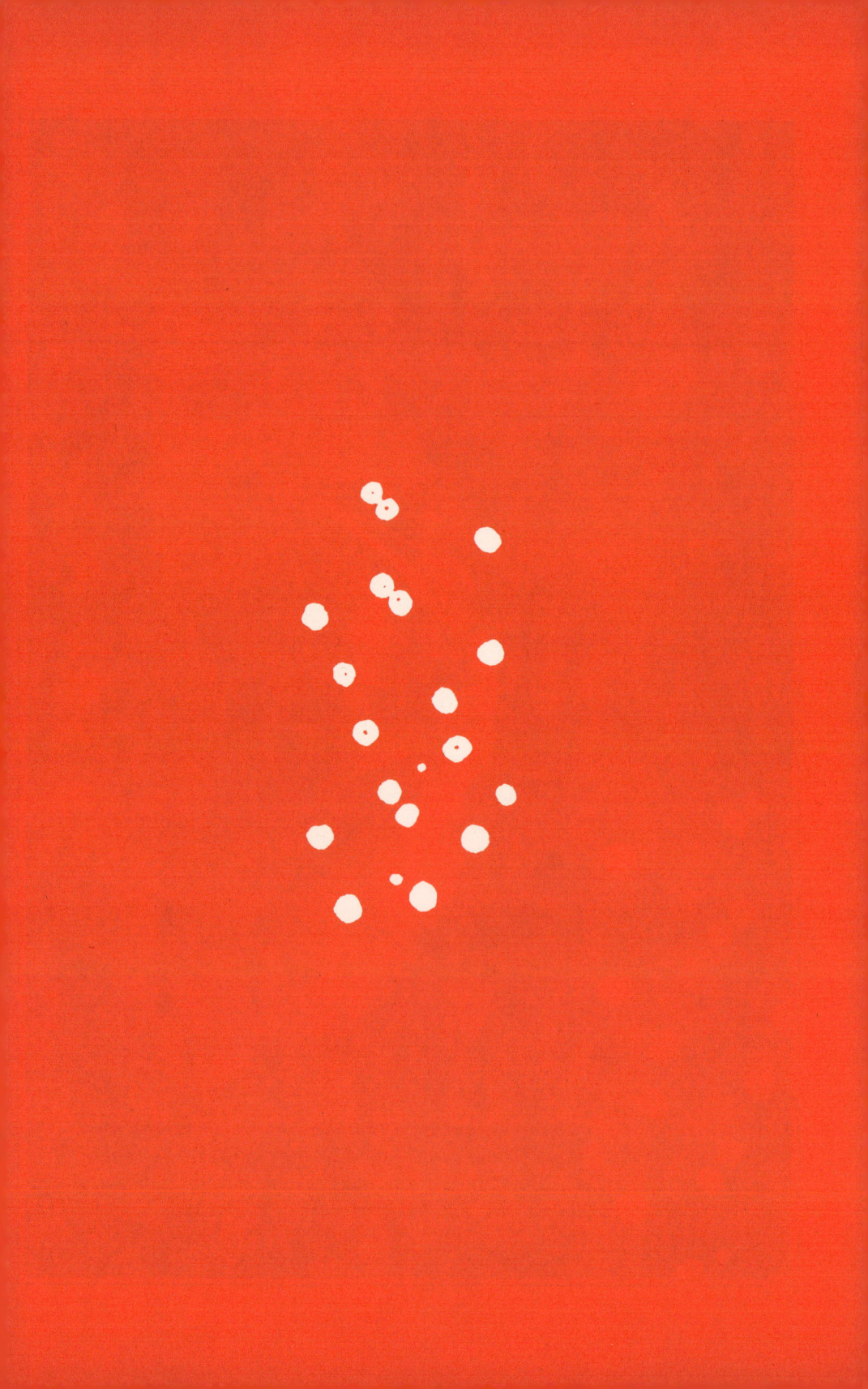

H&G

UM CONTO MACABRO *por*
JACK KETCHUM
& P.D. CACEK

A REDE

06/05/2003 11:22 PM

Andrew,
Não acredito que, dentre todas as mulheres da sala de bate-papo, você veio falar justo comigo!

06/05/2003 11:31 PM

Cassandra,
Isso só pode ser brincadeira! Gostei de várias das mulheres por lá, Mugu, Wicked. Mas tem outras, que... nossa... Maya precisa descer daquele pedestal, não acha? A Babycrazed também! E quero saber quando é que a Flit vai arrumar um cérebro.
    Mas acho que meus motivos pra querer teclar só com você devem ser bem óbvios. Você é inteligente, engraçada, e, pelo jeito que falou

sobre criancinhas, naquele outro dia, também parece ser carinhosa. Aliás: você tem filhos? As salas de bate-papo são estranhas, né? A gente passa semanas conversando com alguém, mas nunca chega a conhecer a pessoa de verdade. Enfim, fico muito feliz que você tenha aceitado meu convite. Espero sua resposta.

Abraços,
Andrew

07/05/2003 10:01 PM

Andrew,
Não, não tenho filhos... mas planejo ter. Por enquanto, tenho que me satisfazer em mimar meus sobrinhos. São só bebês, um tem dois, e o outro tem quatro anos, mas, se a única tia não pode mimá-los, quem vai poder?

E você está certo... às vezes a gente passa meses conversando com uma pessoa sem nunca saber muito bem quem — ou o que — ela é. O engraçado é que sinto que sei mais sobre você do que sobre gente que conheço há muitos anos. Por exemplo: lembra daquela vez que você e Tigerman começaram a "brigar" sobre empresas que testam em animais, e ele ficou muito bravo porque você estava dizendo que os bichinhos têm tanto direito de viver sem medo e sem dor quanto as pessoas... e aí ele mandou você "se f***r". Bem, você também poderia ter baixado o nível, mas não baixou. Você foi gentil e educado até o fim da conversa, então é isso que eu suspeito que você seja, Andrew: um cara gentil e educado. Já espero sua resposta! Valeu, hein?

Cassandra

P.S.: Pode me chamar de Cassie... é assim que meus amigos de verdade me chamam. :-)
P.P.S: De que tipo de música você gosta? Eu amo tudo dos anos 80! Bem, agora vou de vez. Tchau!

07/05/2003 11:00 PM

Cassie,
Tigerman é um idiota. Não queria dizer isso na frente de todo mundo, mas sei que posso me soltar mais, agora que estamos só eu e você. Para ser sincero, nunca gostei muito dele. O cara sempre pareceu... sei lá... Parece que ele está escondendo alguma coisa, ou que se esconde por trás de alguma coisa. Aquela discussão foi o máximo que ele já se abriu comigo, por exemplo. Bem, talvez tenha sido bom, no fim das contas. :-) Quem sabe?
 Você tem pensado em voltar pra lá? Para o Singlechat, digo. Não sei se quero. Prefiro ficar mais um tempo por aqui, conversando só com você, se não for muito incômodo.
 Música que eu gosto...? Ah, acho que gosto de tudo, menos metal e rap. Adoro as coisas dos anos 50, da era dos Beatles. Gosto de country... E volta e meia escuto até ópera e vejo uns musicais. AI, PRONTO, FALEI: MUSICAIS! Espero que isso não estrague nossa relação, hehehe :-) Mas meu gênero preferido é o blues. Posso passar a noite inteira ouvindo. É bom, não importa se está feliz, triste, ou seja lá o que for. Acho que é uma música que toca a alma. Para mim, sempre foi assim.
 Bem, tenho que ir. Tenho que limpar a caixinha de areia dos gatos. Meu computador fica numa salinha bem do lado do banheiro. É tipo um closet que transformei em escritório. Só que fica bem fedido logo depois que Cujo usa a caixinha. Uma das coisas ruins de morar em Nova York é que não dá para deixar os gatos saírem de casa. Eles virariam carne moída em minutos! Acho que você não é muito fã de gatos, né?
 Não esqueça de me responder, ok?

                Andrew

P.S.: Obrigado por elogiar minha educação. E por dizer que sou muito gentil. Eu me esforço.

               Até a próxima,
                Andrew

07/05/2003 11:20 PM

Andrew,

Ai, concordo com o que você disse do Tigerman. Ele sempre parecia esconder alguma coisa. Acho que era por causa de como ficava irritado sempre que alguém o confrontava. Aquilo já estava até começando a me assustar. Foi igual a quando Maya começou a falar de... Ah, você sabe, de como ela achava normal ter quantos namorados quisesse, desde que eles não se conhecessem. Não acho isso nada legal e fiquei com vontade de dizer isso, mas senti que não tinha muita abertura. É como você disse, essas coisas não se diz na frente de todo mundo. Pelo visto sou meio antiquada nesses aspectos... por isso que acho que não vou mais aparecer lá no Singlechat. Sem falar que não preciso mais, né. Prefiro "bater papo" com você :-)

    Também amo musicais, então acho que nossa relação vai muito bem, obrigada. *ai, que vergonha!* E também gosto muito de blues, ainda mais em noites chuvosas. Gosto de deixar o volume bem baixinho, para a chuva batendo na janela parecer parte da música. Aí fico deitada na cama, só ouvindo... Às vezes, chego até a cair no sono, é tão bom.

    E meu deus do céu: eu amo gatos. E Cujo é um nome ótimo! (Tomara que ele/ela não seja tão grande quanto aquele cachorro no livro do Stephen King! Se for, é melhor limpar essa caixinha de areia logo! Eca!) Fui dona de gatos a vida inteira, mas agora... não tenho nenhum. Perdi meu gato, Sgt. Stripes, no último Halloween. Meu bichano tinha quinze anos, e estava comigo desde as sete semanas de vida. A morte dele foi bem difícil... só de pensar nele ainda me dá vontade de chorar. Ele era um gatão, tinha doze quilos antes de adoecer, e era laranja com olhos dourados. Acho que pensava que era um cachorro, porque me seguia pela casa inteira "abanando" o rabo... e ele adorava dormir comigo. Era legal, sabe, eu gostava de sentir ele ali, pertinho. Essa para mim é a parte mais difícil: ficar sozinha à noite. Sinto muita falta dele.

    Poxa... fiquei meio deprê. Foi mal.

Você mora em Nova York, que legal! Somos praticamente vizinhos! Eu moro na Pensilvânia, numa cidadezinha chamada Warminster, que acho que em Lenni Lenape (os nativo-americanos da região) quer dizer "Ponto grande na estrada. Não pisque".

Também tenho que ir. Tenho uma tonelada de trabalhos pra fazer. Dá um abraço no/na Cujo por mim!

Cassie

08/05/2003 09:22 PM

CASSIE,
Na verdade, Cujo era a menorzinha da ninhada. Ela hoje tem mais ou menos metade do tamanho de um gato normal. E, adivinha só: é laranja que nem o Sgt. Stripes. Mas tem olhos verdes. Bem, mais uma coisa que nós dois temos em comum!

É normal ficar meio deprê de vez em quando. Eu também fico.

E também é normal ser antiquada, ainda mais quando se trata de um relacionamento. Meu último namoro durou um ano, e o que veio antes desse durou dois, e o anterior durou três anos. Nossa, parece que meus namoros estão ficando cada vez mais curtos! Mas sempre fui um cara de uma mulher só. Mesmo aqui em Nova York, onde imagino que existam muitas oportunidades, nunca namorei mais de uma mulher de cada vez. Sou um cara fiel.

Warminster, Pensilvânia... Procurei no mapa e, nossa, é perto mesmo! Dá o quê, duas horas e meia, de NY? Três, talvez? Que engraçado isso. Na internet a gente nunca sabe onde as pessoas estão, a não ser que elas digam. Você podia morar em Los Angeles, no Michigan ou no Alasca, sei lá! Mas somos vizinhos! Que maneiro!

Olha, pode me avisar se eu estiver sendo inconveniente, mas estou curioso. Como você é, fisicamente? Eu contaria da minha aparência, mas você falou que sou muito gentil e educado, não foi? Bem, um cavalheiro sempre deixa as damas irem primeiro.

Boa noite para você aí,

Andrew

08/05/2003 11:32 PM

Querido Andrew, (espero que não se importe de eu começar com "querido"... isso também faz parte do "antiquada", hehehe...)

Que bom que você também é antiquado. Mas eu meio que já sabia. Pena que seu último relacionamento acabou tão rápido, mas isso só quer dizer que ela não era a pessoa certa. Também sei como é. Meu último "namoro sério" durou quase dois anos, e... olha, digamos que não terminou muito bem. Ele queria algo que eu não estava preparada para oferecer...

Eu não saio muito, nunca vi muita utilidade em simplesmente "sair" com alguém. Mas talvez seja porque ainda não encontrei um cara gentil. Até agora, pelo menos...

Ops. Isso foi meio indiscreto, não foi? *ai que vergonha!*

Ok, você perguntou da minha aparência... Bem, primeira dica: eu e Cujo temos algo em comum. Não, eu não tenho pelo laranja! É que meus olhos são verdes. E isso é tudo o que vou dizer por enquanto... :-)

Não sei como o tempo está por aí, mas aqui parece que a primavera ainda não se decidiu. Um dia faz 20 graus, no outro já está 10, e sem falar em toda essa chuva e umidade. A umidade deixa o meu cabelo cheio de cachos... Ops! Agora você sabe que eu tenho cabelo! Ok, então vou contar logo dele: é castanho com mechas ruivas. Ele era bem longo, até abaixo da cintura, quando eu era mais nova, mas levava uma eternidade para secar. Espero que não fique desapontado: agora meu cabelo é curto, no verão fica cheio de cachos, e no resto do ano fica sempre meio "bagunçado".

E também sou meio alta... Segundo meu pai, pareço uma girafa. E ele sempre diz isso quando quer me deixar com vergonha. O que não é difícil, né. *ai, que vergonha!*

Posso contar uma coisa? Sempre dei mais valor aos atos de um homem, ao que ele faz e como se comporta, do que à aparência. Para mim, o importante é o que está por dentro, não por fora.

Mas... agora é a sua vez. Quero saber como é o Andrew. Quer dizer, se você quiser contar. Bem, tenho que ir... prometo que depois eu conto mais, hehehe.

Um grande abraço,
Cassie

p.s.: Nova York fica a apenas uma hora e quarenta e cinco minutos daqui. Eu conferi no Map-Quest. :-)

09/05/2003 01:03 AM

Minha querida Cassie,
Eu também tinha cabelo comprido (lá na época dos hippies) e cortei pelo mesmo motivo. É um saco pra secar... Tenho 1,78 de altura, uns 64 quilos, cabelo preto, e até que estou em boa forma, para um cara da minha idade. Meus olhos mudam um pouco de cor dependendo da roupa que eu estiver usando, mas na carteira de motorista diz que são azuis. Só que às vezes ficam mais acinzentados ou âmbar.

Quer dizer que você está a apenas uma hora e quarenta e cinco minutos daqui? Parece que não li o mapa muito bem.

Bem, me conta mais de você. Seus pais estão vivos? Os meus já morreram. Minha mãe faleceu faz muito tempo, meu pai se foi há sete anos. Acho que falei que sou filho único lá no Singlechat. Você disse que tem uma irmã, mas tem mais irmãos? Só pra saber. Quanto mais velho fico, mais importante a família me parece. Ou, no meu caso, a falta de uma família. Não quero dar uma de coitadinho, é apenas um fato. Tenho tias, tios e primos, mas não somos muito próximos. Deve ser por isso que gosto tanto de gatos: são minha família adotiva. :-)

Escreve logo, ok?

bjsbjs,
Andrew

09/05/2003 06:34 PM

Meu querido Andrew,
Seus olhos devem ser impressionantes, talvez até mágicos. Assim fico querendo que os meus fossem menos sem graça. São só verdes. Eu até diria que são cor de jade, mas não posso mentir pra você. :-)
    Olha, tenho que confessar: odeio falar de mim, como você deve ter percebido no Singlechat. A verdade é que sou muito tímida e bem pouco interessante. Mas... lá vai: meus amigos dizem que fico "gostosa" de biquíni. *ai que vergonhaaa!!!!!!!!!*
    Enfim, você queria saber sobre os meus pais (nossa, ainda estou morrendo de vergonha). Ambos estão vivos e bem. Minha mãe cuidava da casa quando eu e minha irmã éramos pequenas, mas ela agora voltou a estudar! Quer tirar a licenciatura, e meu pai acha isso ótimo. Meu pai, por sinal, é dono de uma agência de viagens, por isso sempre tivemos férias ÓTIMAS! Aliás, os dois vão viajar para uma segunda lua de mel daqui a uns dias, vão passar uma semana no Havaí. Não sei o que vai ser de mim quando eles estiverem fora (moro com eles para economizar o aluguel), mas vou dar um jeito de sobreviver.
    Eu entendo isso de não ser muito próximo das pessoas da família. Eu e minha irmã não somos muito próximas. Claro que eu nunca diria isso pra ela, mas acho que minha irmã prioriza demais a carreira (ela é corretora de imóveis) em vez dos filhos, e eu acho que ser mãe é o melhor "emprego" que uma mulher pode ter. Bem, tudo tem um lado bom: como ela fica tão concentrada no trabalho, tenho muito mais tempo com Mandy e Jamie (meus sobrinhos). Aliás, estou com eles hoje. Este e-mail está bem curto porque minha irmã me pediu para cuidar dos dois, e vou mimar essas crianças até ESTRAGAR! Aluguei *Monstros S.A.* e *Shrek*. Sem falar nos MEUS favoritos: *Aristogatas* e *A Gata dos Meus Sonhos*!
    Deve parecer uma noite chata, né? Quais são os SEUS filmes favoritos? E a cor? Livros? O povo quer saber! Um abraço para a sua gatinha... e outro para você.

beijo,
Cassie

09/05/2003 07:10 PM

Minha querida Cassie,
Essa noite de filmes não parece nada chata. Acho ótimo que você goste de crianças. Livros e filmes favoritos? Difícil... Cor é fácil: preto. Mas escolher os outros dois é difícil; é porque, apesar de eu trabalhar como redator publicitário freelancer, meu objetivo de vida é ser um escritor de verdade. E de ficção. Já faz cinco anos que estou tentando, desde que saí do meu emprego na agência. Já recebi muitas cartas de rejeição e nada muito além disso. Se bem que algumas dessas cartas até que foram bem animadoras. A questão é que, por causa desse sonho, eu leio muito e estou sempre assistindo algum filme. É que tenho que saber o que está acontecendo. Sendo assim, é quase impossível escolher um favorito. O livro que estou lendo agora é ótimo, se chama ILHA DO MEDO, é do Dennis Lehane, sobre dois detetives investigando uma fuga em uma instituição mental. E aluguei OS VESTÍGIOS DO DIA de novo anteontem. Amo esse filme! É tão triste e solitário. Mas acho que minha lista não terminaria nunca...

 Então você mora com seus pais, é? Nossa! Vocês devem se dar bem pra caramba! Eu me lembro de que MAL PODIA ESPERAR pra sair de casa e me virar sozinho. Sei que o preço do aluguel está fazendo o pessoal mais jovem voltar para casa, mas eu não conseguiria morar com meus pais de jeito nenhum. Aliás, quantos anos você tem? Se não se importa com a pergunta, claro. Vou arriscar e contar logo que faço 46 em novembro. Acho que sou mais do que apenas alguns anos mais velho que você. Bem, espero que isso não mude as coisas entre nós. Por favor, diga que não! :-)

 E, já que hoje estou me arriscando bastante, vou admitir outra coisa: nós dois estamos na mais completa sintonia sobre o que é importante num relacionamento. Mas pernas compridas, olhos verdes, cabelo castanho-com-mechas-ruivas e "gostosa de biquíni..." Já comecei a criar uma imagem mental, e tenho que admitir que gosto muito do que vejo. :-)

bjsbjsbjsbjs
Andrew

10/05/2003 01:05 AM

Meu querido Andrew...
Desculpa ter demorado tanto para responder, mas é que a noite foi um desastre! Minha irmã maravilhosa não me avisou que Jamie estava doente, e vou resumir dizendo que o coitadinho estava "vazando" por todos os lados. Tive que tomar cuidado para Mandy não ficar muito grudada nele, e isso foi bem difícil, porque ela adora o irmão mais velho. Daí ela começou a chorar, e Jamie começou a chorar, e... Bem, nem preciso dizer que ninguém quis ver os filmes. :-(Estou exausta, mas não podia dormir antes de responder. Tá vendo como você é importante? hehehe

Então o preto é outra coisa que temos em comum! Amo, tento sempre usar alguma coisa preta (às vezes não dá pra ver, mas estou usando!) E caramba, você é escritor! Nunca conheci um escritor de verdade. Isso é tão... incrível (como dizem os jovens). Não quero ser muito invasiva, mas você pode me mandar alguma coisa que escreveu? Eu amaria ler. Sério. E estou precisando ler alguma coisa. Acabei de terminar um livro que acho que você ia amar, é do Peter S. Beagle, e se chama A DANCE FOR EMILIA. É sobre um homem que volta dos mortos reencarnado no gato dele. É lindo demais, e chorei no fim. Bem, o que posso fazer: sou mesmo muito chorona. Amo histórias com o final meio agridoce. Ah, eu já vi OS VESTÍGIOS DO DIA. Chorei bastante.

E logo depois vi Anthony Hopkins em O SILÊNCIO DOS INOCENTES. AAAAAAAAH!

Mas sabe, meu senhor *isso dito com um sotaque bem pesado do Sul dos Estados Unidos, enquanto me abano com um leque*, devias saber que não é apropriado perguntar a idade de uma dama. *Abana, abana.* Só vou dizer que... ahn... minha idade é adequada.

Então você consegue mesmo me ver? Pode parecer loucura, mas eu acredito que sim. Você consegue ver meu verdadeiro eu, e isso faz me sentir muito... especial. Então me veja agora enquanto escrevo isto: estou deitada na cama, mexendo no laptop... usando uma camisola vermelha e BEM CURTA.

Tá vendo?

Boa noite e bjsbjsbjsbjsbjs pra você também.

Com amor,
Cassie

10/05/2003 01:25 AM

MINHA QUERIDA CASSIE,
"Camisola bem curta e vermelha...?" Nossa! Como você quer que eu DURMA agora? hehehehe

Vou comprar o livro de Beagle, parece bom. E vou adorar mandar um conto para você ler! Já até escolhi. O nome é RETORNOS, também é sobre um gato e — acredite se quiser — um fantasma! As coincidências só aumentam. Isso é mesmo maravilhoso. Graças a Deus saímos daquela droga de sala de bate-papo e viemos para cá.

Às vezes, acho que trocar e-mails tarde da noite é quase um sinal de desespero, sabe? Como um pedido de socorro triste e solitário no ciberespaço. Mas os seus não são assim. Eles deixam meu dia melhor, Cassie. De verdade.

Esse aqui também foi com amor, e

bjsbjsbjsbjsbjsbjsbjsbjsbjsbjsbjsbjsbjsbjsbjsbjsbjsbjs
Andrew

P.S.: Ops, esqueci! Não sei seu endereço. Acho que forcei um pouco a barra, me deixei levar e acabei esquecendo de perguntar...

Andrew

10/05/2003 08:15 AM

:-) Ah, não forçou a barra, não. Acho que você é maravilhoso. Sei que não nos conhecemos faz muito tempo, dentro ou fora da sala de bate-papo, mas já sinto uma conexão que nunca tive com mais ninguém. Acha muito bizarro? Espero que não, porque queria ser honesta quanto a isso.

Meu endereço é: rua North Street, 119, Warminster, Pa. 18974. Mas você podia me mandar o conto em anexo no e-mail, mesmo... pra eu ler logo, sabe. FICA A DICA. Bem, tenho MESMO que ir ou vou me ATRASAR!

bjsbjsbjsbjs
Cassie

10/05/2003 02:01 PM

MINHA QUERIDA CASSIE,
Ok... lá vai... anexei o conto! Espero que você seja mais gentil que os editores.

Então você acorda cedo, hein? Eu já sou mais noturno. Não gosto nem de FALAR com ninguém antes das dez da manhã...

Acabei de pensar que foi uma generosidade tremenda da sua parte confiar seu endereço a alguém que você só conhece pelo Singlechat e por estes e-mails. Muitas mulheres não fariam isso. Bem, parece que estou fazendo algo certo. :-) E você... bem, você disse que eu sou maravilhoso, e fiquei meio aturdido. Faz um tempão que ninguém me elogia assim, e só quero dizer que... caramba, nem sei o que quero dizer! É só que... Olha, não se assuste, ok? Mas talvez eu esteja meio apaixonado. Só um pouquinho. Ok falar isso? Nossa, melhor terminar por aqui, antes que eu troque as PERNAS inteiras pelas mãos, não só os pés.

Com amor,
Andrew

10/05/2003 04:00 PM

Meu querido Andrew,
Ainda não abri o conto porque precisava mandar isto antes... Falar isso é mais do que ok, porque acho que... acho que também estou apaixonada. E confio mesmo em você, mais do que confiei em qualquer um em muito tempo.
    Beleza. Eu precisava dizer isso. Agora vou ler o conto. Escrevo assim que acabar, juro. Pode confiar.

beijo
Cassie

10/05/2003 05:15 PM

Andrew, meu bem,
Ah. Meu. Deus.
    Seu conto é... é mais que bonito. Esses editores devem estar loucos! Comecei a chorar assim que acabei de ler pela primeira vez e estou chorando até agora. Não me entenda mal... estou chorando porque é lindo demais. Você é um gênio! No começo pensei que o homem voltava como fantasma por causa da namorada, e então, quando percebi que era por causa do gato... Andrew, foi tão emocionante! E quando a namorada manda o cara da carrocinha matar o gato...
    Ai, espera um pouquinho. Já estou chorando de novo. Preciso de mais lenços de papel.
    Ok, voltei.
    Então, naquela parte... queria que o fantasma batesse nela! Ou melhor, a espancasse! Que ele fizesse qualquer coisa para impedir aquilo. Então percebi que tudo bem, que ele só estava lá para acompanhar os últimos momentos do gato. Andrew, você tocou meu coração e finalmente me fez chorar por Stripes de um jeito

bom. Obrigada, de coração. Amei o conto, Andrew. Sério. E amo você por ter compartilhado isso comigo.

O que mais posso dizer?

bjsbjsbjsbjsbjsbjs da Cassie

10/05/2003 07:33 PM

MEU DEUS, CASSIE...
Você não tem nem noção de como isso é importante para mim. Não mesmo. Eu estava cozinhando o jantar, fazendo alguma comida que dê para requentar por vários dias e que dure um tempo na geladeira. Coisa simples, sabe? Frango com ervas ao molho de alho e vinho. Enfim, eu estava cozinhando o frango antes de começar a preparar o arroz e os aspargos, e pensei "vá ver seu e-mail, talvez ela já tenha lido o anexo". E fiquei encantado com sua reação. Nem tanto pelos elogios, embora ninguém nunca tenha dito que sou um gênio; foi mais pela reação ao cerne do conto, por ter conseguido tocar você tão profundamente, por você ter sentido que a história chegou até a ajudar um pouco a curar uma tristeza. Isso é tão bom, tão importante e tão gostoso de ouvir.

E, Cassie, quer saber? Você disse que me amava...

Sei que você disse por causa do conto, e entendo isso. Mas acha que é possível duas pessoas se amarem — se amarem DE VERDADE — só por trocarem mensagens assim? Sem nunca se conhecerem? Sem nunca terem se tocado ou se beijado? Sem nem mesmo terem se falado pelo telefone, meu deus? É uma sensação muito estranha, mas quer saber? É ótima. É o melhor que senti em anos.

Ops... Cujo está vomitando de novo. O único problema dos gatos é as bolas de pelo. Se bem que ela anda vomitando muito ultimamente... Melhor ver isso logo. Mas, com ou sem bolas de pelos, estou sorrindo. Dá para ver? É um sorriso enorme.

Amo você, Cassie,
Andrew

10/05/2003 09:58 PM

Andrew, meu bem,
Não foi só o conto. E acredito sim que as pessoas podem se amar sem terem se visto ou se tocado. Acho que somos prova viva disso. Eu amo você, Andrew. Não amo só suas palavras. Não amo só seu talento. Não amo só sua genialidade. Amo você. Seu verdadeiro eu. Seu coração.

E, além disso, você sabe cozinhar! Minha mãe sempre diz que é melhor eu encontrar um homem que saiba cozinhar, porque mal sei ferver água. Mas uma coisa que NÃO temos em comum é o alho. Sou alérgica. Isso é um defeito pra você? :-)

Ah, tadinha da Cujo. Espero que a barriguinha dela melhore. Desejo tudo de bom pra ela... e pra você também, claro.

Com todo o meu amor,
Cassie

12/05/2003 03:34 AM

Ah, Cassie, queria poder dizer como eu te amo, como seu último e-mail me deixou feliz... Mas agora mesmo aconteceu uma coisa horrível — ou melhor, uma coisa horrível está prestes a acontecer. Não quero entrar em detalhes e deixar você preocupada, porque talvez não seja necessário e dê tudo certo no final. Mas vou ter que terminar o e-mail por aqui. Escrevo quando puder.

Também te amo, Cassie! Também te amo!

A.

12/05/2003 08:05 AM

Meu querido Andrew,
O que houve? Me fala! Por favor! Eu te amo, e isso é tudo o que importa.

Com amor,
Cassie

12/05/2003 11:25 PM

Andrew? O que está acontecendo? Por favor, responda. POR FAVOR...

Com amor, Cassie

13/05/2003 08h10

Andrew, o que aconteceu? Você não tem como falar? Foi algo que eu disse? Me conta, por favor. Seja o que for, podemos resolver. Sei que podemos.
    Amo você DE VERDADE.

Cassie

15/05/2003 12:45 AM

Andrew? O QUE FOI QUE EU FIZ?

15/05/2003 09:55 PM

Ah, meu Deus, Cassie, meu bem, me desculpa por isso. Não acredito na minha falta de consideração. Nem olhei para o computador, não tinha forças. Devia ter escrito antes, desculpa. Melhor explicar de uma vez.
    Na sexta-feira à tarde, eu estava trabalhando num texto publicitário quando ouvi Cujo tossindo na cozinha. Não era o mesmo som que ela faz quando está vomitando uma bola de pelo, era uma tosse muito forte. Cheguei na cozinha e vi Cujo caída no chão, com uma tosse tão intensa que parecia vir lá de dentro dela, bem do fundo. Quase parecia que ela estava engasgada. Ofereci um pouco de azeite, que é o que ela toma quando ESTÁ com alguma bola de pelo, mas ela não quis.
    Depois de um tempo, a tosse melhorou, e ela se enfiou no armário do corredor. Tem uma caixa cheia de livros lá dentro, e às vezes

ela gosta de dormir lá. Voltei a trabalhar, meio preocupado, mas já pensando que talvez fosse só alguma coisa passageira. Aí, na hora do jantar, ela não quis comer. Achei que podia estar enjoada ou algo assim, mas fiquei de olho. Ela me pareceu bem, até ronronava quando eu fazia carinho. Só não saía do armário. Então, por volta das duas da manhã, ela começou a tossir de novo, só que uma tosse muito pior. Ficou toda curvada na caixa, os olhos lacrimejando, parecia que ela não conseguia respirar, sabe? Molhei um pano de prato com água morna e passei nos olhos, na boca e no focinho dela. Percebi que Cujo estava espumando, então fiquei muito assustado e decidi botar a gata na caixinha de transporte e pegar um táxi até o veterinário. Lá é ótimo e tem serviço de emergência 24 horas.

Nunca tinha visto a veterinária, uma mulher bem nova mas muito gentil. E ela viu que eu estava péssimo. O diagnóstico foi uma crise respiratória aguda, e ela administrou uma injeção de Cortisona pra facilitar a respiração, o que ajudou muito. Cujo melhorou visivelmente, e fiquei esperando enquanto a levavam para fazer um raio X. Pouco depois, a veterinária, dra. Morris, desceu e me mostrou o resultado na caixa de luz: os pulmões da Cujo estavam salpicados com o que parecia grãos de poeira, mas que na verdade eram muco. Nossa, eram tantas gotículas que parecia uma daquelas fotos da Via Láctea — ou seja, Cassie, eram MUITAS MESMO. Nossa, fiquei com muito medo na hora.

A dra. Morris disse que precisava limpar os pulmões da gatinha imediatamente e começou o tratamento com uma dose enorme de antibióticos, e disse que a Cujo precisaria ficar internada sob observação. Se o quadro piorasse, iam entubá-la até que os antibióticos fizessem efeito (se tivéssemos sorte). A veterinária explicou que isso sairia bem caro, e eu respondi que não me importava com o preço, que ela deixasse o preço pra lá e fizesse o que fosse preciso. A essa altura, eu estava praticamente chorando. Ela me falou para vir para casa e dormir um pouco, avisando que me ligariam se houvesse alguma mudança. Então vim para cá e escrevi pra você.

Foi aquele último e-mail. Tomei um copo enorme de uísque, que cumpriu bem sua função: apaguei.

Me ligaram às 4h45 da manhã, estava quase amanhecendo. Disseram que a Cujo estava muito debilitada e piorando rápido, e perguntaram o que eu queria fazer. Pedi que tentassem mantê-la viva, dizendo que logo estaria lá. Cheguei bem na hora que ela parou de respirar, assim que o coraçãozinho parou de bater. Ela estava de olhos arregalados, me encarando como se pudesse me ver. Enfiei meu rosto no pelo dela e chorei, chorei demais.

Ainda estou chorando.

Entende por que eu não podia escrever, Cassie? Queria poder ligar para você. Posso? Preciso falar com alguém, ou vou ficar doido, e a única criatura no mundo além de você com quem eu poderia falar se foi.

Com amor,
Andrew

15/05/2003 09:25 PM

Ah, Andrew, minha nossa... acabei de receber a mensagem. Também estou chorando. Não posso falar agora, nem consigo escrever. Me dê um minutinho, já vou responder. Só um pouquinho, eu já volto, prome

15/05/2003 11:20 PM

MEU AMOR.
Eu falei que não ia demorar, mas aqui estou, quase duas horas depois. Desculpa por não ter escrito antes, mas... É que essa sua perda, essa perda horrível, me trouxe de volta todas as memórias de Stripes, e também fiquei abalada. Ai, desculpa, parece tão egoísta... sério, eu me odeio por vacilar tanto com você. Mas, por favor, não me odeie também. Eu não conseguiria suportar. Estou de volta, estou aqui pra você. Isso se você ainda me quiser...

Ah, Andrew, meu querido, sinto muito por Cujo. Só posso dizer que sei que é horrível e que gostaria de segurar a sua mão e confortar você... quero abraçar você, Andrew, pra que você se sinta seguro para chorar e extravasar toda essa tristeza. Ninguém me abraçou quando Stripes morreu. Fiquei escondida no quarto, que nem estou agora, e chorei em silêncio... que nem agora.

Mas ESTOU te abraçando, Andrew. Consegue sentir meus braços? Espero que sim, de verdade. Porque eu amo você e quero ajudar. Queria poder ligar... mas o idiota do meu pai ainda está no telefone, fazendo planos de última hora para aquelas férias idiotas, coisas que PRECISAM ser resolvidas NESTE EXATO INSTANTE! Nossa! Queria morar sozinha. Se eu tivesse minha casa, estaria no telefone, falando com você... e dizendo pra você vir aqui para os meus braços, para dividir comigo o que sente.

E talvez você possa vir. Meus pais viajam amanhã, Andrew... talvez de manhã você já se sinta um pouquinho melhor. Não vai melhorar muito, eu sei, mas talvez passe um pouquinho. Se você estiver bem, por que não aparece por aqui? Você disse que precisava de mim, e eu também preciso de você, Andrew. Preciso ajudar você com isso, porque EU AMO VOCÊ. Eu amo você, Andrew. E queria poder abraçar você agora.

O que mais posso dizer?

Te amo para sempre,
Cassie

P.S.: Você me chamou de meu bem.

15/05/2003 11:25 PM

CASSIE,
Que horas eles viajam? JÁ ESTOU CHEGANDO. Vai ser ótimo!

bjsbjsbjsbjs
A.

15/05/2003 11:28 PM

MEU AMOR,
Eles viajam amanhã de tarde, vou ficar aqui sozinha, com a casa inteira só pra mim. Por favor, venha... por favor.
bjsbjsbjsbjsbjsbjsbjsbjsbjsbjsbjsbjsbjsbjsbjsbjsbjsbjsbjsbjsbjsbjs-bjsbjsbjs bjsbjsbjsbjsbjsbjsbjsbjsbjsbjsbjsbjs

Com todo o meu amor,
Cassie

DO DIÁRIO DE ANDREW SKY

Queria que ela tivesse me passado o telefone. Por que não passou? Talvez estivesse justamente com medo disso: que eu ficasse apavorado e desistisse em cima da hora. E foi o que aconteceu. Talvez ela já soubesse.

Estou realmente tentado a não ir.

Tenho que sair em uma hora no máximo, se eu quiser chegar lá no começo da noite. Fiquei o dia inteiro adiando a saída, estou desde de manhã olhando para o espelho e fazendo o que faço todas as manhãs: me barbeando, escovando os dentes, examinando o mesmo rosto que vejo todos os dias. Pela primeira vez, achei que fosse um rosto duro, com poucas marcas de expressão e rugas profundas na testa, de tanto franzir o cenho.

O que ela poderia ver em mim?

Acordei todo empolgado e, uma hora depois, fiquei deprimido e preocupado. Passei a tarde inteira assim. Saí para fazer compras num mercado Food Emporium. Corrigi a campanha de publicidade para a Iona College, que preciso mandar até terça. Respondi alguns e-mails... Acho que estava esperando encontrar uma mensagem de Cassie pedindo, por favor, para eu não ir, que era uma erro, que ela não estava pronta. Não encontrei nenhuma.

Eu é que não estou pronto.
Ainda nem a conheci, mas acho que já a perdi.
Nossa, sou complicado pra caralho, hein?
Ainda sinto um nó na garganta quando me lembro de Laura e de tudo o que esperava dela. Ainda vem aquela vontade de socar alguma coisa. E soquei várias coisas, na época. Quebrei metade dos pratos na pia, o abajur da mesa de cabeceira... e só o que ganhei com isso foram as contas do cartão de crédito para repor as coisas quebradas. E o que eu precisava repor era Laura. Mas não havia como. Não mesmo.
Não havia nada que substituísse a sensação de ter ela em minha cama ao meu lado ou de como eu me sentia o maioral por andar na rua com o meu braço em volta de sua cintura, mostrando a todos que ela era minha, uma mulher tão bonita e bem-sucedida, alguém que eu jamais pensaria que pudesse se atrair por um pé-rapado como eu, mas que dizia que era minha, e que eu era dela, que me fez prometer que seria sempre dela, não importava o que acontecesse. Eu me lembro de rir e perguntar: de quem mais eu poderia ser?
E é verdade. De quem mais?
De ninguém. Nunca. Nem antes nem depois dela.
Nunca me interessei por nenhum outro ser humano, depois de Laura.
Até que Cassie apareceu.
Nem sei por que entrei naquela sala de bate-papo idiota.
Acho que estava atrás de alguma conversa pornográfica. Ou talvez estivesse me preparando para explorar o mundo do sexo virtual. Passei um bom tempo consumindo muita pornografia. O que era só mais uma fuga estúpida. Então talvez eu só estivesse criando coragem para uma conversa mais safada. Algo minimamente excitante. Bem, talvez alguma hora eu releia esse diário e veja se transcrevi alguma dessas conversas aqui.
Não que isso importe.
Mas passei mais de um ano me sentindo tão empedernido quanto uma droga de uma parede. Mais, até. Acho que era

uma maneira de lidar com a dor. Engolir o choro e aguentar firme. Eu me afastei dos amigos que me restavam, os poucos que a desgraçada da Laura não levou, e continuo a me afastar e a dar desculpas para não vê-los, porque sei muito bem que virei um chato; não tenho nada de agradável a dizer sobre esse assunto, ou mesmo sobre a maioria dos assuntos. Sou chato e entediante, como essas merdas monótonas que finjo que escrevo para viver, como essa merda de cidade em que vivo, onde não se pode mais nem fumar nos bares.

Não quero entediar os outros. Tenho um mínimo de amor próprio.

Em vez disso, eu conversava com minha gata. Cujo não tinha como ficar entediada.

Mas, se o isolamento de som aqui do apartamento não fosse tão bom, os vizinhos talvez tivessem mandado me prender num hospício. Eu delirava, vociferava, chorava... Eu uivava para a lua.

Cujo nem se importava.

Minha gata era inabalável.

Ela conseguia curar qualquer dor com seu ronronar. Pelo menos por um tempinho, daí a dor voltava.

Mas, sem ela, ficar sozinho é a morte. Estou numa cidade com quantos milhões de pessoas? E nunca me senti tão completamente isolado e solitário. É o mesmo que ser um eremita velho e doido morando no meio de alguma floresta do Maine.

E de quem é a culpa? Minha, é claro.

Laura não foi embora sem explicação. Ela me deixou pelo mesmo motivo que não consigo ter um emprego — só sei trabalhar com o que faço, e como freelancer.

Nunca tive um chefe com quem não surtei, mais cedo ou mais tarde. Perdi mais empregos do que essa TV a cabo tem canais. Acho que é um problema meu com figuras de autoridade, com qualquer um que tenha poder sobre mim. Quando conseguia pagar as consultas com Marty, meu psiquiatra, em vez de simplesmente desabafar com este diário, eu falava muito sobre isso. Deduzimos que veio desde a época de meus pais. O que, claro, não me serviu de nada.

Mas Laura tinha poder sobre mim. O tipo de poder que só uma mulher amada exerce sobre um homem. Só agora vejo que era um poder muito maior do que devia ter permitido que ela tivesse. E eu tinha esse temperamento... a gente brigava o tempo inteiro, feito cão e gato.

Mas isso está tudo aqui, neste diário.

Sei que eu esperava demais dela. Esperava que ela percebesse que eu era um escritor, apesar das malditas cartas de rejeição. Um escritor sério, com a sensibilidade e a alma de um escritor. Eu esperava apoio. Esperava calma e gentileza. Isso de uma vagabunda nascida e criada em Nova York, planejando sua ascensão social na Madison Avenue, cuja herança deixada pelos pais era de apenas — ah, coitadinha! — um milhão e meio de dólares.

Nossa, onde eu estava com a porra da cabeça.

Tenho que me lembrar de não esperar demais de Cassie. Pelo menos não de cara. Ela pode ser feia de doer, para começo de conversa, mesmo com esse papo de "pernas longas, olhos verdes, gostosa de biquíni". Olhos verdes não são o bastante para deixar o rosto bonito. Mas, seja como for, acho que a aparência dela não vai importar tanto assim. Ela foi a primeira por quem me interessei em muito tempo, a primeira que realmente se importou comigo. Também acho que ela é o que chamariam de "mulher de verdade". Com a verdadeira sabedoria feminina. Não como Laura, que acabou se revelando uma garotinha mimada. Que não conseguia suportar o verdadeiro Andrew Sky, com seus chiliques ocasionais e tudo o mais.

Mas tenho que admitir que estou com um pouco de medo.

Estou investindo muito nisso.

Talvez Cassie seja minha última esperança de felicidade nesta terra. É possível.

Não estou ficando mais jovem, afinal. Fumo muito, e acho que bebo demais. Tenho só 25 mil na conta. Não sou feio, mas também não sou a porra de um Tom Cruise.

Só que ela gosta de mim. Sei disso pelos e-mails. Então tenho razões para acreditar que minha aparência e tudo o mais não vão ser tão importantes para ela, e que o mesmo vai valer para mim. Às vezes, parece que Cassie vê dentro da minha alma. E isso é espetacular, é uma sensação maravilhosa. Talvez em breve eu esteja dirigindo para encontrar meu futuro inteiro. Estou com medo, mas... porra, agora também estou animado. Escrever ajudou. Minha nossa! Passou uma hora inteira!

É melhor eu sair logo. Melhor botar o pé na estrada.

Do diário de Cassie Hogan

Ele está vindo! Andrew está mesmo vindo! E vem me *ver!! Estou tão empolgada, não consigo nem dormir... tive que sair da cama e escrever isto aqui, senão ia explodir!!!*

Minha mãe está insuportável essa noite. Primeiro gritou comigo pra eu fazer o dever de casa... arre! Como se eu precisasse aprender Geometria para a vida! Depois ela ainda falou que combinou que eu ia ficar na casa da tia Kay enquanto eles viajam para o Havaí! Jamais!

O que ela acha que eu sou? Um bebê?

Odeio aquela mulher! Ela vai se arrepender quando voltar e descobrir que eu fugi para morar com Andrew. Não vou nem deixar recado. Eles que fiquem imaginando o que aconteceu comigo.

Não... Não posso fazer isso com o meu pai. Vou deixar um recado e contar a verdade. Que amo Andrew e vamos nos casar e viver felizes para sempre, então eles não precisam mais se preocupar comigo. Já sou bem ~~grandinha~~*. Não: já sou* mulher.

E sou a mulher de Andrew. Ele é meu homem. Meu amor. Meu amante. Será que ele vai querer fazer "aquilo" quando chegar? Bem, se quiser tudo bem... eu encontrei um pacote daquelas coisas na gaveta da mesa de cabeceira do meu pai e peguei uma pra mim. Uma camisinha. E minha mãe acha que sou nova demais para ficar sozinha! Bem, sou velha o bastante para entender de camisinhas, não sou?

Será que uma basta?

Ah, Heather vai MORRER de inveja!!! Ela se acha a gostosona, só porque está namorando aquele imbecil da faculdade... Mas ele só TEM dezenove anos, e Andrew tem mais de quarenta. Ele é um homem DE VERDADE! E é meu. E me ama, ele mesmo disse. E eu o amo também!

Ai, ele está mesmo vindo!

Nossa, estou tão animada! Só queria estar mais bonita! Tentei fazer minha mãe me levar de carro até o shopping para cortar o cabelo — ODEIO o meu cabelo —, mas ela não quis. Disse que tinha muito o que fazer, e que meu cabelo está ótimo desse jeito. AQUELA ESCROTA! Queria que meu cabelo estivesse perfeito para Andrew, mas vai ficar assim... HORRÍVEL!

Pelo menos sei que meu rosto vai estar ótimo. Peguei um pouco do hidratante facial da sra. Escrota e passei no rosto, depois de esfoliar umas espinhas idiotas no queixo. Estão todas vermelhas, mas amanhã de manhã vão estar ótimas. Vou morrer se não estiverem! Vou me matar! Porque Andrew merece o melhor, e eu quero ser a melhor pra ele. Eu o amo tanto! E ele me ama! Mas vou morrer se essas espinhas não sumirem!!!

Para falar a verdade, sei que ele não vai ligar para meu cabelo ou minha pele. Ele me ama. Ele me ama por quem sou de verdade. Exatamente como eu o amo por quem ele é de verdade.

Ah, vou fazer uma SURPRESA! Vou usar minha camisola vermelha quando abrir a porta! Ele vai ficar TÃO FELIZ!

Faço qualquer coisa para Andrew ficar feliz, porque o amo. E, coitadinho, a gata dele morreu.

Talvez, depois de fazer aquilo, a gente possa ir numa loja de animais comprar um gatinho! Eu ia AMAR!

Ai, estou tão nervosa! Sei que não vou conseguir dormir, mas preciso. TENHO QUE DORMIR, para ficar bem bonita para Andrew. Boa noite, Querido Diário. Amanhã eu conto tudo sobre o Andrew!

TRANSCRIÇÃO DE UMA ENTREVISTA COM ANDREW J. SKY, DA WEST 73RD STREET, 233, N.Y., N.Y., TESTEMUNHADA PELO TEN. DONALD SEBALD, WARMINSTER P.D., 16/05/03

SKY: Bem, eu já estava atrasado por causa da merda do pneu furado. E passei duas horas e meia numa viagem que devia levar o que, uma hora e meia? Então estava uma pilha de nervos: muito ansioso para conhecer a Cassie e muito nervoso por causa do atraso. Sem falar que fiquei imundo depois de trocar o pneu. Mas finalmente consigo encontrar a casa, mesmo no escuro, e toco a campainha. Aí ela abre a porta usando aquela coisa minúscula...

SEBALD: A camisola vermelha.

SKY: Isso, e, sabe, essa camisola não deixa muito para imaginação, não. E Cassie é linda demais, mas de cara já vejo que ela não está nem um pouco feliz em me ver. Quer dizer, não ganhei nenhum abraço nem beijo, nem nada parecido com o que ela escrevia nos e-mails. E ela me olha meio estranho, franzindo a testa, mas não tenho a menor ideia do por quê. Não sou tão feio assim, e não estou tão sujo. Estou até bem vestido! De qualquer forma, ela me convida para entrar e me pergunta se quero beber alguma coisa, e respondo que uma cerveja cairia bem. Comentei sobre o pneu e pergunto se posso lavar as mãos em algum lugar, e ela me mostrou o banheiro. Quando saí, Cassie estava um pouco mais animada e já tinha aberto uma cerveja pra mim e uma Pepsi pra ela. Nós nos sentamos no sofá da sala, mas ela ficou numa ponta, e eu, na outra. E fiquei tentando entender por que aquele gelo, sabe? Aquilo só me deixou mais nervoso, então achei que era melhor simplesmente perguntar o que estava acontecendo.

SEBALD: E o você perguntou o que, exatamente?

SKY: Perguntei o que tinha de errado. Ela disse que ficou esperando o dia inteiro. Como se tivéssemos marcado um horário.

SEBALD: E não tinham?

SKY: Não, claro que não. Não sei o que ela estava esperando, talvez pensasse que eu ia chegar de manhã bem cedinho, ou algo assim. Então decido explicar a situação. Digo a ela que sinto muito mesmo, mas tinha sido apenas um mal-entendido, porque não tínhamos marcado horário. Mas ressalto que sinto muito, muito mesmo, e é nessa hora que ela me fala que nem foi para a aula, que ficou em casa pra me esperar. Aí que eu olhei direito para ela. Quer dizer, comecei a prestar mais atenção, entende? Acho que antes eu estava meio com medo de ficar encarando. Estava nervoso pra caralho, daí veio todo aquele gelo... Fora a camisola. De qualquer forma, foi aí que olhei bem para ela e percebi que a menina mal tinha uma ruga no rosto. Nem uma única linha de expressão. Eu sabia que ela era nova, ficou óbvio logo de cara, mas... Até pensei que ela estivesse falando da faculdade. Cassie tinha matado aula para me esperar, e fico me sentindo mal de verdade por isso, então explico e peço desculpas. Mas... minha nossa! Ela do nada parece prestes a chorar! Não acredito! E acho que... não sei, acho que devo ter arruinado a porra toda de novo. Só por me atrasar. Mesmo que não tenha me atrasado de verdade. Mas então ela se levanta e fala que quer me mostrar uma coisa, então eu vou atrás. Ela me leva para o quarto.

SEBALD: Ela foi na frente? Por vontade própria? É isso o que você está dizendo?

SKY: Isso mesmo. Claro que por vontade própria. E a primeira coisa que eu percebo, a primeira coisa que qualquer um perceberia, na verdade, é que estou entrando num quarto, certo, onde as pessoas dormem. E fico confuso. Quer dizer, ela acaba de me ver pela primeira vez na vida, está quase chorando e me leva direto pra porra do quarto! Vejo onde está a cama, com todos aqueles pôsteres na parede, com roqueiros e atores famosos e essas coisas, e a mesa do computador. E fico olhando tudo. Tentando entender. Mas ela não está muito interessada em mim. Ela fica apontando para o chão, ao lado da cama, onde tem duas malas, e me diz pra olhar bem para aquilo. Então eu pergunto: "O que são essas malas?". E ela diz que ia fugir comigo, sabe? Ou algo do tipo, não me lembro muito bem, porque já tinha até parado de ouvir. É como se a ficha estivesse finalmente caindo. Eu estava começando a entender.

SEBALD: Entender o quê?

SKY: Os pôsteres, essas merdas penduradas nas paredes, os ursinhos de pelúcia nas prateleiras em cima da mesa. As fotos no espelho... Ela é uma criança! É uma porra de uma criança! Então eu pergunto, eu me controlo e pergunto: "Cassie, quantos anos você tem, exatamente?". E ela responde que tem uma idade adequada, e começa a chorar de verdade, mas não dou nem ideia. Fico só me segurando, tentando manter a calma para perguntar mais uma vez. E consigo, pergunto: "Quantos anos, caralho?". E ela diz que tem quinze. Bem assim. Quinze! Como se estivesse me provocando. Dá para acreditar? Ela é chave de cadeia! E passou esse tempo todo me enganando! Me enrolando! Eu posso até mostrar os e-mails, pelo amor de deus!! E agora vem dizer que quer fugir comigo? Essa menina tem problema na porra da cabeça? Mas que merda! Caralho!

SEBALD: Fique calmo, sr. Sky. A não ser que queira botar essas algemas de novo. Vamos lá, continue a história.

SKY: Desculpa. Sinto muito. É que... deixa pra lá. Eu só... nossa, acho que só perdi o controle, sabe? Estourei. Agarrei o braço dela, estapeei a menina e falei tudo o que eu pensava, chamando ela de burra e de vagabunda... E ela começa a chorar pra valer, sabe, lágrimas de verdade. E eu me lembro que agarrei ela pelo braço e a joguei para cima da cama com tanta força que ela caiu no chão do outro lado. Então, destruí o quarto.

SEBALD: Destruiu o quarto? Seja mais claro, por favor, para o registro.

SKY: Rasguei os pôsteres, os enfeites de parede, quebrei o espelho com um soco — por isso os cortes —, chutei o outro espelho maior, que ficava na porta, derrubei todos os cosméticos e tudo quanto é merda que ficava em cima da cômoda, arranquei as bonecas e os ursinhos da prateleira, rasguei livros, papéis... essas coisas. (Pausa)

SEBALD: Prossiga, sr. Sky. E onde ela estava esse tempo todo?

SKY: Ela tinha se levantado e ficou ali, do lado da cama, gritando para eu parar. A menina tinha um corte pequeno na testa, e me lembro que o rosto dela estava todo molhado e vermelho de tanto chorar. Mas ela ficou bem ali, gritando pra eu parar. Até que fui pegar o computador. Sabe, acho que foi o computador que fez isso com nós dois. Era nossa ligação, sabe? E era muito significativo para mim. Mas acho que o significado para ela era outro. De qualquer forma, era nossa ligação. Era como um totem. E a menina veio correndo para cima de mim assim que arranquei o cabo do mouse.

SEBALD: Está dizendo que ela atacou você?

SKY: Acho que ela estava tentando proteger o computador. Ficou me chamando de babaca. Não sou um babaca. Eu estava apaixonado! Bem, de qualquer forma, eu já tinha destruído a lateral da impressora antes que ela conseguisse terminar de dar a volta na cama. E, quando ela chegou mais perto, eu tinha acabado de arrancar o fio do teclado, e bati com tudo na cabeça dela. Bem na lateral.

SEBALD: Foi o lado esquerdo ou direito?

SKY: Ahn? O quê? Ah, do lado esquerdo, em cima da orelha. Ela caiu na hora. Desabou no chão, junto ao pé da cama, sabe? E ficou ajoelhada lá, com os braços abertos em cima da cama, sangrando um pouco no colchão, as pernas dobradas no chão, debaixo do corpo.

SEBALD: Ela estava viva?

SKY: Ah, sim, estava viva. Mas não estava mais me xingando. Só ficou me encarando como se eu fosse um merda, como se eu fosse a coisa mais nojenta que ela já viu. E como se estivesse com medo de mim, sabe? Tudo isso junto. E eu só tinha visto isso antes em outro rosto, essa combinação de sentimentos, sabe. Na minha ex. Minha namorada Laura. Como se ela estivesse ao mesmo tempo com medo e com nojo de mim. Foi aí que arranquei o monitor e usei nela. (Pausa)

SEBALD: Sr. Sky?

SKY: Ela amava aquele computador, sabe. Não foi nada fácil, pode acreditar.

JACK KETCHUM (1946-2018) foi o pseudônimo usado por Dallas William Mayr, com o qual assinou diversos livros de terror. Autor de *A Garota da Casa ao Lado*, venceu quatro vezes o prestigiado prêmio Bram Stoker, além de ter recebido outras três indicações.

P.D. CACEK (1951) é escritora norte-americana de terror. Ela tem inúmeros contos publicados em antologias e revistas, e dois deles venceram o prêmio Bram Stoker ("Metalica" em 1996) e World Fantasy Award ("Dust Motes" em 1998).

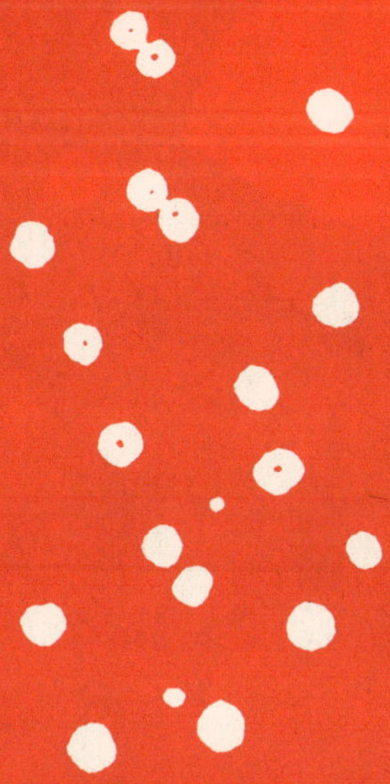

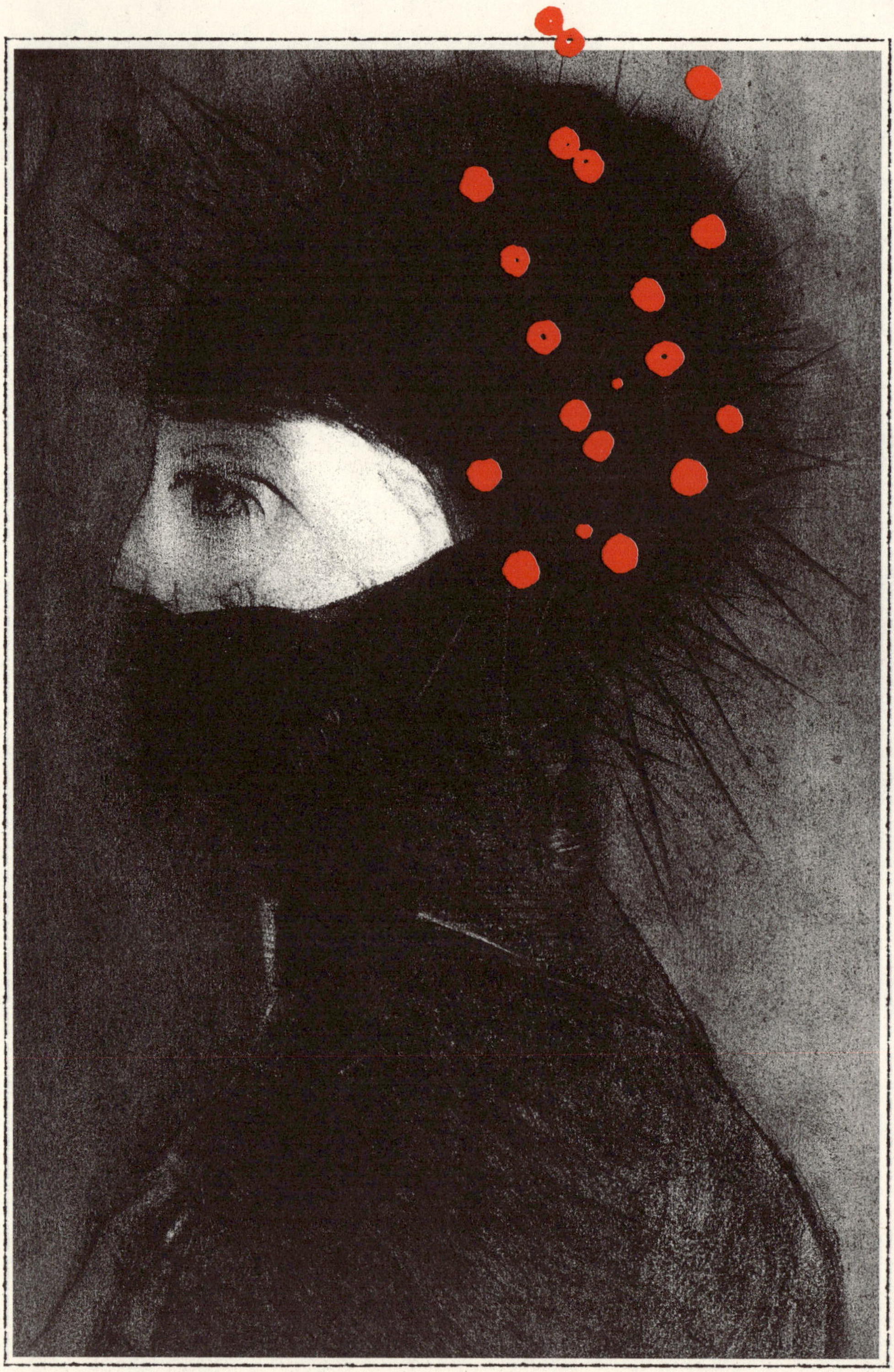

UM CONTO MACABRO *por*
STEWART O'NAN

O ROMANCE DO HOLOCAUSTO

O Romance do Holocausto está chegando à cidade! Senhoras e senhores, chegou a hora! venham ver a aberração do século xx, o sobrevivente meditativo da batalha final entre bem e mal! venham ouvir sua história deplorável de tortura e degradação! venham tremer com os relatos dos atos selvagens e desumanos de seus captores! Sim, senhores, ele está chegando! Só haverá uma única apresentação, exclusiva! O espetáculo está sendo preparado no campo ao lado do rio. Tivemos crianças passando de bicicleta pela ponte o dia inteiro, brigando para espiar por baixo da lona. Venham, venham todos!

Ah, não, não é tão ruim assim, pensa o Romance do Holocausto. *Mas é quase isso.* Foi escolhido pela própria Oprah, que o selecionara e convocara, então estava indo. Quando sai do prédio sem elevador onde mora, em Londres, a névoa ainda cobre a Leicester Square, encharcando as estátuas; pombos esbarram em seus sapatos novos, comprados só para a viagem. Ele agora tem dinheiro, e seu nome é famoso (mas não seu rosto). Chamando um táxi, vai até Gatwick e faz uma parada no *duty free*, onde compra garrafas de uísque como prêmio de consolação por nunca ter vencido.

O Romance do Holocausto não desperdiça ironia. Sorri para quase qualquer coisa, mas sem nunca avançar para o riso; ele é muito sério e se veste bem, se gargalhasse alto, todos iam olhar, como se ele fosse uma velha maluca. O Romance do Holocausto conversa sozinho enquanto anda pelo aeroporto, lembrando-se das vitrines e dos ônibus arredondados e barulhentos, da caligrafia precisa das letras dos anúncios — aquela era passou enquanto ele despertava, enquanto se recuperava das perdas da infância. E agora é celebrado pelo que perdeu. Enquanto espera no portão de embarque, fica assistindo às manchetes que se repetem na rotina, observando as mãos e se questionando se a viagem vale mesmo a pena. Está acostumado à vida tranquila que leva, enterrando os sentimentos pelo mundo em seus escritos. Não gosta da ideia de voar, fica nervoso; sempre que vai ao banheiro, o Romance do Holocausto lava as mãos antes e depois de fazer suas necessidades, com medo dos germes.

E claro que está nostálgico e melancólico, estupefato de ver tantas famílias se separando durante o embarque. Crianças se agarram ao pescoço das mães, gritando sem parar enquanto os avós os tiram dali e os obrigam a acenar seu último adeus. O Romance do Holocausto não gosta nada disso.

A primeira classe é novidade para ele, um sinal de como seu valor no mundo aumentou — o que, inexplicavelmente, veio depois de alguns poucos telefonemas. *É como Hollywood*, pensa; *um dia se é coadjuvante, no outro, vem o papel principal*. A tela pendurada mais à frente, dentro do avião, mostra o ligeiro arco do percurso que fazem pelo céu, relatando sua velocidade e a temperatura lá fora (menos 300° Celsius). As horas até Nova York passam em contagem regressiva, tiquetaqueando como uma bomba. O Romance do Holocausto não consegue dormir, só cochila de leve e acorda assustado quando a cabeça cai para a frente.

O Romance do Holocausto vem de uma ilha com vista para uma praia de pedras, com cabanas e bodes que vão urinando pelas trilhas íngremes. O povo do interior é gente simples e sem cultura. Até então, consideravam o Romance do Holocausto um fracasso, um criação que falava muito e fazia pouco.

O Romance do Holocausto não tem irmãos, não é casado e não tem filhos, só amantes ocasionais, que passam apenas alguns dias em sua vida, antes de viajarem para a Grécia ou o Oriente Médio. Tais amantes o consideram inofensivo e meio antiquado, uma pessoa de bom coração, mas não muito charmosa, que só inspira uma paixão morna. Chamam-no de amigo; dizem que estão "na casa de um amigo". O Romance do Holocausto prepara o café da manhã e faz companhia até o táxi que espera lá embaixo, na chuva. Ele segura o guarda-chuva, ajuda a abrir a porta, dá um beijo sem graça pela janela aberta e sobe de volta para casa, para o apartamento cinzento à luz da manhã, ouvindo o chiar dos aquecedores. O Romance do Holocausto tem o dia livre, mas nenhum plano.

Às vezes ele vai a museus, torcendo para conhecer alguém. Às vezes fica uma semana sem sair de casa, lendo o jornal de cabo a rabo, liga a TV na BBC3 e fica deitado no sofá, assistindo a Antonioni até cair no sono. Às vezes fecha e mergulha na banheira, o cabelo fino flutuando como alga, e imagina a mão de um estranho espreitando logo acima da superfície, só esperando para empurrar sua cabeça de volta para baixo d'água.

Talvez a fama mude sua personalidade. O Romance do Holocausto não liga muito para dinheiro, mas talvez assim as pessoas passem a vê-lo com outros olhos. Os fãs talvez enviem cartas, ou talvez até se atrevam a tocar sua campainha e subir para uma visita; jovens universitárias e gente doida, todos atraídos pela controvérsia, ou talvez até acadêmicos ranzinzas querendo discutir aspectos mais obscuros da história.

No Romance do Holocausto, o herói é um adolescente chamado Franz Ignaz. Franz vem de uma cidade sem bodes e sem lama, e seus pais o acham maravilhoso. Franz é um prodígio da música, estuda violino desde os quatro anos e é um exímio intérprete de Moscheles e Mendelssohn. No porão de seu esconderijo, à luz trêmula de uma vela, ele toca as músicas proibidas para famílias fugitivas da Gestapo.

O Romance do Holocausto teve aulas de piano na escola pública onde estudou, mas largou os estudos quando chegou aos exercícios de Czerny. O professor dizia que seu ritmo era mediano, mas que ele não tinha um bom ouvido. É preciso começar muito jovem para aprender a tocar de verdade, explicara o professor, e como é que o Romance do Holocausto ia argumentar, falando da casa dos pais, da umidade da maresia e da única estante com enciclopédias amassadas que ele lia sem parar? Como poderia explicar que era uma criança desinteressada, que era tão desajeitado que sempre fazia tudo errado e acabava levando broncas?

No Romance do Holocausto, as famílias não podem aplaudir Franz Ignaz sem se denunciarem, então cada um vai até ele e toca sua bochecha, olhando-o nos olhos como agradecimento. Mais tarde, nos campos de concentração, todos se comovem ao ver o mesmo gesto, agora cheio de brutalidade, feito pelo comandante. A mãe do Romance do Holocausto agia igualzinho quando o filho a desapontava ou fazia algo de errado (o que sempre acontecia). O Romance do Holocausto tentava evitar os olhos da mãe, envergonhado, mas ela botava a mão em sua bochecha e virava seu rosto para a frente, encarando-o, e ele não conseguia manter seus segredos. E o Romance do Holocausto também não sabe dizer como foi que isso se tornou uma parte tão grande do livro, nem sabe explicar seu significado. Culpa, com certeza, ou talvez uma acusação contra a mãe; mas, quando pensa nela, não vê do que acusá-la. A mãe não tem nada a ver com os seis milhões de mortos, e comparar a sua infância solitária ao genocídio é uma afronta, uma obscenidade. Mas foi o que fez.

Os comissários de voo trazem toalhas quentes, e o Romance do Holocausto esfrega o rosto com a fragrância de limão. Depois de sete horas sentado, aquilo deveria deixá-lo um pouco mais apresentável. Tem que estar num programa matinal muito importante em menos de uma hora e ainda precisa pensar no que vai dizer.

Vão perguntar sobre seus pais — obliterados junto de todo o povo da ilha, onde os bodes agora vagam soltos pelas montanhas e dormem nas cozinhas das casas. Vão pronunciar o nome mágico do campo de concentração a que ele sobreviveu quando era criança (não, não deixará que filmem o número esverdeado e quase indecifrável tatuado em seu braço), e vão pedir que ele conte sua história.

Então vai começar a responder com um: "No livro...". Isso vai trazer o assunto de volta para Franz Ignaz e Mendelssohn. O Romance do Holocausto vai erguer o bastião de Moscheles, um compositor pouco conhecido — essa tática vai fazer ele ganhar algum tempo, mas não vai salvá-lo de contar sua própria história, com a caligrafia e a burocracia absurda que separa os úteis dos mortos. Ele era um rapaz do interior, acostumado ao trabalho duro, tinha os músculos das canelas grossos de tanto subir as trilhas em ziguezague. Seus pais eram velhos (mas, enquanto vai ensaiando a história na cabeça, percebe que os pais eram dez anos mais novos que ele agora). A história não é nada pertinente ao Romance do Holocausto. Foi só um golpe de azar, e o livro não se trata disso.

Porque o Romance do Holocausto é mágico. Nele, Franz Ignaz faz um amigo nos campos de concentração, um prodígio do xadrez chamado David. David tem oito anos e está prestes a se tornar Grão-Mestre; seu pai e o pai de seu pai eram campeões em Breslau. O que não está muito longe da verdade, mas o Romance do Holocausto nunca se encontrou com o garoto, que na verdade ficava em outro alojamento. E era um menino letão, seu nome começava com K... Kolya? Devia lembrar. Na vida real, o garoto foi metralhado com centenas de outras crianças; mas, no Romance do Holocausto, ele e Franz Ignaz têm longas conversas sobre a lógica dos nazistas, e sobre como os dois podem salvar a todos apontando as falhas da metafísica em seu racionalismo. É obviamente um apelo cômico, e, embora esse modo de pensar não fosse muito comum no mundo dos campos de concentração, traz uma verdade profundamente humana e filosófica que funciona muito bem para o Romance do Holocausto.

Estão pousando em Nova York, Long Island se estende ao lado deles durante quase todo o processo. O Romance do Holocausto sente os ouvidos estalarem sem muita sincronia, e acaba tendo que enfiar o mindinho num deles. Quando o avião toca o chão, os outros passageiros aplaudem, e ele se pergunta: *por quê?*

A representante da editora americana está esperando por ele no portão, erguendo seu livro bem no alto para ser reconhecida. A mulher insiste em levar sua bagagem de mão, mas ele a dispensa sem grandes constrangimentos. Lá fora, uma limusine da rede de televisão o espera, e o banco de trás é uma caverna de couro completa com um bar e uma TV ligada — talvez permanentemente — no canal em que ele logo vai aparecer.

"Como está indo a turnê?", pergunta a representante, e ele explica que essa é a primeira parada e que em geral morre de medo dessas viagens e que raramente sai de seu apartamento. Logo percebe como isso soa patético, mesmo sendo a verdade. Por que sempre tem essa necessidade de se confessar para estranhos?

"O senhor deve estar animado com esse negócio da Oprah, não? Nós estamos."

"Foi uma surpresa e tanto", confessa. "Mas tenho que admitir que não sei muito sobre o programa."

"É ótimo", assegura a representante da editora. "Todo mundo assiste."

Passam direto pelo Queens, e o Romance do Holocausto de repente sente uma fome voraz. Queria ir para o hotel e dormir. Já sente falta de Londres, da vista do parque das janelas altas, da chaleira sibilando no fogão, chamando-o para longe da mesa, para se aventurar de volta no mundo real, mesmo que só por alguns instantes.

Passam por um quilômetro de cemitério, cheio de colinas pontilhadas de cruzes — quantos milhares? —, e a cidade emerge diante deles como uma cerca, o rio azul logo abaixo. Já tinha visitado o lugar a convite da editora, mas era sua primeira vez lá como celebridade (embora, estranhamente, agora se sinta mais como um impostor). Da ponte, as belas fachadas cintilam à luz laranja da manhã, e a cidade parece só sua. Ele se pergunta se isso é que é sentir o poder.

Quantas pessoas vivem ali. Dez milhões, doze? O Romance do Holocausto imagina como seria se os mortos ocupassem os lugares dessa gente, enchendo os prédios e escritórios, os elevadores tentando em vão fechar as portas.

Sua sorte (ou azar) de ter sobrevivido é apenas um dos males da profissão, ou apenas o modo como a vida é? Ali está, prestes a ser exibido por todos o país, e precisa ser sábio. A responsabilidade é impossível. O que diabos poderia dizer para aquelas pessoas?

Vão querer falar sobre o filme, perguntar se ele está satisfeito com o diretor (não) ou com o roteiro, uma colcha de retalhos cheia dos clichês mais banais. Vão perguntar se o filme será fiel ao livro. Seu contrato o deixa livre para dizer o que pensa, mas o agente lhe aconselhou a só dizer coisas boas ou a evitar se comprometer usando comentários banais, interpretando a pergunta como um pedido de análise da relação entre literatura e arte popular.

O filme do Romance do Holocausto tem cenas de amor nos beliches onde dormiam. Franz Ignaz e David são adolescentes, ambos apaixonados pela mesma garota — que no livro é mencionada apenas duas vezes. Todos os nazistas são interpretados por atores britânicos, e o papel dos garotos ficou com celebridades da TV americana. O diretor decidiu que a história toda precisava se passar no verão, para dar um contraste mais arrebatador com o canto dos pássaros e os raios de sol passando por entre as árvores. Já até vê o uso da música klezmer para as cenas da vila e uma trilha cheia de sinfonias melancólicas para os campos de concentração. (*Será que Mendelssohn não cairia bem?*, quis sugerir.) O diretor tinha relatado tudo aquilo numa carta longa e inesperada enviada um mês depois que ele aprovou o projeto. Desde então, o Romance do Holocausto não tinha notícias do andamento do filme, só os vagos comentários que ouvia de seu agente.

"Você pode autografar meu livro, por favor?", pede a representante da editora.

Ele pega o livro sem nem pensar, abre na página de rosto e rabisca seu nome. É para isso que está lá.

"Obrigada. Na verdade, ainda não tive tempo de ler, mas parece muito interessante. Adorei A *Escolha de Sofia*."

"Nunca li", responde ele, devolvendo o livro.

Mas a representante da editora responde que ele precisa é ver o filme, que Meryl Streep está ótima nele.

Entram em Manhattan, onde o trânsito intenso os faz parar a cada semáforo e as calçadas são abarrotadas de gente. *Todas mortas*, pensa, imaginando todas no chão, os corpos caídos sobre os volantes. Talvez assim eles entenderiam.

Ah, é isso que vai dizer! "Imagine se todos na cidade estivessem mortos; os porteiros, as madames com seus cães, os entregadores com suas bicicletas..."

Nossa, seria um entrevistado tão agradável.

A caminho do estúdio, que fica no centro, passam por centenas de cafés. Um homem parado na esquina come um sanduíche, e o Romance do Holocausto precisa de todas as suas forças para evitar saltar da limusine e arrancar a comida das mãos dele, enfiando o sanduíche na boca com os dedos engordurados.

"Será que temos como parar para comer?", pergunta, mas eles não têm tempo.

"Vão servir alguma coisa no camarim", assegura a representante da editora.

E servem mesmo: uma travessa cheia de pãezinhos inteiros com sachês de *cream cheese*. O café tem gosto de verniz. Alguém da produção o leva pelo braço até a maquiadora, e ele fica sentado numa cadeira de barbeiro diante de um espelho. A mulher nem o cumprimenta quando começa a mexer em seu rosto; está ocupada demais explicando seu horário de trabalho para uma outra mulher, explicando que precisa trocar de turno com alguém. O Romance do Holocausto fica sentado com um avental protegendo o terno, encarando aquela velha escrota e cheia de pó e ruge na sua frente. *Tudo isso aconteceu há muito tempo*, pensa, mas não é isso o que querem ouvir. E honestamente, também não é verdade — não mesmo.

Vão perguntar da pesquisa, dos arquivos caindo aos pedaços e das películas que examinou, das milhares de imagens do Museu Britânico — e tudo isso enquanto passam as imagens num telão, como numa apresentação de slides. No Romance do Holocausto, Franz Ignaz tenta descobrir o que aconteceu com todas as pessoas que moravam em seu prédio. Com a ajuda de David e de um *kapo*, ele rastreia o paradeiro de cada uma delas, e, trocando favores e molhando a mão das pessoas certas, consegue reunir todas, reconstruindo sua comunidade em um dos alojamentos. E todos fingem que ainda moram em Danzig. O campo de concentração e tudo o que está acontecendo no mundo os faz acreditar mesmo nisso, numa espécie de alucinação coletiva que os ajuda a manter as família intactas.

Claro que as últimas pessoas que Franz Ignaz encontra são o pai e a mãe, famintos e condenados a um dos campos de trabalho, onde eram assassinados quando perdiam a utilidade. Então Franz Ignaz precisa dar um jeito de contrabandear comida para os pais.

Mas e ele, teve alguma chance de ajudar seus pais? Preferiria ter morrido com eles? São velhas perguntas, talvez justamente as coisas que o livro deveria responder. Mas claro que não respondia; era apenas um livro.

"Pronto", anuncia a maquiadora, soltando o avental, e o Romance do Holocausto é conduzido de volta ao camarim, onde encontra seu lugar no sofá ocupado por algum atleta e a representante da editora.

"Dois minutos!", avisa um sujeito com fones de ouvido para a representante da editora do Romance do Holocausto, e ela pede permissão antes de ajeitar sua gravata e os ombros do terno.

"Você está lindo!", comenta a representante, como se fosse alguma piada interna deles dois.

O sujeito de fone os conduz por um corredor, entrando devagar num estúdio muito iluminado e fechando delicadamente atrás deles. O cenário é menor que ele esperava, montado numa plataforma elevada, como um carro alegórico. Tem outro convidado sob os holofotes, uma mulher loira bem mais alta que ele, vestida para exibir os braços fortes e o peito farto. É uma estrela de cinema, e ele desejou saber identificar essas celebridades.

Na vida real, o Romance do Holocausto nunca nem procurou pelos pais. Nem encontrou ninguém da antiga vila. Todos diziam que aquelas pessoas estavam mortas, e, mesmo tendo passado tantos meses duvidando disso, ele não tinha muito mais com o que ocupar a mente e acabou aceitando a verdade. Não tinha acontecido nenhuma fuga extraordinária, os milagres nunca eram fáceis. Não havia nada de engraçado ou encorajador em sua vida, nenhuma metáfora para qualquer ópera deprimente. Não tinha escondido joias para trocar por favores ou dividido sua comida com crianças doentes. E, depois que foi solto, não queria nem pensar em nada do que acontecera.

E também não queria pensar naquilo agora, mas já não tinha mais escolha. Estavam prontos para recebê-lo. A loira tinha terminado de falar, e o sujeito dos fones de ouvido o conduziu até a poltrona onde ela estava, o assento ainda quente. Um técnico de som passou um fio por dentro de sua camisa, uma sensação fina e geladinha contra a pele do seu peito, enquanto a apresentadora anunciava sua presença e agradecia sua participação no programa. A mulher usa tanta maquiagem que seu rosto parece dividido por zonas de cores, um Mondrian vivo.

"É uma honra conhecer o senhor. Seu livro é maravilhoso, uma história muito comovente."

Ele agradece, assentindo como um professor universitário enquanto o técnico de som remexe em sua lapela. "Podemos testar?", pergunta uma voz do teto, quase um chamado de Deus.

"Diga alguma coisa", manda o técnico de som.

"Oi", diz o Romance do Holocausto. "Estão me ouvindo?"

"Está ótimo", avisa o teto.

"Trinta segundos", anuncia o homem dos fones de ouvido.

A representante da editora do Romance do Holocausto está de pé perto da porta, fora do palco, acompanhada de sua cópia autografada do livro. E ergue o polegar para ele.

"Vou apresentar o senhor e o seu livro, depois vou fazer algumas perguntas", explica a apresentadora. "Não se preocupe, vai ser tão rápido que você nem vai sentir."

Ele pensa outra vez em Londres, no computador esperando na mesa, na cozinha vazia, nas cartas se acumulando. Como a casa deve estar quieta, tranquila. Por que aquela lhe parece a melhor maneira de passar o resto de seus dias?

Na vida real, todos que ele conhecia na infância já morreram. Os soldados chegaram com seus barcos e levaram todos embora, matando um a um. Só ele sobreviveu. Esse é o segredo do Romance do Holocausto, é algo que ele nunca contou a ninguém, e jamais contaria, nem agora, nem nunca (ah, mas será que eles não sabem?). No Romance do Holocausto, as pessoas que ele amava vivem para sempre. E foi por essa mentira que ele ficou famoso.

"Cinco, quatro...", vai dizendo o sujeito dos fones de ouvido, mas termina a contagem com os dedos.

"Estamos de volta!", anuncia a apresentadora, se inclinando para perto da câmera, e começa a falar dele, contando ao país sobre seu livro magnífico e muito importante sobre a tragédia mais sinistra dessa era, um livro que Oprah Winfrey acabou de escolher para figurar em seu clube de leitura, falando também que ele voou direto de Londres apenas para ir ao programa.

Então a apresentadora se vira para ele e olha bem nos seus olhos. E ele não consegue evitar pensar na mãe, com a mão em sua bochecha. O que ela pensaria disso?

"Muito obrigada por aceitar vir aqui esta manhã."

"Eu que agradeço", responde o Romance do Holocausto. "Estou muito feliz de estar aqui."

STEWART O'NAN (1961), romancista norte-americano, tem mais de uma dezena de livros publicados. Também escreve roteiros, contos e não-ficção. Escreveu duas obras em parceria com Stephen King: *Faithful*, em 2004, e *A Face in the Crowd*, em 2012.

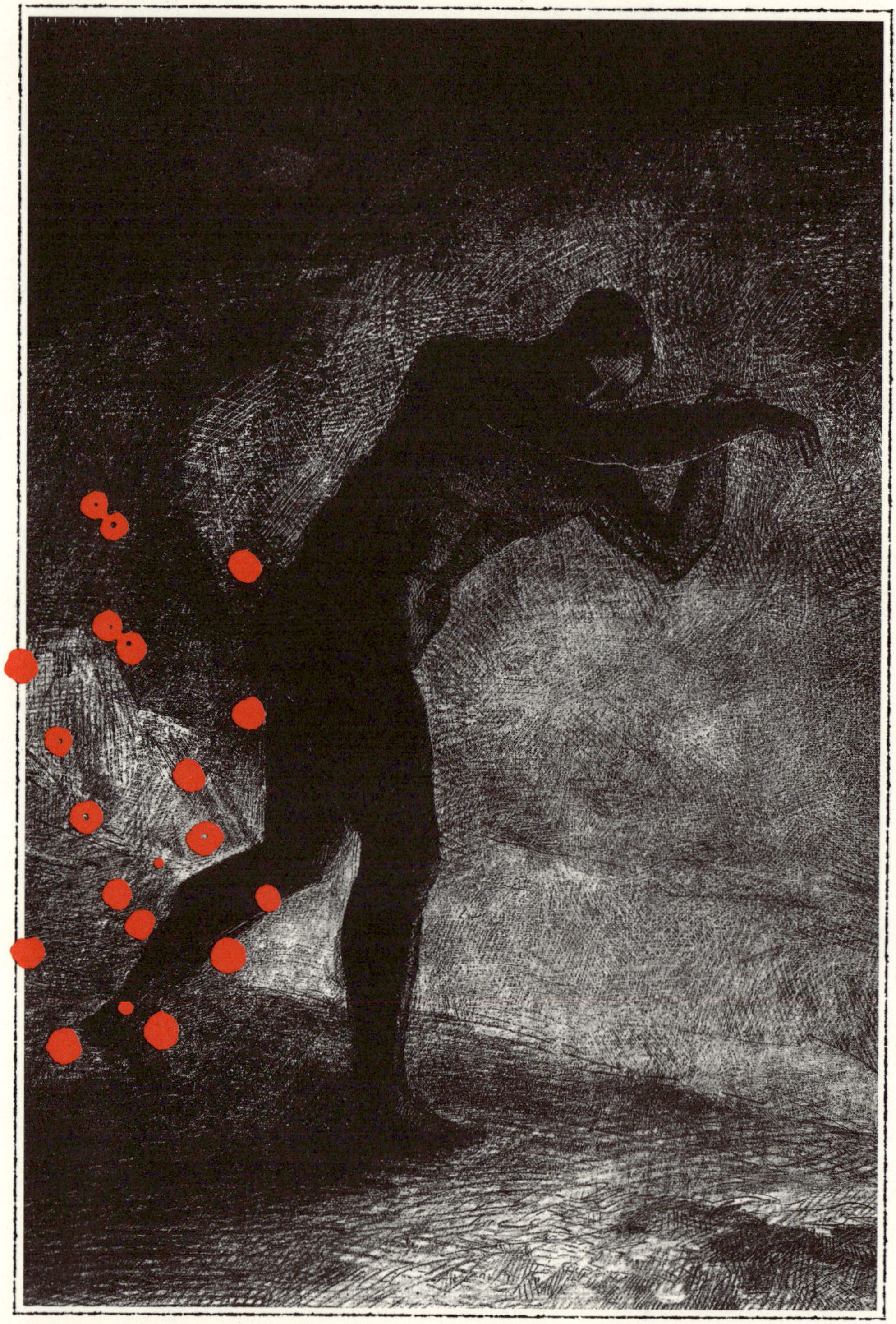

UM CONTO MACABRO *por*
BEV VINCENT

AELIANA

O sol já se pôs fazia quase uma hora quando Aeliana emerge de seu covil, no porão de um prédio abandonado que fica no fim de um beco escuro, numa esquina decadente de uma cidade sombria. E nem mesmo essa caverna fria e úmida fornece proteção suficiente, já que as janelas rachadas e imundas no alto das paredes deixam entrar a luz do sol. Por isso que Aeliana construiu um abrigo secundário usando pedaços de papelão, madeira e metal que trouxe das ruas acima.

Ela ama sair para a rua quando a lua está alta no céu, explorando o mundo enquanto procura alguma comida. Não é nada exigente e, quando não consegue vencer os ratos na briga pelos petiscos mais suculentos das lixeiras, sempre pode contar com os próprios ratos.

O calor das horas de sol ainda irradia do concreto e do asfalto, e seu nariz sensível capta um aroma no ar. Vê os restos de uma refeição parcialmente esparramados no pavimento junto a um corpo caído de barriga para cima. O homem ainda está quente e respirando, então ela o deixa em paz. Quase todos os humanos que encontra à noite estão mortos. A vida naquela região é frágil e curta.

Quando se esgueira pela esquina, detecta um novo odor no ar estagnado: carne fresca. Um corpo nu estatelado de cara no chão, bem no meio do beco. Os braços estirados, o nariz esmagado no asfalto. Aeliana estima que já esteja morto faz algumas horas.

Associa descobertas como essa ao homem que chama de Senhor do Crepúsculo. Ele sempre aparece durante os minutos cinzentos entre o dia e a noite, deixando um corpo em seu rastro. Seu covil está cheio de ossos de corpos como aquele, homens e mulheres. Quase parecem presentes deixados especialmente para ela.

Ouve um guincho atrás de si quando avança para o corpo. Luzes piscantes pintam o beco de vermelho, de azul e outra vez de vermelho. Portas de carro se abrem. Passos se aproximam. Aeliana corre para as sombras, se encolhendo contra a parede, prendendo a respiração.

"Ali!", anuncia uma voz de homem.

A luz de uma lanterna percorre o beco, passando por suas patas peludas. Aeliana se encolhe, escondendo as patas mais para perto do corpo.

"Vou ali dar uma olhada", avisa uma mulher.

O facho de luz encontra Aeliana outra vez. "Que porra é essa?", indaga o homem. "Emerson, tá vendo isso?"

À luz fraca, sua forma atual pode ser facilmente confundida com um lince. Entretanto, reparando com mais atenção, seus olhos são grandes e expressivos, e ela é bem robusta, com garras grandes e flexíveis demais para um felino e o pelo muito fino. Aeliana já se viu pelos olhos dos humanos, entende como eles a veem: bizarra, nojenta, obscena.

Ela tenta escapar da luz, mas o facho a segue pelo beco. A luz não machuca, não como o sol, mas a deixa exposta e indefesa. Todo predador também é presa.

O homem saca uma arma do coldre e mira em sua direção.

Aeliana conhece bem as armas, que feriu ou matou muitos de sua espécie ao longo das eras. Ela salta no exato instante em que o homem atira. A bala erra por pouco, explodindo na parede, mas um fragmento do tijolo corta sua pata traseira.

Ignorando a dor, ela foge pelo beco em busca do santuário da escuridão. O homem não atira uma segunda vez. Aeliana vira a esquina e manca até seu refúgio. Fechando a porta com um empurrão, ela vai cambaleando escada abaixo até chegar ao final, ofegante, e cair. O chão do porão é frio e duro, mas ela se sente segura ali.

Fecha os olhos. Um brilho dourado envolve seu corpo durante a transição de volta à forma humana. Ela parece uma criança de talvez doze anos, mas é bem mais velha. E provavelmente nunca terá a aparência de um humano adulto, não importa quantos anos se passem.

O ferimento na pata se revela um corte considerável em seu pé. Vai se curar com o tempo, mas está doendo. E, além da dor, ela sente fome. O encontro desagradável acabou com sua chance de ter um banquete. Vai tentar comer de novo dali a algumas horas, quando os forasteiros saírem. O ferimento a deixará mais vulnerável, mas é um risco que terá de correr.

Aeliana se arrasta pelo chão duro até a pilha de roupas próxima à entrada do covil. Depois de se vestir, procura um trapo grande o bastante para cobrir o ferimento no pé.

Um feixe de luz entra pelas janelas cobertas de sujeira no topo da parede do porão. Ela ouve algo se mexendo lá fora. Outro feixe de luz. Então o rangido inconfundível das dobradiças da porta acima se abrindo para dentro.

Alguém está vindo.

• • •

A pesada lanterna da agente Kate Emerson ilumina os rastros vermelhos pelo beco. Ela é a mais experiente da dupla, então deixa Philips esperando reforços e guardando a cena do crime enquanto segue o rastro. Mantém o revólver no coldre, mas deixa a aba aberta para poder sacá-lo mais rápido.

Philips acha que viu um gato-selvagem, mas a escuridão pode ser muito enganadora. Se fosse o assassino que andava desovando corpos naquela área da cidade nos últimos meses, não poderia deixá-lo escapar. Prender aquele criminoso seria uma excelente adição ao seu currículo; mais um degrau galgado na direção de um escudo dourado, que viria com um aumento do salário e o fim das rondas noturnas. A vida de detetive é menos perigosa, e ela tinha uma garotinha sem pai para criar.

O rastro acabava numa porta de madeira no fim do beco seguinte do outro lado da esquina. Três gotas de sangue reluziam na soleira, à luz da lanterna. Até cogitou chamar Philips pelo rádio, mas ele só diria para esperar por reforços. E seria mesmo o procedimento correto, mas não quer deixar o assassino escapar.

Ela estende a mão e gira a maçaneta. A porta se abre. As dobradiças rangem alto, em protesto. Lá se vai a chance de chegar de fininho e surpreender quem ou o que Philips tinha conseguido ferir.

A poeira no chão da entrada parece intocada, mas Kate encontra rastros nas escadas que descem para o porão à direita. E parecem recentes. Se fossem pegadas de bicho, era um com patas muito diferentes de qualquer coisa que já viu. Também encontra uma gota de sangue no segundo degrau. Sacou a pistola enquanto descia, mantendo-a apontada para a frente, apoiando o braço da arma no da lanterna.

Assim que chega ao pé da escada, encontra sinais de que algo tinha sido arrastado — ou que se arrastara — pelo chão de concreto imundo. E mais sangue. Dando alguns passos hesitantes para a frente, confere os arredores com o facho da lanterna. O porão está cheio de lixo. No canto, vê o que poderia ser uma pilha de ossos limpos. Seria o covil do assassino?

A lanterna faz dela um alvo fácil, mas ficaria ainda mais vulnerável no escuro. Avançando um pouco mais, vê algo que parece uma espécie de barraco ou covil. Com um vislumbre de cor e movimento, vira a lanterna — e a arma — alguns centímetros para a esquerda.

Suprimindo um gritinho de susto, Kate tira o dedo do gatilho. É uma garotinha, agachada como um leopardo prestes a dar o bote. Deve ter uns dez anos, talvez um pouco mais. Os cachos dourados parecem não ver uma escova em... parecem nunca ter sido penteados. As roupas são trapos imundos e esfarrapados.

"O que você está fazendo aqui embaixo?" Antes de guardar a arma no coldre, Kate olha para trás da criança, verificando se não tem mais ninguém naquele barraco. "Cadê sua mamãe e seu papai?"

A garota se levanta, mas continua muda.

Kate Emerson se aproxima mais um passo. Desliza o feixe de luz da cabeça aos pés da garota. Ela está descalça, e sangue escorre de um curativo improvisado no pé direito.

"Me deixa dar uma olhada nesse seu pé."

A menina não se mexe.

"Não vai doer. Só quero dar uma olhada."

A garotinha balança a cabeça.

Emerson se ajoelha, tentando parecer menos ameaçadora. Depois de alguns segundos, a menininha vai até ela, mancando.

"Qual é o seu nome?", pergunta a policial.

Não estava esperando o que aconteceu em seguida. Seus pensamentos são inundados por um nome, que se anuncia dentro da sua cabeça, mas tão alto que poderia ter sido gritado no microfone de um show. Ela cambaleia para trás, aturdida, e se apoia na mão para não cair.

Então respira fundo e olha bem para a menininha. Ela lembra uma daquelas pinturas *kitsch* de criancinhas de rua com olhos enormes. O rostinho imundo parece muito melancólico, como se ela tivesse vivido uma vida de tristezas e tormentos.

"Foi você que fez isso? Você é a Aeliana?"

A garota confirma, balançando a cabeça. A sombra de um sorriso curva os cantos de seus lábios, e ela troca o apoio do corpo de pé para o outro e faz uma careta de dor.

"É um prazer conhecer você. Eu me chamo Kate." A agente dá um tapinha na própria perna agachada, chamando a garota para se sentar ali. Ela enrosca o braço na cintura de Aeliana e levanta a menina, apertando-a contra o peito. Então se levanta também, vira e começa a andar na direção da escada. "Não se preocupe", diz, tentando soar tranquilizadora. "Vou levar você para um lugar seguro."

A garota começa a se debater, e Emerson precisa usar as duas mãos para segurá-la. A lanterna cai para longe, traçando desenhos erráticos nas paredes e no teto antes de chegar ao chão.

Um cheiro acre e estranho a envolve. O corpinho frágil preso em seus braços parece derreter e se desmanchar. Kate sente uma onda de calor, e algo escorre por seu corpo, como se tivessem despejado um balde de água morna em cima dela. Alguns segundos depois, sente os braços apertados contra o peito. Kate Emerson é uma policial experiente, muito boa em imobilizar criminosos, mas aquela garotinha conseguiu escapar de suas mãos. Respirando fundo para tentar manter a compostura, combate o impulso de se virar e sair correndo. *É só uma garotinha*, diz a si mesma. *É só uma garotinha assustada e machucada, e é meu dever protegê-la.*

Pega a lanterna, que sobreviveu à queda no chão de cimento, e ilumina Aeliana, que voltou para a frente do barraco e está agachada como um bicho selvagem. Por alguns segundos, tem a impressão de que ela está mudando. O nariz se afina, a testa larga se achata... Enquanto vê Aeliana outra vez como uma garotinha, Emerson diz a si mesma que foi só um efeito das sombras e da luz.

"Você fica aqui até eu voltar com alguma coisa para cuidar desse seu pé?", pergunta. "Prometo que não vou mais tentar tirar você daqui."

Aeliana faz que sim com a cabeça.

"Era o seu papai lá no beco?" Emerson levanta a cabeça de repente, se encolhendo um pouco quando uma imagem vívida do cadáver surge em sua mente.

Aeliana nega, balançando a cabeça.

"Nossa. Tá bom. E cadê a sua mamãe?"

A garotinha dá de ombros.

Emerson não sabe como processar tudo o que aconteceu desde que chegou ao porão. Só o que pode fazer é cuidar do machucado da garota. Pelo menos por enquanto. "Eu já volto. Não saia daqui."

Já está na metade da escada quando o rádio chia em seu ombro. "Emerson? Está ouvindo?"

"Perdi o rastro, mas já estou voltando."

"Os reforços chegam em cinco minutos", avisa seu parceiro.

"Entendido."

A cena do crime logo se transforma numa colmeia em plena atividade. Durante sua ausência, Philips prendeu uma fita amarela para afastar qualquer curioso da área, abrindo espaço para os profissionais. Técnicos de perícia montam luzes portáteis e se lançam no árduo trabalho de coletar as evidências. Os detetives que assumem a cena mandam Emerson e Philips para sondar a vizinhança em busca de testemunhas. É um trabalho complicado, já que ninguém nas redondezas vai querer conversar com um policial, mas é parte do ofício.

Philips assume as ruas à direita do beco, e Emerson segue pelo lado esquerdo. Antes de se retirar, pega alguns suprimentos de primeiros socorros e mais algumas coisas no porta-malas da viatura. Exagera um pouco enquanto bate nas portas da vizinhança, para que todos a vejam, então se esgueira para o outro lado da esquina na primeira oportunidade.

Aeliana sai do barraco assim que Emerson pisa no último degrau. A policial mostra os suprimentos de primeiros socorros. "Prometo que não vou mais tentar tirar você daqui", repete.

A garota se aproxima devagar e hesitante, mas depois de um tempo concorda em se sentar outra vez no colo de Emerson, enquanto a agente limpa o ferimento, passa pomada antisséptica e enrola seu pé com gaze. "Tente manter o curativo limpo", avisa Kate. "Está com fome?"

A garota faz que sim com a cabeça.

Emerson entrega um sanduíche de salada de peito de peru que tinha feito para o almoço e abre a tampa de uma garrafa de água antes de entregá-la para a menina. "Você sabe alguma coisa sobre aquele homem lá no beco?"

Uma cena começa a se desenrolar em sua cabeça, parece uma velha filmagem de telejornal. A perspectiva é incomum, muito perto do chão. Um pneu de carro roda até parar na entrada do beco; a porta se abre, e um pé aparece. A imagem se afasta para mostrar um homem tirando algo pesado do bagageiro do carro. O sujeito carrega o embrulho pelo beco cada vez mais escuro, larga o que quer que seja no chão e volta para o carro, que vai embora alguns segundos depois.

"Você viu o rosto dele?"

Emerson recebe a imagem de um homem encapuzado nas sombras. Consegue reparar em alguns traços — orelhas proeminentes, grandes entradas no cabelo —, mas não o bastante para identificá-lo.

"Ele é o Senhor do Crepúsculo", conta Aeliana, falando em voz alta pela primeira vez.

"Por que esse nome?"

A mídia ainda não tinha reparado que alguém andava desovando corpos naquela parte da cidade, e ninguém ali se importa de informá-los, então o assassino ainda não tem apelido.

"Eu sou uma discípula da lua e das estrelas", explica Aeliana, apontando para o próprio peito. "Você é uma filha do sol. E ele vem entre os dois."

Emerson concorda com a cabeça, mesmo sem ter entendido uma palavra daquilo.

"Posso chamar você, se o vir de novo por aí."

"Como?"

Outra imagem inunda sua mente. Aeliana gesticulando para que ela se aproxime.

"E você consegue fazer isso mesmo se eu estiver longe?"

A menina dá de ombros. "Acho que sim."

"Ele é perigoso."

Mais imagens invadem sua mente. Monstros repugnantes com presas e garras. Ela olha outra vez para a garotinha e tenta imaginar o que aconteceu, mais cedo, quando ela se dissolveu em seus braços. Será que a menina também tinha um aspecto como aquele? De qualquer forma, deu para entender a mensagem: Aeliana também é perigosa.

"Tudo bem, então, mas não vá se arriscar. Tome cuidado. Eu volto assim que puder."

Emerson afasta o cabelo embolado do rosto de Aeliana e beija a sua testa. Sente aquele cheiro estranho outra vez. Um cheiro que lembra a morte.

...

Aeliana sente a presença do Senhor do Crepúsculo trazendo outro presente antes mesmo de vê-lo. Ela fecha os olhos e transmite uma mensagem para Kate. Sua conexão empática é forte. Fazia muito tempo que não se ligava a um humano, tempo demais. Além de mandar mensagens, também consegue ver pelos olhos de Kate e fazer com que ela veja pelos seus.

A policial tinha vindo visitá-la três vezes desde aquela primeira noite, sempre trazendo comida — e umas coisas muito diferentes de qualquer coisa que Aeliana já tivesse experimentado —, e sempre trocando seu curativo; o ferimento estava curando bem. Em todas as vezes, Kate tentava convencê-la a ir embora com ela. Tinha purgado a mente das imagens que Aeliana lhe mostrara sobre sua natureza e só pensava nela como uma criança.

Aeliana sabe que o que Kate quer é impossível. As duas pertencem a mundos diferentes; mundos que devem ficar sempre separados.

Já é fim de tarde quando Emerson estaciona o carro perto do beco de Aeliana. Da segurança do abrigo fechado, ela envia a mente para o reluzente reino estrangeiro, visto pelos olhos de Kate. Hesita um pouco a princípio, desacostumada com a claridade.

"Tem certeza de que ele está vindo?", pensa a policial.

"Ele não demora", responde Aeliana.

Olha para o céu pela janela do carro, aproveitando a rara oportunidade de ver o sol, já prestes a desaparecer por trás do horizonte da cidade. Kate levanta a mão para proteger os olhos, o que muito lhe agrada. Nem mesmo os humanos estão imunes àquele resplendor opressivo.

As duas ficam sentadas, imersas num silêncio confortável. Aeliana gosta de ficar na mente de Kate. É bom ter companhia, depois de tanto tempo sozinha. Vagueia pelas memórias da mulher. Uma garotinha — a filha de Kate — aparece em quase todas. Aeliana se sente enrolada num cobertor quente.

...

Emerson escuta um veículo se aproximar. O sol já desaparece por trás dos arranha-céus, e as sombras se alongam em tamanhos impossíveis, distorcendo até os objetos mais familiares. Ela se abaixa por trás do volante quando um carro passa devagar, a menos de trinta por hora. Assim que o carro some de vista, Kate sai para a rua, agachada, buscando a cobertura das sombras. Aeliana aprova isso.

Luzes de freio se acendem um pouco mais à frente. A porta do motorista se abre, e uma figura alta sai do carro. O sujeito apoia as mãos no capô enquanto olha em volta. Parecendo satisfeito por estar sozinho, ele fecha a porta devagar e vai até a traseira, abrindo o porta-malas. O homem se inclina lá para dentro e puxa um embrulho grande e volumoso, arrastando-o para o beco.

Emerson aproveita a distração para se aproximar. Está com a arma em riste, pronta para o confronto que acabará com o reinado de terror daquele assassino. Devia chamar reforços, mas não quer dividir os louros da vitória com ninguém. Vai fazer a chamada assim que tiver tudo sob controle. Não importa se está de folga hoje. Os chefes vão cobri-la de elogios, prometendo uma promoção em breve.

Chegando na entrada do beco, ela se prepara para a briga e dá a volta na esquina, mantendo a arma na altura do braço. "Parado!", manda, no tom mais alto, sério e autoritário que consegue.

O homem ataca, derrubando sua arma. Algo sólido atinge sua cabeça, e Kate cai para o lado. De repente, o sujeito parte para cima dela, dando tapas e socos, mantendo seus braços presos sob suas pernas. Aeliana grita sem parar dentro de sua cabeça; talvez também esteja gritando em voz alta, mas Kate não tem como saber com certeza.

O homem rosna alguma coisa, mas ela não consegue discernir as palavras. São delírios de um maníaco. Algo perfura sua barriga; ela olha para baixo a tempo de vê-lo puxar a faca e enfiá-la outra vez. A dor é pior do que quando foi ferida em um tiroteio, anos antes. Emerson sente o corpo ficando frio, depois quente, depois frio de novo. O agressor retira a faca e a limpa em seu ombro. Ela desmaia.

• • •

Uma aura dourada envolve Aeliana, enquanto ela se transforma em animal. Ainda não está escuro o suficiente lá fora, mas é a fúria que a faz avançar. Kate precisa de ajuda. Já consegue sentir a essência da mulher se esvaindo.

Chega ao beco em questão de segundos. O Senhor do Crepúsculo ainda está inclinado sobre o corpo da policial, e não a escuta se aproximar. Com um único pulo, Aeliana cai em cima dele, as presas afundando na carne macia do pescoço, as garras se enfiando nas costas e nos braços dele. A faca cai no chão com um tinido. O Senhor do Crepúsculo tenta pegá-la, mas Aeliana é bem rápida, e o sangue começa a jorrar de seu pescoço. Ela fecha a boca, arrancando um naco enorme de carne. Os molares mastigam com vontade antes de engolir.

O homem desaba no chão. Aeliana o arrasta para longe de Kate, para que a mulher não se contamine com o sangue dele. O Senhor do Crepúsculo ainda não morreu, mas também não vai durar muito.

Não quer que Kate a veja desse jeito, então recua para as sombras e se transforma de volta. O sol já quase sumiu, mas ela ainda consegue sentir os raios difusos chamuscando sua carne. Aeliana puxa o braço de Kate com força, tentando fazê-la acordar. Não sabe o que fazer para estancar o sangue que escorre das punhaladas na barriga da policial.

Não demora a ficar escuro, e Aeliana se vê em seu elemento. O homem já morreu, mas Kate ainda está viva, mesmo com a respiração fraca e inconstante. As pálpebras abertas tremelicam quando tenta focar o olhar em Aeliana. A garotinha que não é uma garotinha.

"Levanta", manda a menina.

"Argh...", resmunga Kate, quando tenta se mover. Ela aperta a mão na barriga e examina os dedos cobertos de sangue. Algo que deveria ficar dentro dela escapa por um dos cortes.

Aeliana entra na mente de Kate. Seus pensamentos estão embaralhados, e ela está prestes a desmaiar outra vez. "Levanta!", grita Aeliana, tanto em voz alta quanto na mente da policial.

"Não adianta", responde Kate.

E ela sabe que é verdade. Ninguém sabe que Kate está lá. E não teria jeito nem mesmo se uma ambulância chegasse naquele exato momento; Kate já tinha perdido muito sangue.

"Não adianta." Kate estremece, sentindo um calafrio, e uma lágrima escorre por sua bochecha. "Minha garotinha...", ela diz, e Aeliana, que está ao mesmo tempo ao lado e dentro de Kate, compreende que a policial não está falando dela.

Os pulmões da humana imploram por oxigênio. Ela logo vai morrer, e Aeliana não tem como aliviar aquela dor. Percebe que Kate está apavorada com a perspectiva de morrer. Para ela, é o fim. Alguns da espécie de Aeliana conseguem continuar além da morte, mas Kate não tem esse poder.

Então, como se pudesse ouvir seus pensamentos, a policial se vira para ela. "Me transforme. Quero ser imortal. Como você."

Aeliana balança a cabeça.

"Quero ver... minha garotinha... crescer", implora Kate.

"Não posso."

"Por favor."

"Você teria que deixar seu mundo para trás."

"Como... Como assim..."

"Sua filha se tornaria apenas a memória de um sonho." Aeliana não acrescenta que a filha provavelmente passaria a achar a mãe repugnante.

"Não." A dor que atravessa o corpo de Kate é arrasadora. Ela mal consegue abrir os olhos, mas então estende a mão ensanguentada para a garotinha ao seu lado. "Melissa."

"Vou atrás dela", afirma Aeliana.

Ainda está entrelaçada à mente de Kate quando ela morre. Sempre se perguntou como seria morrer. Sua hora ainda viria. Ou talvez vivesse para sempre.

Não ia demorar para que os gatos, ratos e outras pragas das ruas reclamassem os corpos no beco. Queria poder proteger Kate dessa indignidade, mas as coisas sempre acontecem como o mundo quer.

Ela se vira para os outros corpos; o do homem morto e o de seu assassino, cujo sangue já tinha provado. Decide se refestelar com esses restos mortais antes que os carniceiros cheguem e ainda levar o bastante para mais alguns dias. Em breve vão chegar os homens com as luzes piscantes azuis e vermelhas, para transportar o que sobrar dos corpos.

E depois?

Aeliana não tem medo do futuro. Mesmo sem os presentes do Senhor do Crepúsculo, sempre haverá o que comer naquela esquina decadente daquela cidade sombria.

BEV VINCENT (1961) é autor canadense de ficção, responsável pelos guias oficiais da série *A Torre Negra*, de Stephen King, com quem organizou a coletânea *Flight or Fright* (2018).

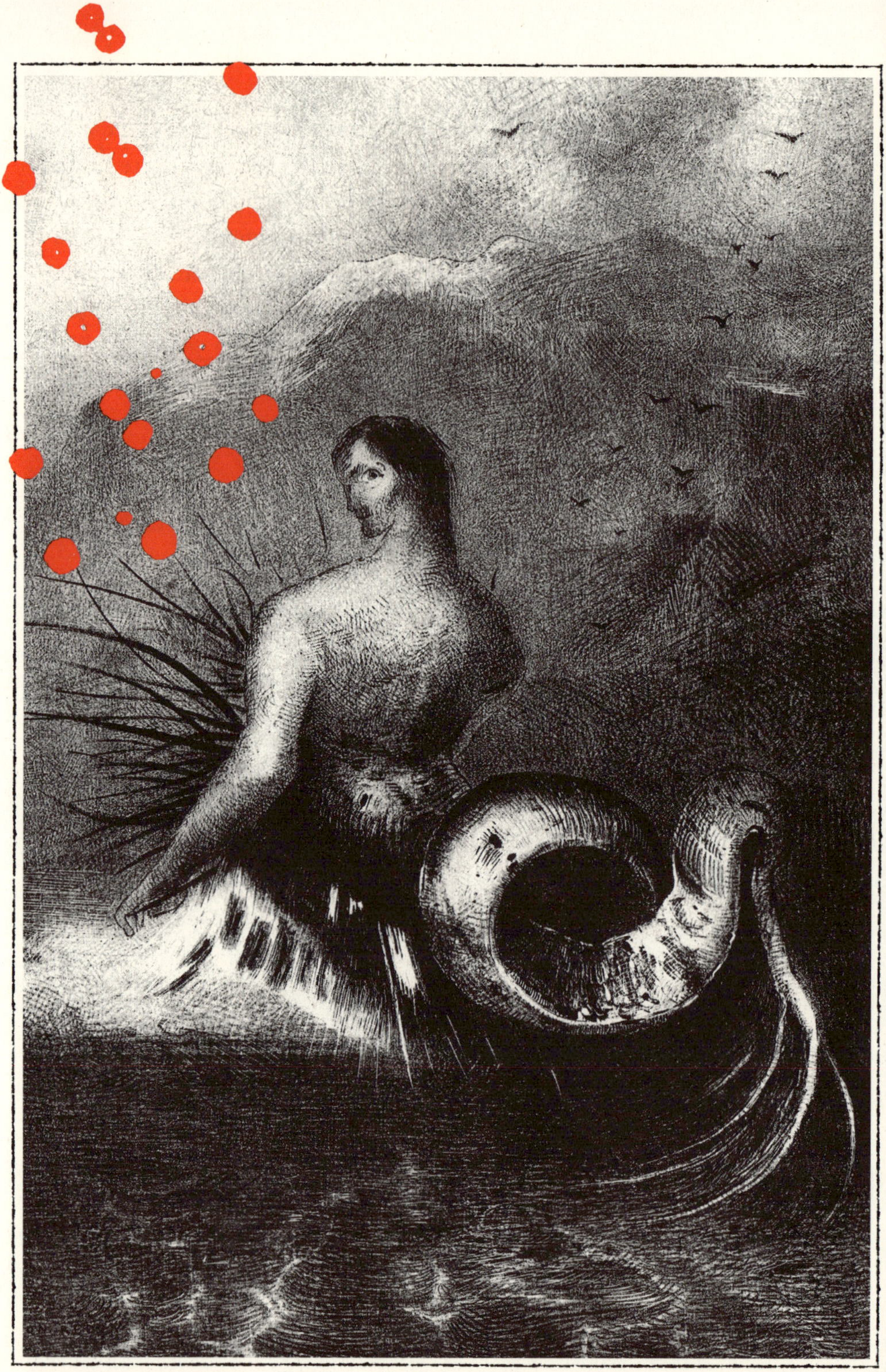

UM CONTO MACABRO *por*
CLIVE BARKER
(TRADUZIDO A PARTIR DA
VERSÃO ORIGINAL BRITÂNICA)

PIDGIN
& THERESA

A apoteose de Saint Raymond de Crouch End ocorreu, assim como quase todas as grandes exaltações britânicas, em janeiro. Nos círculos celestiais é considerado mais sábio visitar a Inglaterra nesse período, um mês lúgubre, do que em qualquer outra época do ano. Um mês antes, e os olhos das crianças estão todos voltados para o céu, na esperança de vislumbrarem algum trenó, ou ao menos uma rena. Um mês depois, e a possibilidade da primavera, mesmo fraca, é o bastante para aguçar os sentidos das almas entediadas, que não têm mais o que fazer. Os anjos têm um odor pungente (muitos o comparam ao cheiro de cachorro molhado e coalhada), que pode ser sentido a quase quatrocentos metros, quanto menos alerta o populacho, maior a chance de que qualquer ato de intervenção divina (como a elevação de um santo para a glória) se dê sem atrair atenção indevida.

Assim, foi em janeiro. Em 17 de janeiro, para ser mais específico, uma sexta-feira. Uma sexta-feira úmida, fria, enevoada, circunstâncias ideais para uma apoteose discreta. Raymond Pocock, o futuro santo, morava numa rua agradável, porém mal-iluminada, a bons quatrocentos metros da principal avenida de Crouch End. Dado que, às 16h, as nuvens pesadas conspiravam com o crepúsculo para apagar do céu qualquer vestígio de claridade, restando apenas alguns borrões de luz, ninguém nem viu o surgimento da anja Sophus Demdarita.

Sophus não era inexperiente no trabalho em questão. Pocock, curandeiro das crianças, seria sua terceira alma removida do hílico para as condições etéreas desde que começara, havia pouco mais de um ano. Porém, naquela, o erro pairava no ar. Assim que adentrou o apartamento raquítico de Raymond, pretendendo levá-lo com a maior discrição, o papagaio espalhafatoso que dormia empoleirado no peitoril da janela acordou, alarmado, aos berros. Ainda sonolento, Pocock tentou calar a ave, mas a barulheira já alertara os ocupantes do apartamento de baixo, que gritaram pedindo silêncio. Quando o silêncio não foi conquistado, os vizinhos foram bater à porta do Santo, ameaçando o pássaro e seu dono. Um deles, vendo que a porta estava destrancada, escancarou-a, expondo a sala.

Sophus era uma pacifista. Embora muitos da Sublime Congregação apreciassem gerar tumulto sempre que podiam se safar, o pai de Sophus tinha sido legionário durante o Expurgo de Dis, e seus relatos sobre esses massacres eram tão grotescos que ela agora não conseguia nem pensar num derramamento de sangue sem sentir náuseas. Assim, em vez de despachar as testemunhas à porta, o que teria resolvido diversos problemas, Sophus tentou arrancar Pocock daquela vida sórdida com graça e velocidade o suficiente para que as pessoas na soleira não conseguissem nem acreditar no que tinham visto.

Primeiro banhou o quarto sem graça com tamanho esplendor de luz beatífica que as testemunhas foram obrigadas a cobrir os olhos e recuar para o corredor encardido. Então, abraçou o bom homem, Raymond, e pousou em sua testa o beijo da canonização. Com o toque, a essência dele evaporou, e o corpo perdeu todo o peso da carne, restando apenas o espiritual. Por fim, fez o homem levitar, dissolvendo o teto, as vigas e o telhado acima num piscar de olhos, e o levou para o paraíso.

As testemunhas, atônitas, com medo e confusas, correram para seus quartos e trancaram as portas, evitando que aquele milagre os perseguisse. A casa ficou quieta. A chuva caiu, trazendo noite.

Nas Muitas Moradas, Saint Raymond de Crouch End foi recebido com muita glória e retórica. Ele foi banhado, vestido com indumentárias tão finas que o fizeram chorar, e convidado para falar de seus bons atos diante do Trono. Quando tentou protestar que seria falta de modéstia listar suas realizações, lhe explicaram que a modéstia tinha sido inventada pelo Caído, para encorajar os homens a pensarem menos de si mesmos, e que ele não deveria temer nenhuma censura por se vangloriar.

Embora fizesse menos de uma hora desde que se sentara no quarto para compor um poema sobre a tragédia da carne, aquele apartamento raquítico já era uma memória em decadência. Se lhe pedissem para falar das criaturas vivas com quem dividira aquele quarto, era pouco provável que conseguisse sequer se lembrar de seus nomes, ainda mais que os reconhecesse.

"Olhe só para mim!", exclamou o papagaio, encarando seu reflexo no minúsculo espelho do quarto, a única concessão do Santo à vaidade. "Mas o que aconteceu?" As penas se amontoavam numa pilha brilhante sob o poleiro, e o corpo que se revelara por baixo delas era cascudo e firme e coçava como o diabo, mas não era nada mau. Tinha braços e pernas. Tinha órgãos genitais pendendo à sombra da barriga enorme. Tinha olhos na frente da cabeça, e uma boca (debaixo de um nariz bicudo), que criava palavras que iam além das baboseiras que recitava por hábito, palavras de sua própria invenção. "Sou um humano", disse. "Jesus, virei gente!"

E não estava falando para o quarto vazio. Sentada do outro lado, depois de perder o casco e crescer até um metro e meio de altura, estava a outrora tartaruga Theresa, um presente que Raymond ganhara de uma garotinha curada da gagueira pela terna assistência do Santo.

"Como foi que isso aconteceu?", indagou o papagaio, que Raymond apelidara de Pidgin, por falar um inglês tão ruim.

Theresa ergueu a cabeça cinzenta. Era careca e anormalmente feia, e aquele novo corpo era tão enrugado e escamoso quanto seria de se esperar, em sua idade. "Ele foi levado por um anjo", explicou. "E parece que fomos alterados pela presença celestial." Ela olhou para as mãos escamosas. "Me sinto tão nua..." "Você está nua", retrucou Pidgin. "Você perdeu o casco, e eu perdi as penas. Mas ganhamos muito." "Mas será que...", começou Theresa. "Será que o quê?" "Será que ganhamos tanto assim?"

Pidgin foi até a janela e tocou o vidro gelado com os dedos, murmurando: "Ah, tem tanta coisa para se ver lá fora... E parece bem horrível daqui. Meu Deus do...".

"Fecha essa matraca!", ralhou Theresa. "Alguém pode estar ouvindo!"

"E daí?"

"Pense um pouco, papagaio! Não era intenção do Senhor que fôssemos transformados assim. Concorda?"

"Concordo."

"Então, se você falar com o Céu, mesmo que esteja só praguejando e reclamando, e alguém lá em cima escutar..."

"Acha que podem nos transformar em animais de novo?"

"Exatamente."

"Então o melhor era a gente sair daqui o mais rápido possível. Vamos pegar algumas das roupas de Saint Raymond e sair pelo mundo."

Vinte minutos depois, os dois estavam em Crouch End, examinando uma cópia do jornal *Evening Standard* que tinham encontrado numa lixeira. As pessoas passavam apressadas por eles, tentando se abrigar da garoa fina, muito carrancudas, resmungando e esbarrando nos dois. "Será que estamos no meio do caminho?", indagou Theresa. "Talvez seja esse o problema." "Eles só não conseguem nos ver. Se eu estivesse com as minhas penas..." "Aí você pareceria uma aberração e seria levado preso", interrompeu Theresa, e voltou a se ocupar com o jornal. "Só tem coisas horríveis!", comentou, com um suspiro. "Coisas horríveis acontecendo, e por toda parte." Ela passou o jornal para Pidgin. "Crianças assassinadas, hotéis incendiados, bombas em vasos sanitários... É uma atrocidade atrás da outra. Acho que melhor arranjarmos uma ilhazinha só para nós dois, onde nenhum homem ou anjo vai poder nos encontrar." "E virar as costas para tudo isso?", indagou Pidgin, abrindo bem os braços. Acabou esbarrando a mão numa jovem que passava. "Cuidado com a porra da mão", vociferou a mulher, sem diminuir o passo apressado. "Então eles não conseguem nos ver, é?", zombou Theresa. "Pois eu acho que eles podem nos ver muito bem." "É a chuva, encharcou o espírito deles", retrucou Pidgin. "Mas vão se animar assim que o tempo secar." "Você é muito otimista, papagaio", murmurou Theresa, irritada. "Assim vai acabar morrendo."

"Que tal irmos atrás de algo para comer?", sugeriu Pidgin, dando o braço para Theresa.

Havia um supermercado a cem metros dali, as janelas iluminadas refletindo nas poças da calçada. "Mas estamos horrorosos!", protestou Theresa. "É só alguém prestar atenção na nossa aparência que seremos linchados."

"É, você está mesmo malvestida", respondeu Pidgin. "Eu, por outro lado, trago um toque de glamour para a minha roupa." O papagaio tinha selecionado as roupas de Raymond que melhor imitavam sua cobertura de penas, mas a gloriosa exibição de beleza natural que o cobria tinha sido substituída por uma barafunda espalhafatosa e exagerada. Theresa, por sua vez, também tinha buscado algo que se aproximasse de sua aparência anterior, amontoando casacos e cardigãs nas costas, todos verdes e cinzas, em tantas camadas que quase dobrou de peso. "Bem, se ficarmos quietos, acho que podemos sair dessa ilesos", observou Theresa. "Então, vamos entrar ou não?" Theresa deu de ombros, murmurando: "Estou com fome". "Eles se infiltraram furtivamente e andaram pelos corredores, selecionando guloseimas: biscoitos, chocolates, nozes, cenouras e até uma garrafa grande do licor de cereja em que Raymond estivera secretamente viciado desde setembro do ano anterior. Então subiram a ladeira e se acomodaram num banco logo em frente à Igreja de Cristo, quase no topo da subida de Crouch End Hill. As árvores em volta estavam desfolhadas, mas os galhos emaranhados forneciam um pouco de proteção da chuva a quem passava, e ali eles se sentaram para comer e beber, discutindo a nova liberdade. "Sinto uma responsabilidade enorme", comentou Theresa. "É mesmo?", indagou Pidgin, tirando a garrafa de licor de seus dedos escamosos. "Por quê, exatamente?" "Ora, não é óbvio? Somos a prova viva dos milagres. Vimos um santo ascender..." "E também vimos seus feitos", lembrou Pidgin. "Todas aquelas crianças, todas aquelas belas garotinhas, curadas pela bondade dele. Era um grande homem." "Mas acho que elas não gostavam muito da cura, não", observou Theresa. "Choravam muito." "Com certeza era de frio. Já que ficavam peladas, e as mãos dele eram tão pegajosas." "E talvez ele fosse desajeitado demais com os dedos. Mas era um grande homem, como você mesmo disse. Já acabou com o licor?" Pidgin devolveu a garrafa, que já estava pela metade. "Vi os dedos dele escorregando muitas vezes", prosseguiu o homem-papagaio. "Era bem comum..." "Bem comum?" "Bem... pensando melhor... acho que sempre escorregavam" "Sempre?" "Ele era um grande homem." "Sempre?" "Sim. Entre as pernas." Ficaram um tempo em silêncio, refletindo.

"Quer saber?", começou Theresa, por fim.

"O quê?" "Estou começando a desconfiar de que nosso tio Raymond fosse um degenerado imundo." Outro longo silêncio. Pidgin olhou para o céu sem estrelas por entre os galhos. "E se descobrirem?" "Bem, depende se você acredita ou não no Perdão Divino." Theresa tomou outro bocado do licor. "Mas, cá entre nós, acho que não será a última vez que vimos nosso Raymond."

O Santo nunca descobriu qual foi seu erro; nunca soube se o que o entregou foi um olhar indevido para um querubim, ou o modo como às vezes travava ao ouvir a palavra criança. Estava na companhia de almas luminosas, que acendiam estrelas a cada passo, então, no momento seguinte, os rostos brilhantes o encaravam com rancor, e o ar que enchia seu coração de contentamento se transformara em varas, que o açoitavam e castigavam, batendo nele até sangrar.

Ele suplicou por perdão, suplicou e suplicou. Admitiu que tinha sido dominado pelos desejos, mas alegou que resistira ao máximo. E, se porventura houvesse sucumbido a uma febre vergonhosa, isso estava além do perdão? No grande esquema das coisas, certamente fizera mais bem do que mal.

As varas não vacilaram um instante sequer em seu compasso. Ele acabou de joelhos, soluçante. "Me deixem ir", pediu, por fim, à

Sublime Congregação, "renuncio à minha santidade aqui e agora. Não me punam mais, só me mandem para casa". A chuva tinha parado por volta de 20h45; e às 21h, quando Sophus Demdarita trouxe Raymond de volta para sua humilde residência, as nuvens já estavam se abrindo. O luar enchia o quarto onde ele curara meia centena de garotinhas, e onde, por meia centena de vezes, soluçara de vergonha. O luar reluzia nas poças do carpete, onde a chuva se acumulara, entrando pelo teto esburacado. Iluminava também a caixa de madeira vazia da tartaruga e a pilha de penas sob o poleiro de Pidgin. "Sua escrota!", brigou com a anja. "O que você fez com eles?" "Nada", respondeu Sophus, mas já suspeitava do pior. "Espere, fique parado, ou você vai me deixar confusa."

Com medo de outra sova, Raymond ficou estático. Conforme o anjo franzia a testa e murmurava, o ar vazio mostrava fantasmas do passado. Raymond viu a si mesmo se levantando e largando os sonetos quando uma luz densa e gloriosa encheu o quarto, anunciando a presença celestial. Ele viu o papagaio sair voando do poleiro, assustado, viu a porta ser aberta quando os vizinhos vieram reclamar, e os viu recuarem da soleira com espanto e terror.

A recordação ficou frenética, com Sophus impaciente para resolver o mistério. As formas etéreas do anjo e do homem ascenderam através do teto, e Raymond olhou para as imagens conjuradas de Pidgin e Theresa. "Meu Deus!", exclamou. "O que está acontecendo com eles?" O papagaio se debatia como se estivesse possuído, a plumagem caindo enquanto o corpo crescia e se sacudia. O casco da tartaruga rachou enquanto ela também ficava maior, abandonando aquele estado reptiliano em troca de uma anatomia mais humana a cada momento.

"O que foi que eu fiz?", murmurou Sophus, "meu Deus do Céu, o que foi que eu fiz?" Ela se voltou ao Santo provisório, acusando: "Isso é culpa sua. Você me distraiu com suas lágrimas de gratidão. Agora sou obrigada a fazer o que prometi a meu pai que jamais faria".

"O quê?" "Tirar uma vida", respondeu Sophus, assistindo à cena, que se desenrolava cada vez mais acelerada. O papagaio e a tartaruga estavam roubando roupas e indo para a porta. O anjo os seguiu. "E não só uma vida", completou, pesarosa. "Mas duas. As coisas devem voltar como eram antes, para parecer que esse erro jamais foi cometido."

⋯

As ruas do norte de Londres não são conhecidas pelos milagres. Já tinham visto assassinato, estupros e rebeliões. Mas revelação divina? Isso era para High Holborn e Lambeth. É verdade que já houve avistamentos de uma entidade com o corpo de um chow-chow e a cabeça de Winston Churchill em Finsbury Park, mas o relato suspeito foi o mais perto que a região tivera de uma visita espiritual desde a década de 1950.

Até aquela noite. Naquela noite, pela segunda vez em cinco horas, luzes miraculosas surgiram no céu. Nessa ocasião, como a chuva tinha cessado e o ar mais perfumado convencera as pessoas a saírem para aproveitar o clima, o evento não passou despercebido.

Sophus estava com pressa demais para manter a discrição. Ela andou pela Broadway na forma de uma fogueira flutuante, estimulando catecismos em ateus convictos em suas crenças aterradoras. Um advogado testemunhou a passagem ígnea pela janela de seu escritório e ligou para a polícia e para o corpo de bombeiros, estupefato. E as sirenes já enchiam o ar quando Sophus Demdarita chegou ao pé da Crouch End Hill. "Estou ouvindo música", comentou Theresa. "Está falando dos alarmes?" "Estou falando de música." Ela se levantou do banco, com a garrafa na mão, e se virou para a modesta igreja atrás deles. Lá dentro, coro se esgoelava. "O que eles estão cantando?" "Um réquiem", respondeu Theresa, e foi andando em direção à igreja. "E aonde você pensa que vai?" "Vou lá ouvir", explicou a tartaruga. "Pelo menos deixa o..." Mas o papagaio nem conseguiu chegar à palavra licor. As sirenes tinham atraído seu olhar de volta para o pé da ladeira, e ali, inundando o asfalto, estava a luz de Sophus Demdarita. "É... Theresa?", chamou.

Não recebeu resposta, e olhou para sua companheira, que, sem saber do risco, estava na varanda ao lado da igreja, quase na porta.

Pidgin gritou para alertá-la — ou melhor, tentou gritar —, mas, quando ergueu a voz, algo do pássaro que tinha sido emergiu, e o grito ecoou como um grasnido sufocado. Mesmo que tivesse compreendido as palavras, Theresa estava surda para elas, os ouvidos tomados pelo réquiem estridente. Ela sumiu de vista em questão de segundos.

O primeiro instinto de Pidgin foi correr, pôr o máximo de distância possível entre seu corpo recém-constituído e o Anjo que queria desfazê-lo. Mas, se fugisse agora e a mensageira divina causasse algum dano fatal em Theresa, o que lhe restaria? Uma vida se escondendo, temeroso de cada luz que perpassasse janela; uma vida sem ousar sequer confessar o milagre que o transformara, por medo de que algum cristão desmiolado divulgasse seu paradeiro a Deus? Ah, que existência lamentável! Melhor enfrentar a vil desfazedora de uma vez, com Theresa a seu lado.

Saltou para os degraus da escadaria. O Anjo o viu por entre as sombras e aumentou a velocidade, subindo a ladeira num ímpeto, o corpo flamejante parecendo crescer a cada passo. Engasgando com o pânico, Pidgin correu até a varanda lateral, escancarou a porta e se enfiou lá dentro.

Uma onda de melancolia veio do fundo da igreja para cumprimentá-lo, dos quase sessenta coristas reunidos diante do altar, cantando uma canção de morte. Theresa o encarou, os olhos escuros transbordando de lágrimas. "Não é lindo?", perguntou a tartaruga. "O Anjo." "Sim, eu sei. Está vindo atrás de nós", respondeu Theresa, olhando pelo vitral da janela atrás deles. Uma luz incandescente ardia lá fora, e feixes de púrpura, azul e vermelho banhavam os fugitivos. "E fugir é inútil. Melhor aproveitar a música até o fim."

O coro não desistiu de cantar a "Libera Me", apesar da chama reluzente. Transportados pela música, os cantores davam o melhor de si, talvez acreditando que aquela glória era um vislumbre de transcendência induzida pelo réquiem. Em vez de perder força, a música só aumentou quando as portas do fundo da igreja se abriram e Sophus Demdarita adentrou o recinto.

O regente, que até então ignorava o que estava ocorrendo, imerso em júbilo, finalmente olhou em volta. A batuta caiu de seus dedos. O coro, sem condução, perdeu o compasso, e o réquiem se tornou uma cacofonia, sobre a qual a voz do Anjo se elevou como o agudo de um dedo tracejando a borda de uma taça. "Vocês", anunciou, apontando para Pidgin e Theresa. "Venham aqui!" "Manda ela dar o fora!", sugeriu Pidgin para Theresa. "Venham para mim!" Theresa deu meia-volta e gritou para o púlpito: "Vocês aí! Todos vocês! Estão prestes a testemunhar a mão de Deus em ação!". "Quieta!", mandou a anja. "Ela vai nos matar, porque não quer que sejamos humanos."

O coro abandonou o réquiem de vez. Dois dos tenores soluçavam, e um dos contraltos tinha perdido o controle da bexiga, que vazava uma quantidade impressionante de líquido nos degraus de mármore. "Não parem de olhar!", pediu Theresa. "Vocês precisam se lembrar disso para sempre." "Isso não vai salvar vocês", retrucou Sophus, com os pulsos já começando a brilhar. Um raio destruidor sem dúvida fervilhava ali. "Você... pode segurar minha mão?", perguntou Pidgin, tentando alcançar a mão de Theresa.

A tartaruga abriu um sorriso doce e estendeu a mão para ele. Então — mesmo sabendo que não poderiam escapar do fogo divino iminente —, os dois foram recuando, como um casal fugindo de costas da cerimônia de casamento. Atrás deles, as testemunhas se abaixavam. O regente estava escondido atrás do púlpito; os baixos já tinham fugido, um para cada lado; um dos tenores soluçantes procurava um lenço; e os sopranos o empurravam para conseguir escapar. A anja ergueu as mãos assassinas. "Foi divertido enquanto durou", murmurou Pidgin para Theresa, encarando-a nos olhos para não ver a chegada do raio.

Mas o raio não veio. Recuaram outro passo, e outro, e ainda assim o raio não veio. Os dois ousaram olhar para a anja, e descobriram, para seu espanto, que tio Raymond havia surgido do nada e se lançado entre eles e a ira celestial. O homem claramente padecera no paraíso. As indumentárias de tecido de ouro tinham virado farrapos, e o corpo estava ensanguentado e machucado, depois de ser espancado tantas vezes, mas ele ainda tinha a força de um homem sem perdão. "Esses dois são inocentes!", berrou. "Como criancinhas!"

Furiosa com a interferência, Sophus Demdarita urrou, num grito incoerente, soltando o fogo que deveria acertar Pidgin e Theresa.

Mas o atingido foi o pobre Pocock, bem na virilha desgovernada — se por acaso ou por intenção, ninguém jamais saberia —, e foi sendo consumido a partir dali. Raymond jogou a cabeça para trás e soltou um lamento que era parte agonia e parte gratidão. Então, antes que a anja pudesse se desvencilhar, estendeu o braço e afundou os dedos nos olhos dela.

Anjos estão além do sofrimento físico, eis uma de suas tragédias. Mas os dedos de Raymond, que naquele exato instante viravam excremento, conseguiram se cravar no crânio de Sophus Demdarita. Cega pela merda, a chama divina cambaleou para longe de sua vítima, chocando-se com a leva de bombeiros e policiais que entravam na igreja logo atrás dela, os machados e mangueiras a postos. A anja jogou os braços para cima e ascendeu, num feixe de poder tremeluzente, se removendo do plano terrestre antes que sua presença machucasse a carne humana desmerecedora e começasse a gerar tantas novas consequências.

A semente de podridão que plantara na carne de Raymond não parou de se espalhar com sua saída. O homem estava se transformando em merda, e nada poderia cessar o processo. Quando Pidgin e Theresa o alcançaram, ele era pouco mais que uma cabeça numa poça de excremento cada vez maior. Mesmo assim, parecia um tanto contente. "Ora, ora...que dia, hein?", comentou ele, e tossiu um tolete parecido com um verme. "Será que... sonhei com tudo isso?" "Não", retrucou Theresa, afastando uma mexa de cabelo solto do olho dele. "Não sonhou, não." "Ela vai voltar?", indagou Pidgin. "Muito possivelmente", respondeu Raymond. "Mas o mundo é grande, e vai estar com minha merda nos olhos, sem conseguir ver vocês muito bem. Não precisam viver com medo. Já fiz isso o bastante por nós três." "Não aceitaram você no Paraíso?", perguntou Theresa. "Infelizmente, não. Mas, agora que vi como é lá, não me incomodo muito. Só uma coisa..." O rosto dele estava se dissolvendo, os olhos escorrendo das órbitas. "Sim?", indagou Pidgin. "Um beijo?" Theresa se abaixou e tocou os lábios nos dele. Os bombeiros e policiais desviaram os olhos, com nojo. "E você, meu bichinho?", perguntou Pocock para Pidgin. O homem não passava de uma boca, contraída numa poça de merda. Pidgin hesitou, antes de responder: "Não sou seu bichinho". A boca não teve tempo de se desculpar. Antes que pudesse formular outra sílaba, se desfez. "Não me arrependo por não ter beijado ele", comentou Pidgin, enquanto ele e Theresa desciam a ladeira, cerca de uma hora depois.

"Você é bem frio, papagaio", respondeu a tartaruga. Então, depois de um tempo, perguntou: "Como será que os coristas vão contar essa história?". "Ah, com certeza vão inventar explicações", respondeu Pidgin. "A verdade não vai se espalhar." "A não ser que a gente conte", sugeriu Theresa. "Não", respondeu Pidgin. "Temos que manter isso entre nós." "Por quê?" "Theresa, meu amor, não é óbvio? Agora somos humanos. O que significa que existem coisas que devemos evitar." "Como anjos?" "Sim." "E excremento." "Sim."

"E...?"

"E a verdade."

"Ah...", retrucou Theresa. "A verdade." Ela abriu um leve sorriso. "A partir de agora, está banida de qualquer conversa. Concorda?" "Concordo", retrucou Pidgin, dando um beijinho no queixo escamoso dela. "Posso começar?", indagou a tartaruga. "Vai fundo."

"Eu te desprezo, meu bem. E fico com nojo só de pensar em ter filhos com você." Pidgin esfregou o volume crescente na frente das calças. "E isso aqui é uma barra de alcaçuz", revelou. "E não consigo pensar num momento pior para usá-lo."

Dito isso, os dois se abraçaram com uma paixão nada pequena, e, como inúmeros casais caminhando pela cidade à noite, foram procurando um lugar para entrelaçar seus membros, contando mentiras carinhosas um ao outro enquanto andavam.

CLIVE BARKER (1952) escreveu mais de vinte best-sellers de terror. A DarkSide® Books já publicou *Hellraiser*, *Evangelho de Sangue* e *Candyman*. Produtor, roteirista e diretor de cinema, é criador das franquias *Hellraiser* e *Candyman*. Saiba mais em clivebarker.info.

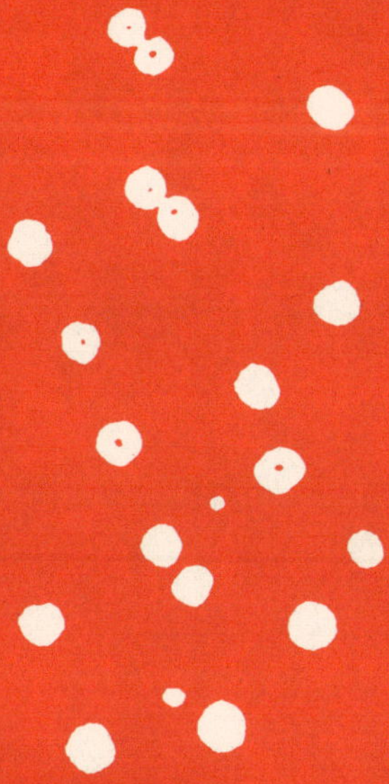

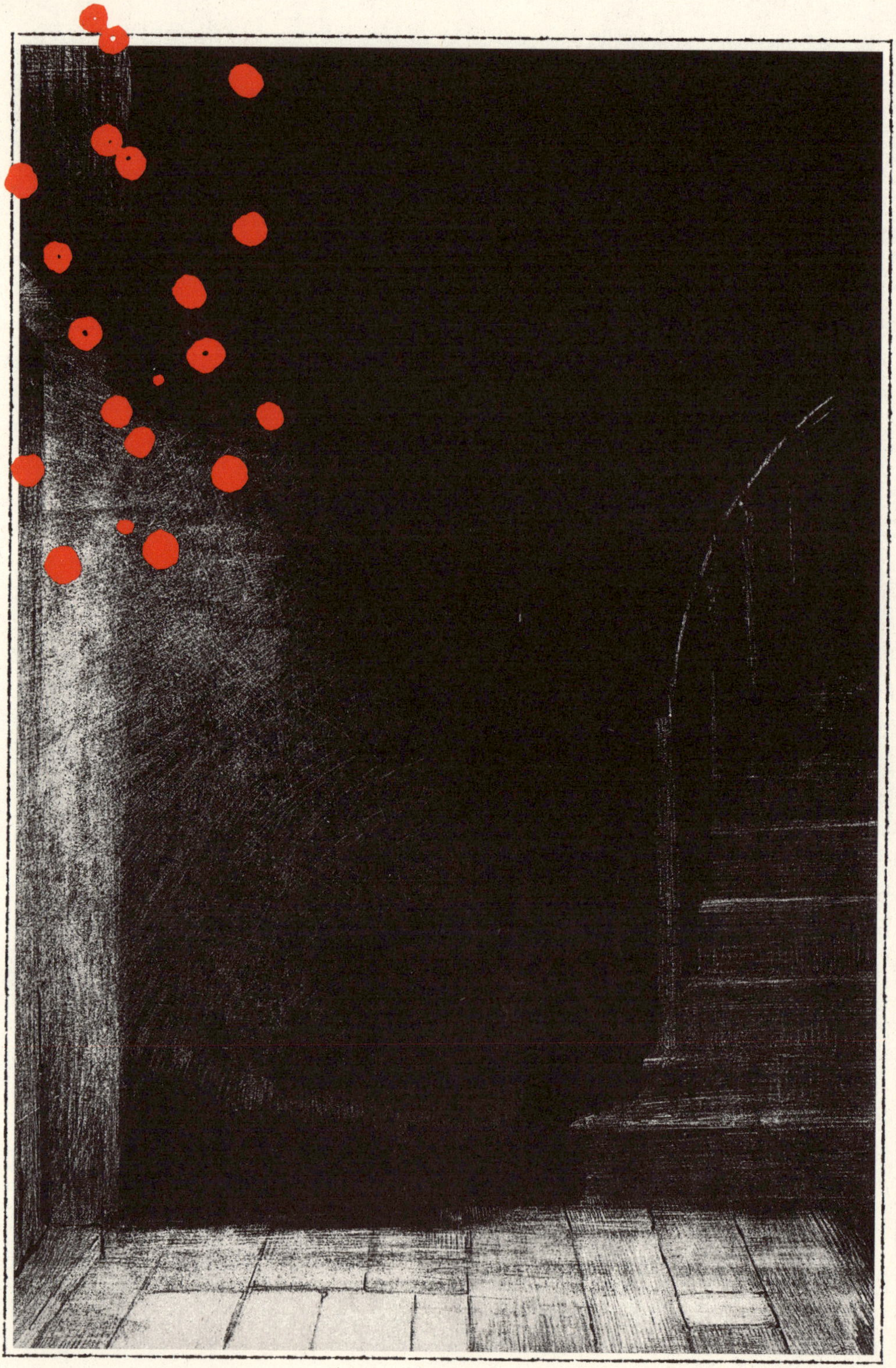

UM CONTO MACABRO *por*
BRIAN KEENE

O FIM DE TUDO

Hoje, como em qualquer outro dia, me levantei e fiz café, trocando as pantufas por sapatos enquanto esperava a bebida passar pelo filtro. Quando ficou pronto, me servi de uma caneca e fui andando com ela até o rio, tomando o cuidado de verificar que o cinto do roupão estava bem preso, para a bainha não arrastar por toda a merda de ganso espalhada pelo jardim. Mas, mesmo com o cinto apertado, o roupão estava folgado. Provavelmente por causa de todo o peso que perdi.

Fiquei lá, na beira d'água, esperando o fim do mundo.

Nessa manhã, desejei o aquecimento global. Parece apropriado, com um clima desses — vinte graus no meio do inverno da Pensilvânia, tão perto do Natal? Se isso não é prova de que o aquecimento global é uma verdade, não sei o que pode ser. Mas o problema do aquecimento global é que ele não é rápido o bastante. É uma morte demorada, e eu precisava resolver aquilo logo. Quero que o mundo acabe hoje, não daqui a algumas décadas.

Então esperei, com o vapor subindo da caneca e o vento balançando o roupão, mas, como sempre, o mundo não acabou.

Dizem que a magia na verdade não passa de uma aplicação da física; é a arte de moldar as forças do mundo de acordo com a nossa vontade. Se for verdade, então sou um péssimo mago.

Lá do outro lado da água, um ganso se levantou, batendo as asas, e saiu correndo atrás de outro. O restante dos gansos grasnou em resposta, os grunhidos irritados ecoando pelo quintal. Até comprarmos esta casa, eu sempre achei que os gansos migravam para o Sul durante o inverno. Bem, vai ver fazem isso mesmo. Talvez só esses gansos aqui que simplesmente pensam "Ah, quer saber? Foda-se. Tá fazendo vinte graus, pra que ir mais para o Sul?".

Talvez esses gansos saibam de algo que não sei. Talvez a magia deles seja mais poderosa.

Fiquei olhando o rio, vendo os raios do sol nascente reluzindo nas ondas e nos redemoinhos. E assisti aos moinhos de vento na margem mais distante, girando bem devagar, fornecendo os suprimentos de energia para o condado de Lancaster. Vi um barco de pesca bem longe, com um único pescador de pé lá dentro. Até que, quando o café acabou, dei meia-volta, atravessei o quintal e entrei de volta na casa.

E, só agora, enquanto escrevo isto, é que percebo uma coisa. Quando estava lá no rio, hoje de manhã, consegui evitar olhar para aquele ponto perto do cais. E não é sempre que isso acontece. Mas hoje aconteceu.

É uma pequena vitória.

• • •

Hoje, como em qualquer outro dia, repeti meu ritual matinal: café, sapatos e a beira do rio. Já chegamos um dia mais perto do Natal, e hoje está ainda mais quente que ontem. O aquecimento global continua me desapontando, então tratei de desejar outra coisa.

Hoje de manhã, escolhi o apocalipse zumbi. Não é o fim do mundo mais realista, sei disso, mas ontem de noite estava passando uma série de zumbi na TV. Nunca fui muito fã de terror, mas assisti mesmo assim. E assisti pelo mesmo motivo que assisto a todos os outros programas na TV: porque é algo a fazer enquanto espero. As pessoas da série tinham muitas falas sobre como era ruim ser eles e como o seu mundo estava acabando, o que achavam muito injusto. Mas eu fiquei com inveja. Eles pareciam ter tudo o que eu quero.

Não, zumbis talvez não sejam o jeito mais realista de o mundo acabar, mas desejei que viessem mesmo assim, já que nada mais funcionou.

Quando terminei o café, me virei para andar de volta para casa.

Só que hoje... hoje eu vacilei. Hoje, enquanto me virava, olhei para aquele ponto perto do cais.

E lá estava Braylon, meu garotinho, se afogando mais uma vez.

...

Hoje desejei que um asteroide se chocasse contra a Terra. Nada espalhafatoso, na verdade, só uma rocha espacial gigante — mais ou menos do tamanho do estado do Texas, acho — descendo do céu e caindo bem no meio da Pensilvânia com impacto o bastante para vaporizar essa porra desse rio e transformar essa casa em pó. Mas, assim como o aquecimento global e os zumbis, o espaço me decepcionou. Fiquei mais um tempo ali, olhando para o céu, mas só vi os aviões que vinham de Harrisburg ou de Baltimore-Washington, levando as pessoas para algum outro lugar. Também quero ir para algum outro lugar, mas nenhum avião pode me levar até lá. Quero ir para com Braylon ou Caroline, mas não existe nenhum voo direto para onde eles estão. Trens, ônibus e aviões não chegam lá, a não ser em caso de acidente. E, mesmo assim, posso dar o azar de me safar.

Só existe um outro jeito de chegar lá, mas ainda sou covarde demais para ir em frente.

Fiquei olhando as nuvens, observando os aviões. Parecia que um deles cruzava o céu a cada cinco minutos, mais ou menos. Mas nada de asteroides, nada de cometas, nada de paz para mim. Fiquei tanto tempo olhando o céu que tive cãibras no pescoço.

Quando finalmente baixei a cabeça, lá estava Braylon, com o mesmo moletom (a "calça gostosa", como ele chamava) e a mesma camisa do *Minecraft* que ele usava na última vez que o vi, com a mesma rede de borboletas laranja que ganhara de Caroline. Ele ainda apontava para o cardume de peixinhos junto ao cais. Cerrei os punhos e fechei bem os olhos, mas isso não me impediu de ouvi-lo.

Olha, papai! Tá vendo os peixinhos bebês? Aposto que consigo pegar alguns.

Na primeira vez que ele me disse isso, agachado na ponta do cais, enfiando a rede nas águas do rio, eu abri a boca para mandar ele tomar cuidado. Dessa vez, quando abri a boca, só consegui emitir um lamento profundo. Meu gemido angustiado quase abafou o gritinho de surpresa — não era susto, era surpresa — que ele soltou quando caiu na água. O mesmo gritinho que foi interrompido um segundo depois, quando a cabeça dele acertou a quina de concreto do cais.

Sabia que veria o sangue dele lá, se espalhando lentamente pela água mais uma vez, então me virei de costas para o rio antes de abrir os olhos.

Chorei durante todo o caminho de volta para casa. Meu roupão se abriu, e o cinto deslizou na merda de ganso do caminho, mas só reparei depois. Perturbado, desabei no sofá e chorei até dormir. Levei um tempão para conseguir cair no sono, mas tudo bem. As almofadas do sofá ainda guardavam as marcas da noite anterior.

Não durmo mais na cama — não consigo nem passar mais que cinco minutos no quarto — desde que Caroline se matou ali. Todas as roupas, os sapatos, as maquiagens e os produtos de pele dela ainda estão lá, com aquelas velas perfumadas que ela adorava e tudo mais que era dela. Minhas roupas estão num cesto no chão da sala. E é lá que elas ficam, exceto quando estão sendo usadas ou lavadas.

O quarto de Braylon?

Só entrei lá uma vez desde que ele se afogou. No dia seguinte. Dois dias antes do funeral. Três dias antes de Caroline ir atrás dele e me deixar aqui sozinho.

Desde então, nunca mais entrei naquele quarto, mas ainda me lembro dele muito bem. Sei o que encontraria lá dentro, se abrisse a porta, sei exatamente onde cada coisa deve estar. Veria a cama bagunçada, e ainda encontraria o cheiro dele nos lençóis e no travesseiro com desenhos de animais de circo. O chão estaria coberto de bonecos, super-heróis da Marvel e da DC, Ben 10, Imaginext, Tartarugas Ninja e Guerra nas Estrelas. A mesa do trenzinho de brinquedo, o que restava depois que Braylon vendeu seus brinquedos de Thomas e Seus Amigos junto de muitas velharias da casa, dizendo que "eram coisa de criancinha, e eu agora já tenho oito anos", ainda estaria coberta de Lego, com a casa não terminada que estávamos construindo juntos. Uma casa que jamais será terminada. Uma casa incompleta. Uma casa assombrada.

Exatamente como esta.

...

Hoje desejei um ataque terrorista.

...

Hoje estava chovendo, então fiquei em casa e desejei um dilúvio que fizesse o rio subir e a água levar tudo: eu, a casa, o nosso quarto, o quarto de Braylon, todas as nossas coisas e todos os fantasmas.

...

Hoje desejei uma epidemia. Não uma gripe, que demora demais para espalhar. Não, desejei algo como uma epidemia de ebola. Algo que se espalhasse depressa como um incêndio, devorando o mundo. Me devorando.

Tirei minha temperatura quando voltei para casa, mas estava normal.

...

Já falei antes que não vejo muitos filmes de terror, mas é porque a maioria é idiota. Pense só nos filmes de fantasmas, por exemplo. A casa é assombrada, e coisas horríveis acontecem, mas alguma vez as pessoas fazem a porra da coisa mais óbvia, que é simplesmente se mudar? Não. Elas continuam na casa, elas se recusam a ir embora.

Nunca entendi isso — quer dizer, só depois que Braylon e Caroline partiram. Depois que eles foram enterrados, depois que todos me deram os pêsames, fiquei aqui, sozinho. Depois que a casa foi lavada por uma equipe de profissionais, depois que a polícia terminou a investigação e que todo o sangue de Caroline foi esfregado das paredes e do carpete. E, mesmo naquela época, quando passei a primeira noite aqui, sentado, mordendo o lábio inferior para não gritar, me perguntando o que fazer pelo resto da vida, me perguntando como viver o resto da vida, ainda assim não entendia por que as pessoas nesses filmes nunca iam embora. Só quando considerei vender a casa e descobri exatamente como eram pequenas as chances de arranjar compradores na economia atual e o quanto ainda devia para o banco é que comecei a compreender. Só depois que um amigo — um dos últimos com quem conversei antes de todos pararem de me visitar — me falou que eu deveria sair daqui por um tempo, tirar umas férias ou comprar um trailer e simplesmente ir para bem longe daqui, começar do zero, é que esses filmes começaram a fazer sentido para mim. Só depois que eu comecei a ver Braylon sem parar lá no rio, ouvindo sua risada — e também o som de sua cabeça batendo no cais de concreto — é que entendi completamente. Só depois que eu comecei a dormir no sofá, acordando desgrenhado todas as manhãs, confuso e sentindo dor no corpo todo, dos joelhos ao pescoço, ouvindo o eco daquele tiro de pistola ressoar sem parar na minha cabeça, é que senti empatia pelas pessoas daqueles filmes.

Não que elas não queiram ir embora da casa assombrada. É que elas não conseguem.

Que nem eu.

...

Hoje desci o rio e desejei me matar pelas mãos de um policial. Ou, para ser mais preciso, desejei conseguir arranjar um jeito de fazer um policial atirar em mim para me matar. Nunca gostei de caçar, então não é como se eu tivesse muitas armas em casa. A única que tínhamos era a pistola calibre .45, que Caroline usou, que está guardada numa sala de evidências no quartel da Polícia Estadual. Eles disseram que eu poderia pegá-la quando a investigação terminasse, mas nem me dei ao trabalho. Se quisesse a arma, teria que ir até lá e ouvir todos dizendo que sentiam muito e que continuariam sendo meus amigos, se eu quisesse.

E, mesmo que tivesse uma arma, não sei em quem atiraria. Não tenho raiva o suficiente de ninguém para sair por aí atirando. Ou melhor: tenho raiva do mundo; tenho raiva do universo. Quero que tudo acabe. Mas não tenho nada contra nenhuma outra pessoa. Uma coisa é um cometa ou um terremoto matar todo mundo, mas eu não tenho nem coragem de me matar, quanto mais de atirar em outra pessoa.

Eu poderia me jogar de um prédio, mas, conhecendo minha sorte, só ficaria tetraplégico e preso aqui para sempre, vivendo todos os dias com essas assombrações. Eu poderia tomar alguns remédios, mas não sei nem por onde começar, e não há garantias de que uma overdose daria conta do recado. Tentei pesquisar na internet, mas não é tão fácil encontrar esse tipo de informação quanto dizem na TV.

• • •

Hoje é véspera de Natal. Um ano atrás, Braylon e Caroline ainda estavam aqui e passamos o dia juntos. Deixamos Braylon abrir um único presente antes de ir para cama, com a promessa de que ele poderia abrir todos os outros e mais o que Papai Noel trouxesse na manhã seguinte. Ele ainda tinha sete anos, ainda acreditava em Papai Noel. Quatro meses depois, meu filho me pediu para falar a verdade, e eu apenas perguntei o que ele achava do assunto, mas ele disse que não sabia.

Mas ele se foi. Meu filho partiu, e eu nunca soube se ele tinha ou não descoberto a verdade sobre o Papai Noel.

Hoje de manhã, desejei que o supervulcão debaixo do Parque Nacional de Yellowstone explodisse, cobrindo os Estados Unidos de cinzas ferventes, deixando o céu de um cinza tão deprimente quanto me sinto.

Os gansos finalmente foram embora. Acho que foram para o Sul, mesmo que a temperatura continue na casa dos vinte graus. Engraçado.

Eu meio que sinto falta de vê-los e ouvi-los ao lado. Agora estou outra vez sozinho. Eu e as memórias de minha esposa e meu filho.

Os fantasmas estão cada vez mais barulhentos.

⋯

Hoje é Natal, mas na verdade não passa de um dia como outro qualquer. Eu me levantei e fiz café, trocando as pantufas por sapatos enquanto a bebida passava pelo filtro. Quando ficou pronto, me servi de uma caneca e fui andando com ela até o rio. Meu roupão está ainda mais folgado.

Fiquei lá, na beira d'água, esperando o fim do mundo.

Nesta manhã, desejei que a usina nuclear de Three Mile Island entrasse em colapso. Ela fica a apenas dez quilômetros do rio. Mas, como sempre, não aconteceu.

Hoje está ainda mais quente que ontem. Quente demais para um Natal na Pensilvânia. O clima perfeito para nadar.

Estou aqui sentado, escrevendo, volta e meia olhando para o ponto onde Braylon caiu. Sei que o sangue dele não está mais lá, espirrado na quina do cais, mas mesmo assim vejo a mancha vermelha. Vejo o fantasma.

Vou terminar este texto, depois vou me sentar lá na quina do píer e mergulhar os meus pés na água por um tempinho. E, bem, quem sabe? Neste calor, talvez eu até nade um pouco. Não tenho coragem de me matar, mas talvez possa simplesmente nadar até ficar cansado demais. Deus sabe como vai ser rápido. Ando sempre cansado, ultimamente.

Será que vou ver o fantasma dele debaixo d'água? Será que eles vão estar me esperando, para onde quer que formos depois do fim do mundo?

BRIAN KEENE (1967) é romancista, roteirista de quadrinhos, podcaster, organizador de antologias. Já venceu duas vezes o prêmio Bram Stoker.

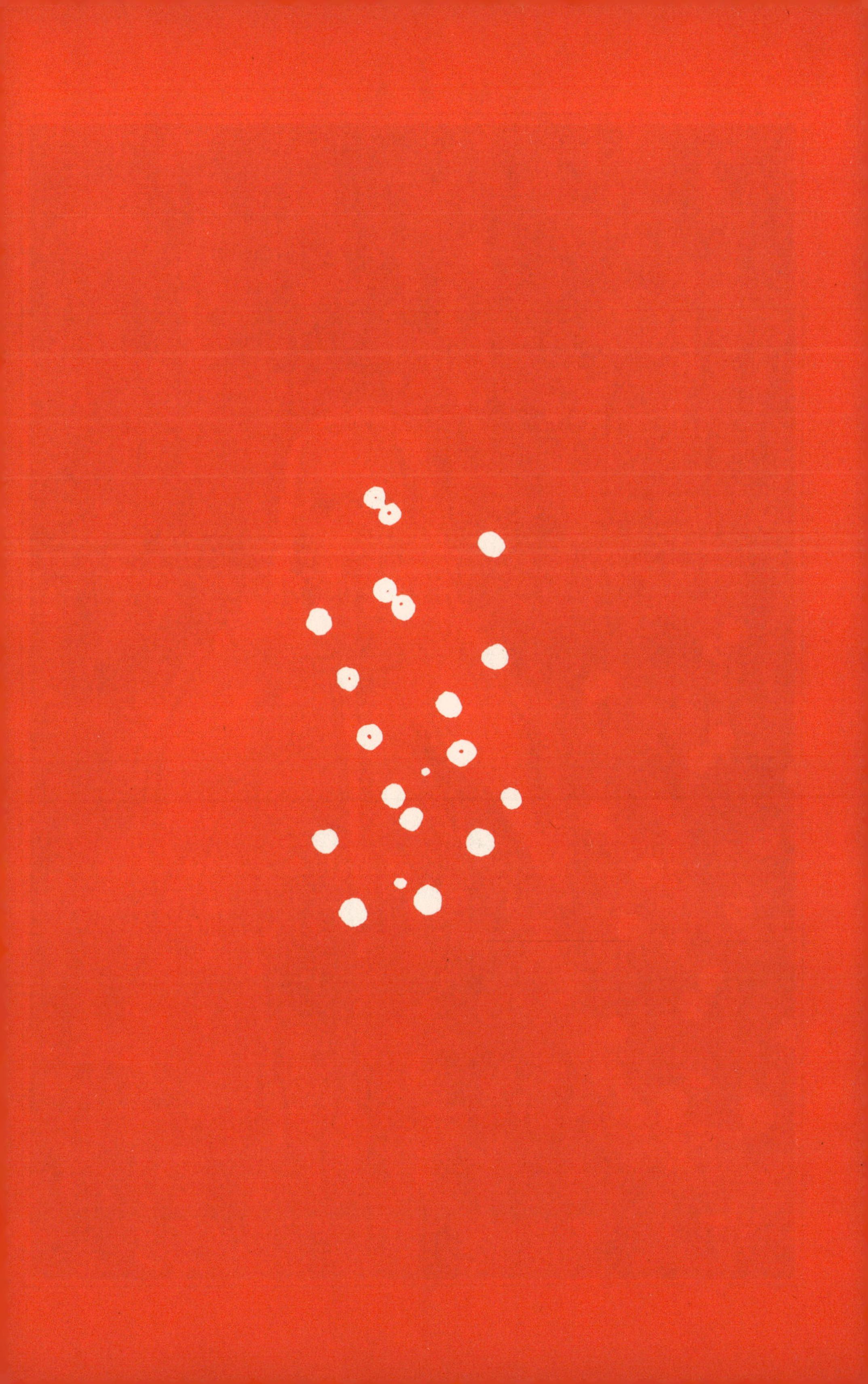

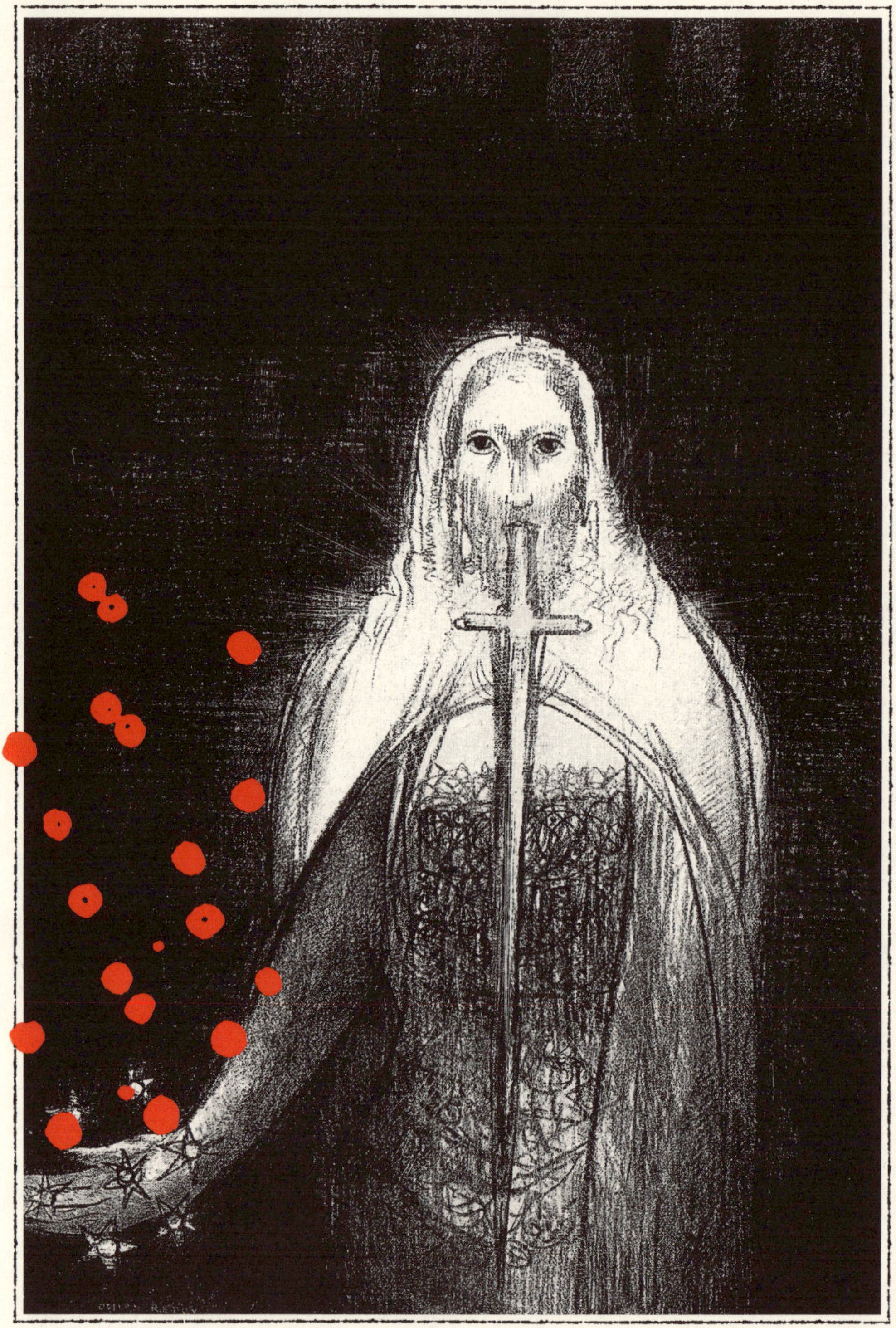

UM CONTO MACABRO *por*
RICHARD CHIZMAR

A DANÇA DO CEMITÉRIO

Elliott Fosse, trinta e três anos, contador de uma cidade pequena. Estava ali, sozinho, esperando. Em pleno inverno, depois de meia-noite. No estacionamento de cascalho deserto, logo ao lado do cemitério de Winchester.

Elliott olhava pela janela da picape, para a escuridão gelada lá fora. Voltou a pensar no bilhete escrito à mão guardado no bolso de sua calça. Baixou a mão, apertando o bolso do jeans. Eram calças novas, não fazia nem uma semana que as comprara para trabalhar, e o tecido ainda estavam bem rígido, mas, mesmo assim, conseguiu sentir o papel dobrado reconfortante dentro do bolso.

A mulher no rádio falava sem parar sobre um alerta de neve na região leste do estado, e o vento forte rugia lá fora, açoitando a picape. Seu hálito saía em baforadas de vapor, e, apesar de ter desligado o aquecedor da picape, esfregou gotas de suor no rosto. Com a mesma mão, pegou a garrafa transparente de meio litro em cima do painel e bebeu de um gole só, mantendo a cabeça virada para trás, sustentando a garrafa vazia sobre a boca por um bom tempo. Jogou-a no banco do carona; a garrafa tilintou ao se chocar contra outras duas. Botou a mão na maçaneta.

O vento o agarrou, açoitando seu rosto exposto, congelando instantaneamente o suor em suas bochechas. Pegou a lanterna do bolso, às pressas, e ajeitou o colarinho da jaqueta, protegendo melhor o pescoço. O céu estava sem estrelas, cobrindo o cemitério como uma enorme tenda de circo preta. Suas mãos vazias tremiam sem parar, e o facho de luz da lanterna ia de um lado a outro do chão duro. Ouviu um clangor distante, quase abafado pelo gemido do vento; um som grave ecoando por entre as tumbas. Hesitou, tentando descobrir de onde vinha, mas não conseguiu.

Daqui a pouco vai começar a nevar, pensou, olhando para o céu.

Apalpou o bolso mais pesado do casaco e foi subindo bem devagar pelos degraus rachados que levavam ao enorme portão. Durante o horário de visita, o portão marcava a entrada principal do cemitério, sempre vigiada por um zelador, um sujeito baixinho e gorducho com a barba ruiva e reluzente. Mas, à uma da manhã, fazia muito tempo que o portão estava fechado e vazio.

Elliott sentia as pernas latejando a cada passo. A bebida em seu corpo não era páreo para a força da tempestade. Seus olhos e ouvidos doíam por causa dos golpes gelados do vento. Queria parar e descansar, mas o bilhete em seu bolso o fazia seguir em frente. Quando subiu o último degrau, deu de cara com um cadeado enferrujado do tamanho de um punho, fazendo um barulho enorme enquanto se sacudia contra o portão duplo. Soava como o badalar de um sino, emitindo o alerta de algum perigo ainda invisível.

Descansou um pouco. Tentou se escorar no portão, mas deu um pulo e fez uma careta quando a pele tocou o aço frio. Esfregou as mãos e foi até uma abertura estreita, meio escondida por um arbusto espinhoso e insignificante; era um ponto em que a cerca quase encostava no lado esquerdo do portão. Elliott se esgueirou pela fresta na grade, sentindo outra vez aquele arroubo de empolgação tão familiar. Já tinha ido muitas vezes àquele lugar... vezes demais.

Mas aquela noite era diferente.

Foi se esgueirando por entre as lápides brancas e apagadas, e percebeu, pela primeira vez, que pareciam posicionadas de um jeito meio peculiar, como se tivessem sido jogadas do céu num padrão já predeterminado. De cima, o lugar devia parecer um subúrbio superpovoado.

Olhou outra vez para o céu. *Está chegando uma nevasca daquelas*, pensou. Foi andando mais devagar; ainda a passos confiantes, mas tomando cuidado para não passar do túmulo.

Já tinha ido ali outras vezes, muitas vezes, mas era a primeira vez que estava mais clara em sua memória. Fora quinze anos antes, durante o dia.

Estavam todos lá. Um Elliott muito sério e soturno, bem longe dos pais de Kassie, se escondendo atrás deles em meio aos enlutados. O pai dela ficou de pé, de cabeça erguida, com as mãos fortes no ombro dos dois filhos. A mãe estava ao seu lado, com as roupas pretas costumeiras, tentando conter as lágrimas.

Logo depois do funeral, a multidão saíra do cemitério para se reunir na casa dos pais, mas Elliott ficara para trás. Tinha esperado a multidão se debandar na alameda de carvalhos mais acima, escondido entre as árvores. Depois que os coveiros terminaram o enterro, tinha descido o morro e se sentara para conversar com o seu amor, enterrado naquela cova recente. E a primeira vez que Kassie falou sinceramente com ele, que ela se abriu de verdade, foi um momento mágico. Naquele dia, quando a sentiu dentro de si, Elliott soube que tinha agido certo — a morte dela, o assassinato que ele cometera, era uma bênção.

Um galho de uma árvore podre se partiu, bem no topo do morro, e caiu no chão com um baque. As memórias do funeral de Kassie desapareceram. Ficou imóvel, observando as árvores nuas se balançarem e ondularem ao vento, os galhos mortos se arranhando e se batendo um contra o outro. Um breve vislumbre de demônios e esqueletos dançando surgiu em sua mente. *Essa é a dança do cemitério*, anunciavam os demônios, com vermes reluzentes saindo das bocas podres e desdentadas. *Venha dançar com a gente, Elliott*, convidavam, acenando com os dedos compridos e ossudos. *Venha.* E ele queria ir. Queria se juntar à dança. Os demônios pareciam tão simpáticos. *Venha dançar a dança do cemitério...*

Balançou a cabeça, apagando aqueles pensamentos. Tinha bebido demais; era isso. Andou até uma sarjeta estreita, arrastando os pés pela fina camada de folhas caídas. Reconheceu uma fileira de lápides de pedra mais à frente e desacelerou o passo. Até que parou, apontando o facho de luz reluzente na maior cova.

A lápide estava limpa e bem-cuidada, a grama congelada em volta parecia bem aparada. Dois buquês de flores estavam apoiados na cova. Elliott reconheceu o mais recente, que havia deixado lá no dia anterior, durante o intervalo do almoço. Abaixou-se, chegando mais perto, se ajoelhando diante da lápide. Jogou a lanterna de lado e se recostou na pedra de granito branco, apalpando os entalhes profundos da inscrição, afagando cada letra bem devagar, parando no nome dela.

"Kassie", murmurou, deixando a palavra ser levada pelo vento. "Eu encontrei, meu amor." Enfiou a mão no fundo do bolso da frente, pegando um pedaço de papel pautado amassado. "Não consegui acreditar quando vi que você voltou para mim depois de todos esses anos. Mas encontrei o recado que você deixou no meu travesseiro."

Lágrimas começaram a escorrer por seu rosto. "Sempre soube que você ainda ia me perdoar. De verdade. Você sabe que tive que fazer aquilo... não tive escolha", suplicou. "Naquela época, você nem olhava para mim. Tentei chamar sua atenção, mas você nem me notava. Então, tive que agir."

O cemitério despertou, respirando pelos mortos. O vento ficou mais intenso, colando as folhas caídas nos troncos das árvores e nas lápides mais altas. Elliott agarrou o papel com força, protegendo-o do puxão da noite.

"Estou indo, meu amor." Ele riu, ansioso e aliviado. "Vamos ficar juntos para sempre." Elliot tirou a mão do bolso do casaco e ergueu os olhos para o céu. A neve estava chegando. A nevasca começaria a qualquer momento. Uma súbita rajada de vento mandou outro galho quebrado para o chão, que se espatifou em centenas de lascas afiadas.

A duas tumbas dali, Elliott caiu com tudo no chão, a mão ainda segurando o cabo da pistola, os dedos presos no gatilho. O único tiro ecoou pelo cemitério até ser engolido pela tempestade. O tecido cerebral gosmento espirrou no ar, se misturando com as lascas de madeira e caindo sobre o cadáver. A cabeça destroçada pendeu para o lado, derramando mais da massa cinzenta no montinho de grama.

Por apenas um momento, a escuridão do céu deixou passar um único feixe de luar prateado, que logo desapareceu. O pedaço de papel amassado — rabiscado na caligrafia do próprio Elliott — foi levado pelo vento, e as enormes árvores se voltaram outra vez para seus parceiros de dança, entrando no ritmo. E começou a nevar.

RICHARD CHIZMAR (1965) é escritor, roteirista, editor e proprietário da Cemetery Dance Publications, especializada em edições limitadas. Entre suas obras mais aclamadas estão *Widow's Point*, escrito em parceria com Billy Chizmar, e *A Pequena Caixa de Wendy*, em parceria com Stephen King.

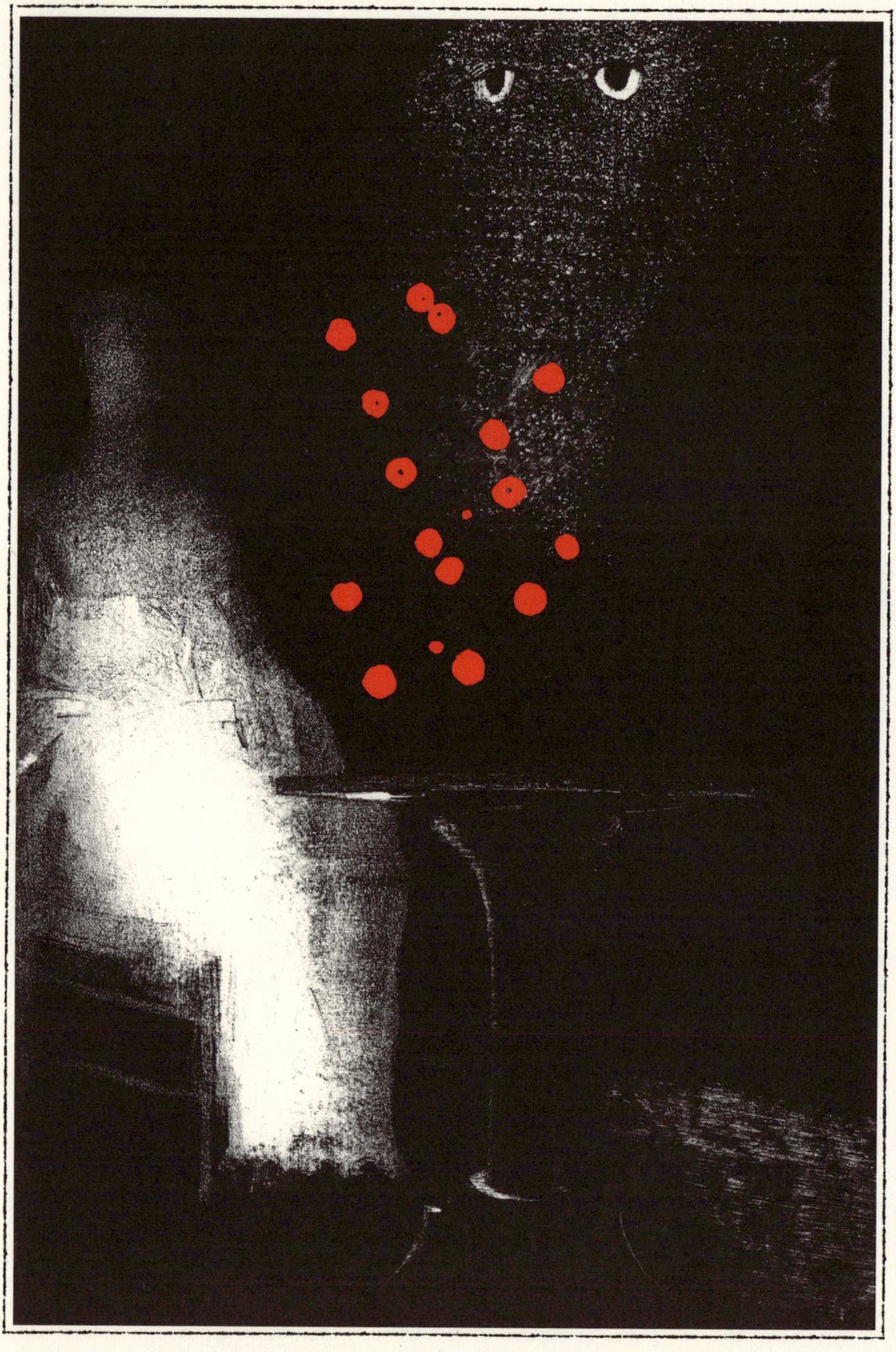

UM CONTO MACABRO *por*
KEVIN QUIGLEY

ATRAÍDOS PARA O FOGO

A caveira presa ao topo da estaca que encarava os garotos lá de cima com suas órbitas incrustadas de tempo não parecia humana.

"Do que será que é?", perguntou Johnny para Chip, apontando para cima, com medo.

"Deve ser de um gorila ou coisa do tipo", retrucou Chip, dando de ombros. Johnny sentiu-se um pouco melhor. Chip era muito inteligente e sabia de muitas coisas, porque já tinha dez anos.

"Não sei, não, Chip", interveio Bobby, ainda encarando a caveira enorme. "Tinha umas imagens de caveiras de gorila no livro de ciências do ano passado, e essa não parece nada com aquelas lá."

Johnny olhou para Chip, que a princípio pareceu meio irritado, então abriu um sorriso e explicou: "Bem, mesmo assim, é só uma caveira. Não tem como machucar ninguém, não é?".

Bobby desviou os olhos e se voltou para Chip. "É, acho que não."

"Bem, então vamos", retrucou Chip. "Não quero passar horas na fila."

Os garotos foram para a entrada, para longe da caveira. Johnny sentiu um misto de medo e empolgação quando passou por baixo da placa que dizia MUNDO DO ESPANTO. Ia ser o máximo.

Ah, que maravilha o parque de diversões itinerante! O cheiro açucarado de algodão-doce pairando no ar, como uma nuvem. Os gritos de "Uma ficha!", "Aqui tem diversão!" e "Não dance! Um prêmio, três chances!" dos vendedores, as criaturas altas e corpulentas que andavam por ali, com suas cabeças horripilantes — todos sabiam que eram só pessoas com pernas de pau por dentro daquelas fantasias, mas elas davam medo mesmo assim. Cachorros-quentes, hambúrgueres, amendoim torrado, fritura... tudo implorando para ser comprado e comido. Johnny amava os parques de diversão que visitavam a cidade. Todos, até mesmo os adultos, vinham em busca de emoção, de sustos ou de motivos para rir. O parque de diversões era um lugar mágico — não que pudesse falar sobre aquilo com Chip, nem mesmo com Bobby, mas tinha essa certeza em seu coração: aquele era um lugar mágico, e dava para sentir a magia ali dentro.

Mas os três concordavam que a melhor coisa do parque era sempre a casa mal-assombrada. Entravam no escuro, e o coração quase saltava para fora do corpo, mas, quando voltavam para a luz, fingiam que não tinha sido nada demais. Quando visitaram o parque de Scattersborough, Johnny e Bobby foram juntos na Casa Maligna. Bobby berrou de medo quando o rosto enorme do Drácula se iluminou e pareceu prestes a pular para cima deles. Quando saíram, ele ainda tentou dizer a Johnny que só tinha gritado para tentar assustá-lo, mas não tinha como acreditar. Johnny contou para Chip, e os dois passaram meses sacaneando Bobby com essa história.

Foi quando aconteceu uma coisa fantástica. Estavam os três assistindo à TV na casa de Chip quando viram o comercial do tal parque Mundo do Espanto. Os três mal olhavam para TV, só estavam fazendo bagunça, brincando de luta e rindo tanto que às vezes doía, mas os três pararam assim que o comercial começou.

"Você gosta de tomar sustos?", perguntava uma voz profunda e ríspida, na TV. Os três ergueram os olhos para a tela. Um sujeito vestido de lobisomem vinha andando na direção deles. Johnny arregalou os olhos. Sim, com certeza, ele adorava tomar sustos.

"Então venha para o Mundo do Espanto!" Na tela, um palhaço

apavorante com sangue escorrendo pelo rosto dançava em câmera lenta. Johnny sentiu o coração dar um salto enquanto a barriga se contraía de medo.

"Jogos! Diversão! Cinco novas casas mal-assombradas!" *Cinco*, era isso que a voz tinha dito? *Cinco* casas mal-assombradas?

"Aberto todas as noites em outubro! Venham, venham todos!"

Foi naquele exato momento que os três garotos, ao mesmo tempo, decidiram que iriam.

"Nem sonhando!", retrucou a mãe de Chip. A mãe de Johnny e a de Bobby tinham opiniões muito parecidas. "Vocês são muito novos", disseram. "Vão ficar com muito medo."

Mas Chip sempre conseguia bolar um plano. No segundo sábado do mês, Johnny e ele disseram às mães que iam dormir na casa de Bobby, que, por sua vez, disse à mãe que ia dormir na casa de Chip. Os três se encontraram num ponto de ônibus quase na saída da cidade, rindo sem parar, sem conseguir acreditar que estavam mesmo indo.

E ali estavam: no meio do Mundo do Espanto, completamente sozinhos. Johnny nunca se sentira tão feliz.

"Ora, olá, garotos!", cumprimentou um sujeito alto, de cartola, curvando-se e abrindo um sorriso enorme e cheio de dentes. Johnny e Bobby se encolheram um pouco, mas Chip só deu risada.

"Quem é você?", perguntou, ainda sorrindo.

O homem se levantou, endireitando a postura, antes de anunciar:

*"Saiba que eu sou Etienne LaRue,
mestre do Mundo do Espanto — e então, quem és tu?"*

Os três até riram um pouco, mas Johnny sentiu uma pontada de medo. Tinha alguma coisa errada com aquele cara.

"Eu sou o Chip. E esses são Bobby e Johnny."

O sr. LaRue apoiou as mãos nos quadris e abriu um sorriso ainda maior. "Chip, Bobby e Johnny, três rapazes robustos! Será que aguentam alguns sustos?"

Chip gargalhou alto. Johnny riu também, mas ainda se sentia meio nervoso. Não era para nunca conversarem com estranhos?

*"Pois venham comigo, que mostro aos três,
aqui teremos muitos sustos para vocês!
Se vocês querem se assustar
Atraídos para o Fogo é o lugar."*

"Atraídos para o Fogo?", perguntou Johnny. "É um jogo?"

LaRue olhou para Johnny como se ele fosse um inseto, então se curvou e arreganhou os lábios, mostrando bem os dentes. Dessa vez Johnny não achou que ele estivesse sorrindo.

"Ora, Atraídos para o Fogo *bem ali, no canto,
Não é um jogo! É, sim, um espanto!"*

LaRue apontou. A princípio, Johnny só conseguiu olhar para o dedo trêmulo, esticado no ar. Era enorme, bem maior que o normal, e terminava numa unha amarelada e rachada. Ele lembrou da caveira no portão de entrada. Não era humana, não mesmo. Mas, se não era humana, o que seria o sr. LaRue? Um medo real começou a borbulhar na boca do estômago, mas, antes que Johnny pudesse dizer ou fazer qualquer coisa, Chip bateu em seu ombro, e ele se virou.

Lá estava, no topo de uma colina, atrás de todas as atrações. Era uma casa mal-assombrada. Não era iluminada como as outras, e parecia estar caindo aos pedaços.

"Aquilo é uma casa mal-assombrada?", perguntou Bobby; Johnny notou o medo em sua voz.

LaRue Proferiu:

*"A mais mal-assombrada que existe,
Podem confiar, eu tenho certeza!
Espanta até aquele que resiste.
Juro: assusta que é uma beleza!"*

Mas Johnny já estava bem assustado. E olhar para aquela casa, lá longe, no topo da colina, só o deixou mais que apavorado. Johnny começou a se sentir muito mal.

"Eu não...", começou, mas Chip se inclinou e murmurou em seu ouvido: "Vai amarelar?".

"Não", retrucou Johnny, engolindo em seco, tentando dissipar um pouco daquele mal-estar que se espalhava dentro dele. LaRue foi andando na direção do *Atraídos Para o Fogo*, e Chip foi atrás. Um tanto relutante, Johnny foi junto; Bobby hesitava, mas também foi.

"Johnny", chamou Bobby, de repente, fazendo o menino dar um pulo. "Não tem problema nisso, né?"

Johnny olhou para as luzes e os outros brinquedos atrás, então encarou a colina à frente, com a casa horripilante, decrépita e macabra no alto. Os sustos e o medo estavam mesmo garantidos.

"Problema nenhum", respondeu. Mas, quando tentou sorrir, não conseguiu. Estava com medo demais.

"E cadê as luzes?", murmurou Bobby, numa voz trêmula.

Johnny deu um pulinho, assustado com o sussurro repentino. Seguiam por uma trilha escura, e ele se virou para trás, para as luzes do Mundo do Espanto. Pareciam bem distantes.

"Não sei", murmurou de volta, a voz quase tão apavorada quanto a de Bobby.

Estava prestes a dizer mais algo quando LaRue os interrompeu.

"Por que não há luzes, vocês querem saber?", a voz ecoava pelo campo enorme e sombrio entre o parque e a colina.

"Para mim, faz muito sentido:
Qualquer luz que haja por aqui, estraga
a surpresa e o medo desmedido!"

Johnny assentiu, mas já estava começando a ficar incomodado com as rimas do sr. LaRue. Eram muito sinistras, ainda mais no escuro, só com a lua brilhando lá em cima. Na penumbra da noite, era difícil ver o rosto daquele sujeito tão alto.

"Vocês podem calar a boca?", ralhou Chip, parecendo irritado. Mas Johnny sabia que, por baixo daquela raiva, dava para ouvir o medo ecoando em sua voz. E, se Chip estava com medo...

"Chegamos, meus bons garotos, subam a escada com cuidado! Passem logo pela porta, entrem depressa, vamos conhecer esse lugar mal-assombrado!"

Ali estavam, diante da pequena escadaria que dava para a varanda do casarão. Uma porta enorme, meio solta, estava entreaberta. Logo acima do batente, estava pintado, em letras amarelas que contrastavam bastante com a parede suja e malcuidada: ATRAÍDOS PARA O FOGO. Algo molengo e borbulhante se revolvia no estômago de Johnny, que, do nada, ficou com vontade de vomitar. LaRue subiu depressa os poucos degraus, abrindo a porta com tudo, um sorriso enorme estampado no rosto.

"Ah, o terror os espera logo em frente! Então, se não tiverem medo demais, entrem, entrem!", recitou, animado. Chip subiu os degraus bem devagar, hesitando diante da porta aberta. Ele olhou para Johnny, logo atrás, cheio de dúvida.

"Vamos!", chamou LaRue, o sorriso estampado falhando um pouquinho. "Entre, rapaz, não tem segredo! Ou está morrendo de medo?"

Chip deu as costas para Johnny, respirou fundo, e cruzou a soleira da porta. Foi imediatamente engolido pela escuridão.

Vai, agora!, comandou a mente de Johnny, que subiu os degraus atrás do amigo, cruzou a porta e trombou com Chip antes mesmo que a mente conseguisse completar: *Para longe daí!* Bobby foi o último a chegar, logo depois de gritar "Esperem por mim!"; ele esbarrou nos outros dois, os três se amontoando na entrada escura e estreita.

"Espera aí", começou Chip, a voz vindo de algum lugar meio à esquerda de Johnny. "Ele não pegou nossos ingressos?"

A porta atrás deles se fechou de repente, e os três mergulharam na escuridão. Os meninos gritaram, e a voz assombrosa do sr. LaRue proferiu, lá de fora:

"*Agora estão presos, tolos,
Bem do jeito que eu queria!*"

Foi a primeira vez que Johnny se deu conta de como era pequeno, de como estava apavorado e de como seus pais não tinham ideia de onde ele estava.

"*Vamos jantar! Na armadilha temos
Três ratos gordos e belos, que iguaria!*"

"O quê!?", murmurou Bobby, agarrando-se em Johnny. "Isso é parte dos sustos da casa mal-assombrada?"

"Shhh!", sibilou Chip. Bobby ficou quieto, e Johnny conseguiu escutar alguma coisa invisível se mexendo no teto alto do casarão. Parecia... era um farfalhar, como aqueles leques orientais que sua mãe gostava de usar no verão. Um som delicado, mas ainda assim assustador.

Como leques: *flap, flap, flap*, perdidos na escuridão.

"Vamos sair daqui", mandou Chip, com a voz já falha. Saíram andando. Johnny estendeu os braços, tateando o corredor, imerso no mais completo breu. O estômago borbulhante e nervoso dava cambalhotas, e o cérebro gritava *Corra! Corra!* Queria responder Bobby. *Não, aquilo não era parte dos sustos. Aquilo era para valer.*

Foi nesse momento que surgiu uma luz do outro lado, acompanhada por um baque alto. Então, de repente, conseguiram ver onde estavam: as ruínas chamuscadas de um antigo corredor, o piso devorado pelo fogo, o papel de parede queimado e descascado, aos farrapos. A luz vinha do nível do chão, de um cantinho no fim do corredor, e estava apontada para o teto.

Mais um baque, e outra luz se acendeu, agora bem mais perto, também apontada para o teto. Tudo estava quieto, exceto o farfalhar de *flap, flap, flap* acima.

O que é isso?, perguntou uma vozinha em sua cabeça, apavorada.

Corra!, comandou outra, num tom estranho e muito similar ao da primeira.

Seu lado racional quase venceu a briga; Johnny quase empurrou os outros dois para a frente, gritando *Vamos logo!* Mas tinha onze anos, e era a curiosidade que o controlava.

Ele olhou para cima. Os três olharam para cima.

Foi quando as mariposas atacaram.

Johnny gritou, os olhos arregalados enquanto observava os pequenos insetos voadores descerem sobre ele e seus amigos. Eram centenas — não, milhares. Se debatiam no ar com as asas frágeis e finas como papel, descendo numa torrente do teto alto. A batida de um milhão de asas só era abafada pelos gritos de seus amigos. Só conseguia entender os berros de Chip, à esquerda, gritando: "Corram, caras! Corram!".

Por um momento, Johnny não conseguiu se mover. Não conseguia desviar os olhos apavorados da gigantesca massa cinzenta que batia as asas logo acima. Não conseguia parar de olhar, esperando que o alcançassem, esperando para ver o que aconteceria...

Então Chip o puxou pela manga, e Johnny deu as costas para as mariposas. Os amigos estavam pálidos, pareciam quase doentes naquela luz artificial. Os dois pareciam apavorados.

"A porta!", gritou Chip. Uma mariposa se chocou contra sua bochecha. Chip deu um tapa no rosto, esmagando a criaturinha contra a pele. "Eca, que nojo!", gritou Bobby. Por um segundo, Johnny não conseguia tirar os olhos do rosto do amigo, da mancha nojenta e marrom-avermelhada na bochecha dele. Então vieram mais mariposas, todas se lançando contra Chip como centenas de mísseis minúsculos. Johnny abaixou a cabeça e cobriu-a com os braços, gritando e correndo para a porta.

Mais luzes se acenderam, pontilhando o corredor como a saída de emergência de uma sala de cinema, só que mais brilhantes. As mariposas jorravam sobre ele, se batendo contra seu corpo e ricocheteando para longe. A ânsia de vômito estava bem mais forte. Johnny virou a cabeça de leve, até conseguir ver a porta por onde tinham entrado poucos minutos antes. Esticou a mãozinha, e mariposas tentaram pousar em seus braços, voando para longe com o susto quando ele continuou se movendo.

Rezando para que a porta não estivesse trancada, Johnny agarrou a maçaneta e girou.

Estava trancada.

"Merda!", exclamou, e sentiu Chip bater contra suas costas. Na pele, por baixo da velha blusa do Sharks, sentia dezenas de mariposas se remexendo entre suas costas e a barriga de Chip. Foi então que vomitou, sentindo o almoço de linguiça e feijão jorrar para fora, numa massa fedorenta, saindo direto do estômago para sujar o chão perto da porta. Johnny de repente sentiu-se terrivelmente fraco.

"Vamos... as escadas", ouviu Chip dizer, atrás de si. O amigo também parecia estar com dificuldade de segurar o almoço na barriga. "Ali em cima!" Johnny olhou em volta, até ver os degraus podres e chamuscados que davam para a escuridão. Um cômodo escuro e apavorante, cheio de mobília decrépita, estava entre ele e a escadaria, mas não parecia muito grande, e Johnny decidiu acreditar que não havia nada escondido lá.

"Não quero subir ali!", lamuriou-se Bobby. Johnny se virou e viu o amigo dando tapas nas nuvens de mariposas. "Está escuro lá em cima!"

Chip gritou de volta: "Por isso mesmo, elas não vão seguir a gente lá! As mariposas só vão atrás da luz!".

Atraídas para o fogo, pensou Johnny. *Ai, meu Deus, a gente devia ter imaginado.*

Johnny saltou para frente, tomando cuidado para não pisar na poça do próprio vômito, e correu para a escadaria. Os quase trinta degraus não passavam muita segurança; pareciam prestes a desabar se sequer um deles subisse, quem dirá três.

"Vai, Johnny!", gritou Chip, atrás dele.

"E se a escada cair?"

"Não vai cair!", retrucou Chip, empurrando-o para a frente com força. "Vai logo!"

Engolindo em seco, Johnny agarrou o corrimão; a madeira carbonizada se esfarelou um pouco ao toque. Ele levantou o pé, subindo dois degraus por vez, o olhar fixo à frente. *Vai quebrar*, pensava, o coração cada vez mais acelerado batendo mais forte com o medo. *Meu Deus, vai quebrar.*

Então chegou ao fim da escada, adentrando um corredor imerso numa escuridão abençoada. Ele se virou para olhar para os amigos. Chip subia nas escadas enegrecidas, saltando dois degraus por vez, como Johnny fizera. Bobby vinha logo atrás, as duas mãos agarradas ao corrimão, olhando para trás, para baixo, subindo bem devagar.

Chip chegou ao topo, pulando os últimos degraus, esticando os braços à frente do corpo para não bater na parede. Johnny olhou para baixo, o suor escorrendo pelo rosto.

"Vamos logo, Bobby!", gritou, ainda num sussurro. Já tinha assistido a desenhos o suficiente para saber que, em alguns lugares, se gritasse de verdade faria tudo desabar.

"A escada vai quebrar", choramingou Bobby, na metade do caminho. Estava prestes a responder — *não vai, não* — quando escutou um estalo.

"É o corrimão", sussurrou Chip, horrorizado. "Ah, meu Deus, o corrimão vai quebrar!"

"Solta o corrimão, Bobby!", falou Johnny, lá para baixo. Bobby ergueu o rosto para os amigos, soltando o corrimão e perguntando: "Por quê?".

Bem nessa hora, ouviram mais um estalo, e os pregos que seguravam a madeira queimada cederam. O corrimão rangeu, inclinando-se para o lado, e ficou pendurado por um mais um segundo antes de quebrar e despencar lá para baixo.

"Bobby!", gritou Johnny. Tarde demais para tentar manter a segurança sonora. Bobby olhava para o chão lá embaixo, onde o corrimão caíra. "Bobby!", gritou de novo, mais alto. "Corre!"

Outro estalo ecoou na escuridão. Do corredor iluminado vinha o som constante do bater de asas das mariposas suicidas.

Bobby subiu mais um degrau, nervoso, apoiando o pé com delicadeza na madeira chamuscada. O menino soltou um suspiro; encarando seu rosto abaixado com atenção, Johnny achou que talvez fosse um soluço. Parecia que Bobby estava chorando.

Nossa, pensou. A escada estalou outra vez, mais alto. Em vez de forçar o amigo a ir mais depressa, o barulho pareceu congelá-lo ao lugar.

"Vamos!", chamou Chip. Bobby olhou para cima.

"Não consigo", choramingou o menino. O maior estalo que já tinham ouvido ressoou pelas paredes do pequeno cômodo cheio de móveis decrépitos.

"Ah, garotinhos, jovens garotinhos!", ressoou uma voz — era LaRue —, parecendo vir de todos os lados. Tinha um quê metálico, como as vozes que saíam dos alto-falantes nos corredores da escola, e Johnny se encolheu.

"Então acham que ganharam a corrida?
Ora, meus bichinhos só tiveram um gostinho
Estão famintos, querem mais comida!"

A rima acabou com uma risada longa e sinistra, acompanhada do mesmo baque alto que tinham ouvido no corredor de baixo. Quase na mesma hora, um facho enorme e fluorescente se acendeu com um zumbido, iluminando exatamente o ponto acima da porta onde Johnny e Chip estavam.

"Meu Deus", murmurou Johnny, sentindo que o cérebro virara aquele brinquedo de xícara giratórias, só que o medo embarcava a cada volta. Sem pensar, pulou para longe da porta, batendo o pé nos degraus. Bobby, mais assustado que nunca, soltou um gritinho agudo quando Johnny o segurou pelo pulso e o puxou para cima. Com um olhar furtivo para trás, o rapaz só comprovou o que já sabia: algumas das mariposas estavam saindo do corredor e se amontoando em volta da nova fonte de luz, logo acima daquela sala muito, muito escura.

Com o sangue correndo depressa pelas veias, Johnny olhou de volta para as escadas e tropeçou, caindo de barriga, a cabeça batendo num dos degraus do alto. Bobby, ainda impelido pelo puxão, subiu depressa os degraus que faltavam. Então, bem devagar, Johnny se levantou, apoiando-se nos joelhos e nas palmas das mãos, balançando a cabeça. Já sentia o galo nascendo na testa. Com cuidado, ficou de pé e subiu mais um degrau.

A escada deu um estalo alto e alarmante, e Johnny sentiu o sangue gelar. Sentiu um tremor debaixo dos pés, e o topo da escada afundou de repente. Ele se jogou para a direita, abrindo os braços para manter o equilíbrio. À frente, os amigos gritavam para ele subir logo. Atrás, aquele horrível bater de asas ficava cada vez mais alto, mais próximo. Mas Johnny não ouvia nada direito; os olhos e a mente estavam concentrados no chão, nos degraus que estalavam e se rachavam, prestes a cair, levando-o junto.

Aí vou eu, pensou. Então a primeira mariposa o alcançou, batendo na sua nuca e subindo pelo cabelo.

A realidade das mariposas o despertou da terrível fantasia da queda. Ele olhou pra cima, vendo os degraus inclinados se soltando do corredor e quase entrou em pânico. *Não consigo chegar a tempo*, pensou. Uma mariposa entrou em seu ouvido com um farfalhar horrendo e intenso que pareceu dominar seu cérebro.

Johnny gritou, dando impulso com a perna no degrau mais alto e forçando a outra a segui-la. Um, dois, três passos — então, assim que o pé deu impulso no último degrau, Johnny ficou no ar, sem apoio.

Por um segundo, tudo parou e sumiu: o pânico em seu cérebro, o barulho da mariposa no ouvido, o gosto acre de vômito na boca. Ele estava no ar, estava livre. A sensação acabou de repente, quando chegou à plataforma, rolando agachado contra a parede da porta. O joelho bateu na saliência do degrau quebrado, e ele deu um berro de dor.

Enfiou o dedo no ouvido, desesperado, cutucando a mariposa alojada lá dentro, matando-a. Puxou os restos sangrentos, enjoado outra vez, e limpou o dedo na perna da calça jeans.

"Tudo bem?", perguntou Bobby, quase impressionado, abaixando-se para segurar o ombro de Johnny.

"Tudo", respondeu Johnny, a mente se preenchendo outra vez, atenta às mariposas. Ele abriu seus olhos e virou a cabeça. Ali vinham, fervilhando em direção à luz e aos garotos logo abaixo. "Vamos, vamos!", exclamou, tentando se levantar. A pressão do corpo apoiado no joelho machucado fez a perna se dobrar, e teria caído se Chip não tivesse segurado seu braço, ajudando-o a se manter de pé.

"Para onde?", perguntou Chip. Johnny examinou o novo corredor. Uma mariposa dispersa voava à frente, e ele a lançou para fora de seu campo de visão. Várias portas se estendiam dos dois lados do corredor, todas igualmente boas para fugir. Depois de um momento estático, ele se lembrou de como o pai decidira onde passar as férias, dois anos antes: abrira um mapa na mesa da sala de jantar, fechara os olhos, e batera com o indicador em um ponto qualquer. Acabaram indo para a Disney, e Johnny ficou com a impressão de que aquele era um excelente método para fazer escolhas.

Fechou os olhos, ainda ouvindo a agitação das mariposas prestes a chegar, e apontou. "Ali!", anunciou, abrindo os olhos. Chip avançou, puxando-o, antes mesmo que Johnny abrisse os olhos para saber o caminho que escolhera. Bobby correu na frente e parou diante da porta fechada, a segunda à esquerda, a contar do fundo.

"Por favor, não esteja trancada", choramingou o garoto; Johnny não podia vê-lo muito bem, sua sombra e a de Chip o deixavam no escuro.

Chip o apressou. Quando estavam diante da porta, Bobby girou a maçaneta. Estava destrancada.

"Graças a Deus", murmurou Johnny, tirando o braço dos ombros de Chip e seguindo Bobby para o quarto escuro como uma caverna. O outro amigo entrou logo depois, correndo, e fechou a porta com força. Johnny ouviu o som nojento de mais uma dezena de mariposas se chocando contra a madeira dura do outro lado da porta.

"E agora?", perguntou Bobby.

"E agora o quê?", retrucou Johnny, esparramado contra a porta, segurando-a, só para o caso de as mariposas darem um jeito de abri-la.

"O que vamos fazer?"

"Não sei!" O pânico estava voltando. Johnny nunca tinha desejado tanto a presença da mãe. Como seria fácil largar tudo e simplesmente chorar; ficar ali, encolhido, naquele quarto escuro, se acabando de chorar.

Não!, pensou. *É só uma casa, deve ter outra saída!*

"Talvez tenha mais uma porta do outro lado do quarto!", sugeriu Chip, numa voz assustada e trêmula. Johnny não via nada, mas sentiu que o amigo estava prestes a sair correndo pelo quarto.

"Não, cara, não faz isso!", exclamou, esticando o braço para segurar Chip. "Não sabemos o que tem aqui!"

Alguns segundos se passaram. A mente de Johnny estava acelerada.

"Não podemos ficar aqui parados!", berrou Chip, se soltando de Johnny.

"Não!", gritou, ouvindo Bobby ecoar seu chamado. "Chip, pare!"

Johnny ouviu os passos do amigo pelo aposento, mas não sabia dizer a direção em que avançavam. Naquele breu, os sons eram todos muito estranhos. Chip podia estar correndo para qualquer lugar, qualquer direção.

Então, tão de repente como tinha começado, os passos pararam. Johnny ouviu um grunhido abafado de Chip — "Uuuf!" —, e um baque, como se alguém tivesse esbarrado em alguma coisa.

Chip chegou na outra parede, pensou, ainda segurando a porta fechada, sentindo um frio percorrer o corpo. *Só isso.* Mas não conseguia se convencer.

Quase imediatamente depois da colisão, Johnny ouviu outro som, bem claro e definido, de algo pesado deslizando por um trilho. *Como a porta de correr na varanda dos fundos da minha casa*, pensou. *Mas o quê...?*

O som da porta de correr parou, e Johnny conseguiu ouvir uma respiração muito, muito, *muito* baixinha.

É LaRue! Ah meu Deus, ele está aqui com a gente!

Então outra porta de correr deslizando, agora mais rápido, e outra, e outra. E a respiração baixinha foi ficando cada vez mais intensa, como se a pessoa — LaRue — estivesse fazendo força.

"O que está acontecendo?", choramingou Bobby, que tinha se encolhido para perto de Johnny e se agarrara a seu braço. "Johnny, o que está acontecendo?"

De repente, no centro do quarto, uma luz se acendeu. Johnny protegeu os olhos, as pupilas dilatadas tentando se acostumar à claridade, e os abriu bem devagar.

"Ah", murmurou. "Ah, meu Deus..."

Os sons de algo deslizando tinham mesmo sido de portas de vidro de correr, armadas no que pareciam fortes batentes de metal, exatamente como na varanda de trás da casa de Johnny. Eram quatro, formando um cubo que ocupava quase todo o cômodo. Cerca de meio metro atrás da barreira de vidro, havia um misto de parede com biombo vazado de madeira, uma divisória. Entre o vidro e essa divisória estava Chip, caído no chão, iluminado por luzes que pendiam do teto.

"Mas o quê...?", perguntou Bobby. Johnny o ignorou.
"Chip, acorda!", gritou. "Você está preso, mas precisa acordar! Você..."
A voz melíflua e sarcástica de Etienne LaRue preencheu o quarto, interrompendo Johnny, que ficou ouvindo, estupefato.

*"A aventura de vocês foi longe de casa,
Queriam muitos sustos, medo e pavor,
mas agora, garotos, muita atenção para
este pequeno experimento com o horror!"*

Quando ele disse aquilo, Chip começou a se mexer. Johnny recuperou a voz e chamou o amigo outra vez: "Levanta, Chip, você tem que sair daí!".

"O quê?", perguntou o menino atrás do vidro, sentando-se e esfregando a testa. Sua voz estava abafada, distante e irreal.

"Saia daí!", mandou Johnny, correndo até o vidro. Por alguns segundos, o quarto ficou escuro outra vez. Johnny parou, e a luz voltou. Ficou ali, parado entre o cubo de vidro e a porta que os levara àquele quarto, e aconteceu de novo, mais rápido. As luzes piscaram; breu, depois luz. Mais rápido: breu, luz, breu-luz, breu-luz, breu-luz.

Será que são luzes estroboscópicas?, pensou Johnny, lembrando-se das luzes que usaram na peça da escola, do quinto ano, *Os Piratas de Penzance*, no fim do ano anterior. O quê...?

Olhou para as luzes acima, tentando forçar os olhos a compreenderem o que se passava. Um pequeno alçapão se abriu no teto, entre duas das lâmpadas. Um par de mãos ágeis saiu de lá, segurando um grande saco de lona, então o soltaram no chão. O saco caiu perto de Chip com um *flump* abafado.

Foi quando Johnny compreendeu. Quando viu.

Uma mariposa solitária saiu voejando do saco, logo seguida de uma segunda, uma terceira, uma décima... Chip, que ainda parecia estar voltando a si, encarava o saco, horrorizado. Mais mariposas saíram, voando em direção às luzes estroboscópicas. Chip se levantou de um pulo, berrando. Johnny correu para o vidro, espalmando as mão na superfície gelada, tentando arrastar aquela porta de correr. Era impossível; era pesado demais.

Outro saco de lona caiu do teto, seguido de mais uma nuvem de mariposas. À luz tremeluzente e atordoante, as mariposas pareciam pular de um lado a outro, em vez de voar. Chip corria pelo cubo de vidro, gritando; parecia congelado em poses de um segundo. Johnny bateu no vidro, implorando: "Deixa ele sair! Por favor, deixa ele sair!"

A voz horripilante de LaRue soou, de algum lugar:

"Meus bichinhos sentem fome,
Não acham eles uma graça?
Ora, querem petiscar Chip,
Não importa o que Johnny faça!"

Johnny gritou, socando o vidro. Outro saco caiu no chão com um *flump*, e mais mariposas saíram. A prisão de vidro fervilhava de mariposas, borrões marrom-acinzentados que voavam enlouquecidos à luz que apagava e acendia. Johnny viu o amigo gritar mais uma vez, e uma mariposa entrou em sua boca. O grito foi cortado de repente por um engasgo apavorante.

"Não, não!", gritou Johnny, desesperado, tentando arrastar as portas de vidro, fazendo um barulhinho baixo e agudo ao arrastar as mãos pela superfície lisa. Em câmera lenta, como num pesadelo apavorante, Chip caiu no chão, as luzes estroboscópicas piscando sobre seu corpo. Ele engasgou mais e mais, até cuspir a mariposa que entrara em sua boca, num montinho molhado. Num segundo iluminado pela luz branca, Johnny viu mais mariposas saindo do último saco, disparando na direção do rosto de Chip.

Não grite, Chip, pensou. *Não abra a sua boca!*

Mas Chip gritou; provavelmente não conseguiu evitar. O garoto ficou ali, no chão, os braços erguidos, tentando proteger os olhos, mas a boca escancarada com os berros continuava exposta. As mariposas atingiram o alvo como um grupo de caças voando em formação, e umas dez se atiraram para dentro da boca de Chip.

Os gritos pararam. Chip espalmou a mãozinha no vidro, seus joelhos pareceram fraquejar. A parte de cima do corpo se inclinou para baixo; ele ficou parecendo a velha sra. Engle, que morava numa casa mais para o fim da rua. A mulher tinha oitenta e cinco anos e sempre andava curvada. Sem pensar, Johnny espalmou a mão de seu lado do vidro, espelhando a de Chip. As mariposas zumbiam ao redor da cabeça de seu amigo, numa nuvem furiosa preto-acinzentada, se agitando, se movendo como uma única entidade grande e sólida. Chip esbugalhou os olhos, levando a mão trêmula à garganta, apertando o pescoço.

Ele não consegue respirar, pensou Johnny. Erguendo a mão que não estava espalmada sobre a de Chip, bateu no vidro, meio sem forças. "Deixa ele sair", murmurou, mas não tinha forças.

Outra pequena nuvem de mariposas se lançou sobre o rosto de Chip, e Johnny ficou assistindo, horrorizado, quando duas se enfiaram nas narinas de seu amigo. Chip se afastou da porta de correr, cambaleando às cegas para o centro daquela prisão de vidro e madeira. Levou a outra mão à garganta, mas não apertou o pescoço. Arranhou; desesperado.

"Ah, meu Deus", murmurou Johnny, espalmando a outra mão no vidro.

Chip enfiava as unhas no pescoço, desenhando quatro listras de um vermelho instantâneo que escorria pela pele. Ele arranhou outra vez, com as duas mãos, rasgando mais a pele. Johnny ficou assistindo ao amigo, que encarava as luzes estroboscópicas com os olhos arregalados reluzindo como olhos de alienígena, úmidos e suplicantes.

Chip caiu no chão de madeira com um baque, e isso foi o que mais assustou Johnny. Parecia o baque que faria um saco de batatas ao cair. O que Chip se tornara?

Sentia as bochechas molhadas, mas não se importava de chorar. Chip estava deitado no chão, convulsionando. Um líquido estranho escorria de sua boca, e Johnny simplesmente não conseguia olhar. Estava enjoado e cansado e só queria dar o fora dali.

Ele deu as costas para a jaula de vidro e chamou: "Bobby". As luzes, ainda piscando, não mostraram ninguém na porta. Sentindo o pânico voltar, Johnny chamou o amigo mais uma vez, mais alto: "BOBBY!".

Silêncio. Ouviu um soluço baixo e doloroso vindo de um canto escuro. Foi correndo até lá e encontrou Bobby encolhido, chorando.

"Bobby, temos que ir", disse, secando as próprias lágrimas.

"Você viu o que elas fizeram?", perguntou o menino, apontando para a jaula.

A memória tentou inundar sua mente. Sim, claro que tinha visto o que elas fizeram. Mas não podia deixar que aquilo o afetasse, não ainda. Balançou a cabeça e respondeu: "Vi. E vai acontecer o mesmo com a gente se não sairmos daqui".

Bobby ficou um tempo quieto, então fechou os olhos com força e começou a gritar.

Não tem conversa com ele, pensou Johnny, agarrando o amigo pelo braço, como fizera antes, na escada. Puxando-o, Johnny segurou sua camisa com força e o arrastou para a porta por onde tinham entrado.

Por favor, não esteja trancada, por favor, não esteja trancada, murmurava sua mente. Aquilo estava se tornando um mantra. Por um momento, Johnny não soube se queria que suas preces fossem respondidas. Tentou girar a maçaneta. A porta se abriu sem a menor resistência, e ele empurrou Bobby, ainda gritando, para o corredor. Olhou uma última vez para o quarto. Sob as luzes piscantes, viu que as mariposas tinham pousado no corpo de Chip, que agora era uma massa de mariposas que lembrava vagamente sua antiga forma de garoto.

"Nossa, Chip", murmurou, então se obrigou a dar as costas e sair do quarto. Quando fechou a porta atrás de si, o som foi como uma conclusão. Chip estava morto. *Nossa Senhora, Chip está morto.*

O corredor estava escuro. Durante o tempo que passaram no quarto, LaRue tinha apagado a luz que iluminava logo acima da porta. Johnny olhou para a direção da escada, nervoso, então passou a examinar as fileiras de portas idênticas e meio ocultas na penumbra do corredor.

"Vamos", disse a Bobby, que já estava diminuindo os gritos.

"Para onde?", gemeu o menino.

Johnny sentia a mente embolada. Não tinha ideia de como responder.

Ficaram parados no escuro, tremendo, sem nem notar que se abraçavam. Johnny tinha parado de chorar, finalmente conseguindo bloquear qualquer pensamento sobre a morte de Chip, pelo menos por ora. Mas Bobby ainda estava mal. Johnny já tinha visto um programa de TV dizendo como era fácil ter um colapso nervoso; tinha gravações de uma garota num hospital, ela gritava, chorava e se debatia, sem conseguir se controlar. E se fosse isso o que estava acontecendo com Bobby? E se ele estivesse tendo um colapso nervoso? Como ia fazer ele parar?

Temos que sair daqui, pensou, desesperado. Soltou Bobby, meio hesitante, e foi até a porta logo atrás do menino.

"Ah, como vai ser divertido!", clamou a voz de Etienne LaRue, súbita e terrível, dos alto-falantes escondidos.

> *"Ah, como vai ser divertido ver o que tem*
> *atrás desta porta. Mal não vem,*
> *abra, abra, e talvez você consiga ir embora,*
> *— ou talvez acabe como Chip; e agora?"*

Johnny manteve a mão suspensa sobre a maçaneta de bronze. Precisava ser sincero: não estava muito ansioso para abri-la e ver o que encontraria lá dentro.

Deu a volta, selecionando outra porta, e tocou a maçaneta. LaRue falou outra vez, e um indício perigoso de humor macabro despontava em sua voz. Como se ele estivesse prestes a se estourar de tanto rir, mas por razões ruins, muito ruins.

> *"Mas que garoto esperto*
> *Como sabia que*
> *Só a segunda porta ia dar certo?"*

Johnny fechou os olhos. A frustração, o pavor e o pânico começavam a dominá-lo. Qual porta? Qual caminho?

Tocou outra.

> *"Entre nesta*
> *sem hesitar*
> *nada de ruim*
> *vai lhe pegar."*

Outra.

> *"Boa escolha, John*
> *eis um bom aposento*
> *entre logo,*
> *veja o que tem lá dentro!"*

"Cala essa boca!", gritou Johnny, para cima. As lágrimas escorriam livremente, mas não eram de tristeza ou de dor; eram lágrimas de raiva. "Cala a porra dessa boca!"

Nunca tinha dito aquela palavra em voz alta. Era poderosa, libertadora. Bobby, que tinha parado de chorar logo que ele começara a gritar, apenas o encarou. Johnny o agarrou pelo braço (já estava começando a se sentir o protetor de Bobby — o que, de certo modo, era verdade) e o levou até a porta no fim do corredor.

"Ah, a porta derradeira", clamou LaRue. Johnny o ignorou.

"Uma escolha certeira!"

"Cala a boca", rosnou Johnny, agarrando a maçaneta.

"Mas, se eu fosse você", prosseguiu LaRue. Johnny escancarou a porta. Dentro, havia apenas o breu.

"Venha", falou para Bobby, entrando, puxando o amigo pelo braço.

"Teria cuidado ao cair."

E de repente estava caindo, mergulhando na escuridão, com Bobby a seu lado, também caindo. Os dois gritavam e gritavam, até que chegaram ao fim da queda, batendo no chão sólido com um baque. Johnny continuou gritando. Mas, para seu horror, para seu terror, Bobby tinha parado.

Mais escuro. E dor. Por um momento, Johnny só conseguiu ficar lá, gritando, ainda deitado na superfície fria onde caíra, atônito, sentindo medo e dor. Quando a mente se acalmou do horror de cair no escuro, e os gritos começaram a esmaecer, ele conseguiu se sentar.

"Bobby?", chamou. Nada. Então, com mais pânico na voz: "Bobby?". Nada ainda. Muitas imagens se passaram em sua mente: Bobby caindo de cabeça, o sangue escorrendo pelos ouvidos dele em rios vagarosos... Ou talvez caindo com o peito no chão, lançando estilhaços de costelas para dentro das vísceras... Ou...

Chega!, pensou, irritado. *Não aconteceu nada disso.* Chegou a sentir o coração bater forte no peito, então sua mente completou: *ainda*.

"Bobby!", gritou, e sua voz soou oca, ecoando pelas paredes, igualzinho a como o guia de viagens soava, quando foram com o pai para as cavernas de Howe, em Nova York. *Onde estamos?*

Num porão, seu imbecil, respondeu sua mente. *Você caiu, lembra?*

"Ah, sim", sussurrou para si mesmo, distraído. Então outro som chegou a seus ouvidos. Uma respiração? Bobby, será? Ergueu a cabeça no quarto escuro. Era um barulho baixinho, ligeiro, pouco audível... mas estava lá. Abrindo um sorriso sombrio, Johnny se levantou, só para cair de volta no chão, na mesma hora. A dor inundou sua perna, perfurando-a como uma bala. Lágrimas encheram seus olhos de repente. Teria quebrado algum osso ao cair? Seria possível?

"Não", gemeu. "Por favor, meu Deus, não..."

Não tinha como saber sem tentar se levantar outra vez. A perna doía muito menos quando estava sentado, então talvez ainda houvesse esperança. Hesitante, passou o braço por cima do corpo, perto da perna esquerda, machucada. O chão sob sua palma era frio e duro... e confortável, de um jeito estranho. Arqueou as mãos, movendo-as sobre os dedos, como animais bizarros de cinco pernas. As unhas afundaram, mas só um pouco. *Terra?*, pensou. Por que haveria terra ali embaixo? Balançou a cabeça, convencido de que só descobriria o que era se tivesse alguma fonte de luz. Dobrando o joelho da perna boa, deu impulso com as palmas da mão no chão e conseguiu ficar agachado. A dor na perna esquerda palpitava, mas não era nada que não pudesse suportar. Então não estava quebrada, devia ser só uma torção. Devagar, bem devagar, conseguiu ficar em pé. Sentiu dor, mas nada tão ruim. Imaginou os ossos grandes da perna estalando e atravessando pele, lançando jatos de sangue...

"Pare com isso!", vociferou, num sussurro, ralhando consigo mesmo. Parou por um segundo, imóvel, os olhos fechados, atento outra vez ao som de respiração, como se fechar os olhos o ajudasse a escutar melhor. A batida intensa do próprio coração dominava tudo, mais alta do que qualquer outro som, seguido de perto pelo ruído das mariposas batendo as asas naquele negrume de nanquim. Um arrepio perpassou seu corpo enquanto suprimia a lembrança de Chip do outro lado do vidro, sufocando até a morte. Estava prestes a gritar consigo mesmo para parar com aquilo, ainda mais alto, quando uma luz se acendeu.

Fechou os olhos e, por trás das pálpebras, viu só um amarelo vago e manchas mais claras das imagens que sempre passavam quando ele fechava os olhos. Tinha medo daquela luz. Coisas ruins aconteciam quando as luzes daquela casa louca se acendiam. Mas não era de todo ruim. Ouvia as mariposas batendo as asas mais rápido; se precisasse correr ou atacá-las, precisaria vê-las. Além disso, ainda tinha que se preocupar com Bobby. Ouvia a respiração do amigo, mas ele não respondia a seus chamados.

Bem devagar, Johnny abriu um pouco das pálpebras. Quanto mais luz deixava entrar, mais seus olhos doíam. Ergueu a mão para protegê-los, e conseguiu abri-los ainda mais. Estava olhando diretamente para a luz — uma lâmpada de raios ultravioletas como a que sua mãe usava na estufa, no quintal dos fundos — e para as mariposas, que se debatiam enlouquecidas contra as lâmpadas de alta-intensidade. Ainda não eram muitas, o que o deixou um tanto aliviado. Afastou a mão dos olhos e se virou para a direita, procurando Bobby. Em vez disso, ficou cara a cara com uma cabeça humana, cinza e podre, presa numa estaca enorme. Mariposas circulavam por entre as órbitas oculares e as narinas como um enxame de abelhas satisfeitas. A parte inferior da mandíbula tinha caído, e a metade superior exibia os dentes num esgar raivoso. John encarou a caveira por trinta segundos completos, incapaz de respirar, de falar, de gritar. Depois, uma mariposa voou e pousou em seu rosto.

Ficou histérico e saiu correndo, fechando os olhos sem nem pensar, com força, sacudindo os braços loucamente. Esbarrou em alguma coisa, e arregalou os olhos bem a tempo de ver outra caveira espetada cair de outra estaca e se espatifar ruidosamente no chão gelado do porão. Por um segundo, parou de gritar, incapaz de acreditar no que acabara de ver. Quando tentou retomar o berro — a mente paralisada permitindo ao menos isso — só conseguiu soltar grunhidos roucos e engasgados. Johnny se virou. Viu mais quatro caveiras presas a estacas, todas fincadas na terra de um pomar interno. Um tomateiro podre emanava um cheiro pungente próximo a uma grande parede de pedra, que servia como fundos daquele jardim. As mariposas circulavam por ali, mas sem encher o ar; ali embaixo, não pareciam tão ameaçadoras quanto lá em cima. As caveiras eram outra história: elas o encaravam com olhares vazios, e, pela primeira vez, Johnny viu como eram pequenas. Seriam de crianças?

Abaixo, à esquerda, escutou um gemido baixo e grogue e deu um salto, assustado. *É um dos fantasmas das crianças*, pensou. *As mariposas não são nada, os fantasmas é que vão me matar. Vão me matar porque eu estou vivo e eles estão mortos.* O pensamento passou por sua cabeça em um segundo, e, quando de fato olhou para o chão, mesmo que involuntariamente, viu que era uma criança caída. Mas não estava morta. Era Bobby, deitado no chão de terra batida, se debatendo, finalmente voltando a si.

"Bobby?", chamou, conseguindo ignorar o jardim macabro em volta, pelo menos por um instante. "Bobby, está acordado?"

O amigo, que tinha caído deitado de costas no chão de terra batida, rolou um pouco para o lado, apertando ainda mais os olhos fechados.

"Bobby, por favor", suplicou Johnny, se perguntando se o menino não estaria em coma, ou com algumas dessas coisas que via na TV. Meu Deus, o que faria? Cutucou a lateral do corpo de Bobby com a ponta do pé, empurrando-o. "Vamos, Bob."

Johnny se abaixou, pensando só no amigo, agarrou o ombro de Bobby e sacudiu de leve. Estava prestes a chamá-lo outra vez, pedir para que ele acordasse, quando os olhos de Bobby se abriram de vez, encarando-o com aquele azul intenso.

"Nossa, Bobby, achei que você estivesse em c...", começou, mas foi interrompido pelo berro de Bobby. O menino arregalou ainda mais os olhos e ergueu um braço, apontando algo atrás de Johnny. Dando meia-volta, Johnny viu uma das caveiras, que parecia encará-los com olhos grandes e maldosos de lá do alto. Por um momento, Johnny quis gritar junto do amigo, gritar até estourar, morrendo de medo daquele filme de terror que virou realidade... então o momento passou. Johnny sabia que ainda estava assustado, apavorado, mas, ao menos por enquanto, conseguiria lidar com um bando de caveiras. Já tinham passado por uma, logo na entrada do Mundo do Espanto, não tinham? Eram só partes de pessoas, restos mortais que não podiam machucá-lo.

Só se os fantasmas... a mente começou a fervilhar, e ele abafou o pensamento. *Não são fantasmas*, combateu, abrindo um sorriso sinistro. São só caveiras idiotas.

Ele virou para Bobby e o segurou pelos ombros. O rosto aterrorizado do amigo o deixou à beira das lágrimas, mas Johnny as conteve.

"Bobby, me escuta", começou, numa voz firme e quase adulta. Bobby continuou a choradeira, se virando e apontando para as outras caveiras nas estacas em volta. "São só umas caveiras, Bobby." Isso só pareceu fazer o menino gritar ainda mais alto. O desespero tomou seu cérebro. Queria, mais que tudo, dar o fora dali, mas se recusava a ir sem Bobby. O amigo não acabaria como uma daquelas crianças, reduzidas a caveiras num porão mofado. Nem como Chip. Jesus.

Johnny se levantou, a perna ainda latejando de dor, mas não era uma dor intensa demais. Ele se abaixou, passando as mãos por baixo dos braços de Bobby, e o ergueu do chão. Nunca tinha sido muito mais forte que o amigo, mas a adrenalina circulava por seu corpo, em fúria. Ainda sustentando o peso do garoto, Johnny avançou para a frente e empurrou o amigo contra a parede de pedra do outro lado do jardim. Bobby parou de gritar imediatamente.

"Acabou?", gritou Johnny. Bobby, que parecia ainda mais assustado que quando viu as caveiras pela primeira vez, assentiu. Parecia prestes a cair no choro outra vez, fazendo careta. Johnny entendia como ele se sentia, mas não podia permitir que aquilo continuasse.

"Bobby, temos que sair daqui. Entendeu?" O menino assentiu. "Ótimo. O cara que trouxe a gente pra cá vai continuar fazendo essas coisas até darmos o fora. Não podemos deixar ele fazer isso com a gente, está bem?"

Viu uma única lágrima escorrer dos olhos de Bobby. Numa voz muito baixinha, o garoto perguntou: "Mas e Chip?".

Johnny sentiu o coração dar um salto mortal. Reunindo todas as suas forças, ainda querendo chorar, respondeu: "Chip está morto, Bobby. Mas, se a gente ficar pensando nisso, LaRue vai vencer e vai matar a gente também. Não podemos deixar isso acontecer."

Como se aproveitasse a deixa, uma voz estrondosa e vibrando com um humor negro de dar calafrios soou de algum lugar acima:

"Bem-vindos, jovens,
espero que gostem
dos meus amigos
sobre esses postes

*Vocês não escaparão,
Não há o que fazer
suas cabeças estão
prestes a apodrecer."*

Bobby arregalou ainda mais os olhos, tomando fôlego, prestes a gritar. Johnny tapou a boca do amigo com a mão antes que o grito escapasse.

"Você não entende?", perguntou, irritado. "É isso o que ele quer! Ele quer que a gente enlouqueça pra ficar mais fácil de... de nos matar!"

Os olhos de Bobby continuaram arregalados, mas o grito por trás da mão de Johnny tinha cessado. Ele afastou a mão devagar, olhando nos olhos do amigo. "Temos que ficar unidos, Bobby."

"Não quero morrer", choramingou o menino, numa voz falha.

"Nem eu, cara. Vamos sair daqui."

"Promete?", perguntou Bobby. Algo dentro de Johnny estalou ao ouvir aquela pergunta. *Promete?* Era o tipo de pergunta que se fazia para um adulto. *Não posso prometer uma coisa dessas, sou só uma criança.*

Então pensou na voz razoavelmente adulta com que falara quando empurrou Bobby contra a parede. Pensou em como conseguira bloquear a memória da morte de Chip e racionalizar a presença das caveiras. E se agora fosse adulto? O que isso significava?

"Sim", respondeu, depois de hesitar um pouco. "Sim, eu prometo."

"Obrigado", disse Bobby.

Johnny sentiu a vontade de chorar voltando.

Olhou em volta por um bom tempo. As caveiras tinham perdido o efeito. Bem, achava que poderia se acostumar com qualquer coisa, bastava que se concentrasse o bastante. Andando até uma delas, estapeando o ar para afastar as mariposas, reparou que parecia haver algo errado com as estacas.

Não são estacas, pensou, se aproximando. *São ferramentas.*

Tocou numa delas, que se balançou de leve na terra; por um segundo, pensou que a estaca fosse cair. Não caiu, e Johnny soltou um leve suspiro de alívio. Se preparando psicologicamente, estendeu o braço e colocou as mãos de cada lado da caveira podre.

"O que você está fazendo!?", indagou Bobby, atrás dele, dando-lhe um susto. Johnny ergueu as mãos de repente, quase deixando a caveira cair, mas conseguiu segurá-la com firmeza. Mariposas brotaram da cabeça como pedaços bizarros de tecido cerebral. O nojo revirou suas vísceras, e Johnny sentiu náuseas novamente. Por algum motivo, conseguia suportar as caveiras, mas as mariposas ainda o apavoravam. Olhou em volta e viu que havia mais mariposas ali do que quando a primeira luz foi acesa. Muito mais.

Temos que sair antes que algo ruim aconteça, pensou. Então se virou para Bobby: "Acho que essas estacas são ferramentas. Talvez a gente precise delas".

"Eca", protestou Bobby, mas não se virou quando Johnny pegou a caveira e a colocou no chão de terra com todo o cuidado. Com as duas mãos, ele agarrou a estaca vazia e arrancou-a da terra sob seus pés. Saiu com uma facilidade surpreendente: era um rastelo de seis dentes coberto de terra na parte inferior do cabo.

Passou o rastelo para Bobby, que pareceu enjoado só de encostar no negócio, mas ele pegou e segurou firme. *Ótimo*, pensou Johnny. Foi até outra, tirou a caveira... era uma pá. Foi até a terceira, e ouviu Bobby comentar: "Johnny, acho que não consigo carregar mais nenhuma".

Pegou numa terceira caveira. "Eu sei", disse, se virando e fechando os olhos quando as mariposas voaram para cima dele. "Mas quero tirar mesmo assim. Elas não deviam ficar aqui."

Quando o trabalho acabou, Johnny estava no limite da luz da lâmpada ultravioleta, olhando para a escuridão do porão. Achou que podia vislumbrar uma porta lá nos fundos, mas não tinha muita certeza. As mariposas enchiam o ar. Tinham que sair dali.

Soltou o cinto, guardando-o no bolso de trás. Num dos passadores da calça, enfiou um martelo que encontrara nos fundos do jardim. Na mão esquerda levava a pá, que era meio grande para carregar ali. Bobby, atrás dele, levava o rastelo, um pouco menor, mas ainda difícil de carregar. Johnny olhava da esquerda para a direita, vasculhando a escuridão na qual estavam prestes a entrar. Não reparou em nada além do zumbido lento e constante do bater de asas de mil insetos. As mariposas, as malditas mariposas.

Virou-se devagar e atravessou o jardim morto. "O que você está fazendo?", perguntou Bobby. Johnny não respondeu. Sentia que as vísceras estavam calmas, a mente, tranquila. Era essa a sensação de ser adulto? Realmente não queria saber.

A lâmpada ultravioleta ficava no canto do teto baixo, banhando o porão de luz e calor. Johnny olhou para a lâmpada acima, girando o cabo da pá nas mãos pequenas, melando-o de suor. Então, evocando memórias da temporada de beisebol da Liga Infantil da última primavera, lançou a pá para trás, por cima do ombro, com o mesmo movimento com que manejara o taco Louisville Slugger, quando os Sharks venceram os Lions. Estreitando os olhos contra o brilho intenso da lâmpada, girou a pá para cima, destruindo o bulbo de vidro. Um estalido elétrico irrompeu pelo ar, e faíscas lançaram-se da lâmpada. Bobby, atrás dele, soltou um gemido baixo.

Ainda podia escutar as mariposas, mas não as via mais. Bem, era um começo, não?

Ele também não consegue mais nos ver, pensou. Não sabia disso até aquele momento, quando a epifania invadiu sua mente. Teve que parar um pouco para pensar: como LaRue os via? Ele sempre sabia para onde estavam indo, comentava sobre o que estavam fazendo com aquelas rimas bizarras. Será que tinha câmeras na casa? Parecia haver alto-falantes por toda parte, projetando a voz de LaRue. Por que não haveria câmeras?

Não importava mais. Só tinham que sair daquele hospício. Vivos, se possível.

Ele se virou, avançando com cuidado, botando menos peso na perna dolorida. "Vamos", chamou, afundando o pé em algo macio e mole, provavelmente algum vegetal. Não importava. Seguiu em frente, se assegurando de que podia ouvir a respiração de Bobby atrás dele naquele quarto muito, muito escuro, testando o caminho com a pá, como se fosse um cego com sua bengala. Um momento depois, bateu com o ombro no canto do que parecia uma porta — aquela que achou que tinha visto quando a luz ainda estava acesa.

"Presta atenção", murmurou para Bobby, que vinha logo atrás. "Tem uma porta aqui."

"Certo", respondeu Bobby, também murmurando, sem soar tão assustado como provavelmente estava. *Que bom, Bobby*, pensou, abrindo um sorriso meio melancólico.

Ah, eu queria poder ver onde estamos, pensou. E, como se LaRue pudesse ler sua mente, uma luz intensa se acendeu exatamente sobre sua cabeça. Bobby, atrás dele, levou um susto. As mariposas voavam na direção da luz como homens famintos ao verem um banquete. Johnny ergueu os olhos, uma lasca gélida de medo cutucando seu coração. A voz igualmente fria de Etienne LaRue falou, soando um tanto distante, como se os alto-falantes não estivessem mais tão perto.

"Vocês podem me ver?
Eu posso ver vocês.
Parem agora, queridos
Comigo não tem vez."

"É o que você pensa", murmurou Johnny, dando uma olhada em volta. Estavam no que parecia uma despensa. Estantes de madeira feitas à mão cobriam as paredes, e dúzias e mais dúzias de latas e jarros enchiam as estantes. Quase todos os jarros pareciam cheios de geleia caseira. Uma ansiedade assustadora dominou Johnny de vez. *Vovó às vezes faz geleia*, anunciou sua mente, sem pensar. *Será que algum dia a verei de novo?*

A tristeza ameaçou quebrar sua fachada estoica, mas ele se recusou a permitir. O mais importante era não deixar que Bobby o visse em crise. Girou a pá para cima, destruindo aquela lâmpada também. O cheiro de ozônio encheu o ar, combinado com um cheiro enjoativo e meio lamacento de mariposas queimadas vivas.

O resíduo de luminosidade se evanescia na escuridão, e Johnny pensou ter visto outro breve feixe de luz mais acima. Não eram as lâmpadas artificiais que LaRue ligava e desligava, e sim o que parecia ser luz natural. Luz lá de fora.

"Será que...?", começou, então Bobby soltou um berro estridente logo atrás dele.

"É a saída!", anunciou o menino, empurrando-o para o lado e disparando para a frente, na direção do que realmente parecia ser uma saída. Johnny foi correndo atrás dele, até que o medo o tomou de assalto. E se fosse uma armadilha? E se fosse como o lugar onde Chip morreu?

"Bobby, para!", exclamou.

Mas o menino continuou correndo, gritando: "É a saída, é a saída, encontramos a saída!".

Johnny o seguiu devagar, com cuidado. Via a silhueta de Bobby delineada pela luz que atravessava uma janela quadrada em algum lugar acima. A silhueta parou um pouco mais à frente, e Johnny ouviu Bobby dizer: "É uma porta!", com a voz cheia de alegria.

Johnny se controlou para não correr. Ainda podia ser uma armadilha. Coisas afiadas ainda podiam sair do nada e arrancar a cabeça dos dois. Mesmo assim, a animação borbulhava dentro dele. Bobby tinha encontrado uma porta, e finalmente poderiam escapar. Torceu para que não fosse bom demais para ser verdade.

Quando se aproximou do amigo, percebeu, com desânimo crescente, que, sim: era bom demais para ser verdade. Mesmo antes que Bobby dissesse qualquer coisa, Johnny compreendeu: LaRue não os deixaria escapar assim tão fácil. O sujeito ainda devia ter algum plano para eles.

Quando chegou à porta, Bobby estava puxando a maçaneta, girando-a de um lado para o outro. A metade de cima da porta era feita de quatro janelinhas de vidro separadas por uma cruz de madeira, como aquelas janelas antigas da casa da vovó. A má notícia era que as janelinhas tinham sido adaptadas com barras de ferro fundido, todas tão juntinhas que Johnny achava que não dava nem para passar a mão entre elas.

A porta, claro, estava trancada.

Não é nenhuma armadilha sofisticada, pensou, espiando pelas janelas intransponíveis. Via luzes dançando na noite, ao longe; as luzes do Mundo do Espanto. Estavam tão perto das outras pessoas, mas LaRue os mantinha presos ali, como animais. Quanto tempo tinham levado para andar até lá, pelo que Johnny se lembrava do perímetro do parque? Dez minutos? Estavam a apenas dez minutos da civilização, e um deles já tinha morrido.

"Nossa!", exclamou Johnny, incapaz de pensar sobre qualquer coisa além de ter a liberdade ao alcance das mãos, mas vê-la ser arrancada para longe. *Não é nenhuma armadilha sofisticada*, pensou outra vez. *Ele não precisa disso. Só precisa que a gente veja as luzes lá fora; ele sabe como é fácil machucar a gente assim. E, nossa, como ele está certo. Isso dói mais que tudo.*

"Vamos", disse a Bobby, cansado, esperando uma explosão de gritos e choro comparável à quando o menino acordou e viu as caveiras. À esquerda havia outro corredor escuro, e Johnny avançou para lá, já se preparando para a crise. Em vez disso, o que ouviu foi o mais completo silêncio. Olhou para trás, querendo confirmar que seu amigo o seguia, e parou. Bobby encarava as luzes brilhantes do parque temático de onde tinham saído. Não estava chorando nem tendo uma crise histérica, como Johnny pensara. Só observava, quieto. "Bobby?", chamou.

Um ano antes, Bobby, Chip e Johnny estavam na casa da árvore de Chip, passando o tempo e lendo quadrinhos. Nenhum deles queria falar do que obviamente estavam pensando: uma semana antes, o pai de Bobby morrera num acidente de ônibus a caminho do trabalho. Bobby, que, quando se empolgava, era tão barulhento quanto Chip, ficara bem quieto desde então. O clima no clubinho estava pesado, o ar espesso como o caldo de carne que a mãe de Johnny às vezes preparava. Sem aviso, Bobby baixou a revistinha do Batman — seu herói favorito —, encarou os dois amigos com os olhos vidrados e anunciou, numa voz fria e monótona: "Eu vou morrer. Vocês também. Todo mundo vai. Todos vamos morrer". Então pegou sua revista e retomou a leitura.

Agora, enquanto Bobby olhava pela janela — uma janela que poderia ter trazido sua liberdade —, Johnny via aquele mesmo olhar vidrado refletindo as luzes do parque. E, naquela voz bizarramente adulta, Bobby anunciou: "A gente nunca vai sair desta casa".

"Bobby, não", retrucou, estendendo o braço. O amigo não se afastou, mas Johnny sentiu a frieza com que ele recebia seu toque e abaixou o braço.

"Você viu o que aconteceu com Chip. Vai acontecer com a gente também. Eu e você. Vamos morrer aqui."

"Não se a gente continuar tentando sair, Bobby. Talvez se a gente conseguir chegar lá em cima..."

"Você me prometeu, lá atrás. Prometeu que a gente ia sair."

Johnny encarou o amigo, um pouco assustado. Sua voz estava cheia de ódio. E não era de LaRue, da casa ou da situação. Era ódio dele.

"E estava falando sério", retrucou, abrindo um sorriso que sabia que era falso.

"Mentira", rebateu Bobby, com a mesma voz sem emoção. Era arrepiante, e de um modo que as caveiras e as mariposas não conseguiam ser. Aqueles eram medos novos, coisas assustadoras naquele mundo repentinamente assustador. Mas ali estava Bobby, uma criança que ele conhecia desde o jardim de infância. O mundo de Johnny se tornara sinistro e assustador, e tudo bem — não ótimo, mas bem. Mas Bobby não se sentia assim. Não agora.

Estava prestes a responder alguma coisa, a tentar acalmar os ânimos e voltar a andar com o amigo pela casa, quando Bobby se levantou de vez, arrastando os pés pelo corredor escuro. Sem se permitir pensar, o menino o seguiu cegamente, em silêncio.

E se a sua promessa fosse mesmo mentira?

Mais escadas. Essas, por algum motivo, pareciam mais sólidas. Johnny deu uma pancada num degrau, com a pá um pouco inclinada. No escuro, viu uma breve centelha.

"É de concreto", murmurou.

"Certo", respondeu Bobby. Johnny não percebeu a voz fria de adulto, e isso o fez se sentir um pouco melhor. Não muito, mas pelo menos um pouco. "Pronto?"

"Sim", respondeu Johnny, cutucando com a pá para sentir de novo o primeiro degrau. "Segue encostado na parede, vai tateando o caminho com o rastelo."

Bobby resmungou algo que Johnny deduziu que deveria entender como "Tudo bem".

Ouviu os tênis do amigo se arrastarem na superfície granulada do degrau logo acima do dele e o seguiu, nervoso. A lembrança da última vez em que ele e Bobby estiveram juntos numa escada ainda estava fresca em sua mente. Continuou subindo devagar, mantendo uma das mãos firme na pá, sentindo o caminho, e a outra na parede. O nervosismo fervilhava em seu estômago.

Alguns instantes depois, ouviu Bobby anunciar, lá de cima: "Cheguei numa porta!".

As emoções saltitavam dentro de seu estômago como bolinhas pula-pula. Seria outra armadilha? Poderia ser uma saída? O que estava atrás da porta número um?

"Me espera!", pediu. Então chegou, tocando o que parecia uma superfície de madeira. "É pesada", sussurrou para Bobby, colocando o ouvido contra a porta. "Não consigo escutar nada do outro lado."

"Acha que é outra armadilha, como a de Chip?"

"Pode ser", respondeu Johnny, tateando em busca da maçaneta. Quando a encontrou, ficou um pouco em silêncio.

"Acho que tive uma ideia", comentou Bobby, soando bem menos como o garoto insensível da porta do porão, mas não exatamente como seu velho amigo. *Johnny, seu velho amigo já era*, sussurrou sua mente. *E seu velho eu também. Vocês não têm mais como voltar a ser crianças.*

Johnny fechou os olhos e perguntou: "Qual?".

"Que tal abrirmos a porta e cada um ir para um lado. Assim, se alguma coisa vier pra cima da gente, podemos ir pra trás, e não vamos nos machucar."

Johnny não via nenhum problema com essa ideia, e, já que parecia a única coisa a ser feita, concordou.

"Certo, conte até três", mandou Bobby. Johnny assentiu, mas então abriu um sorriso, lembrando que Bobby não podia vê-lo, e contou: "Um, dois, três!".

Ele girou a maçaneta com força, empurrando a porta de uma só vez. A voz sinistra e aterradora do anfitrião invisível falou, num alto-falante também oculto dos olhos.

"Os dois já viram meus bichinhos
Quando fui lhes dar comida.
Mas agora encontraram o ninho;
é bem aqui que eles ganham vida."

"Merda", murmurou Bobby.

As mariposas começaram a vir de todos os lados.

Johnny ergueu os braços, naquela postura defensiva já familiar, deixando a pá cair no chão com um tinido. Entre os braços fechados, viu dentro do cômodo além da porta. O lugar obviamente tinha sido uma cozinha, mas agora estava ocupado pelo que parecia ser milhões de mariposas, numa nuvem azulada pelas luzes negras apontadas em sua direção. Não conseguiu ver muito mais; o que parecia uma fileira de árvores e grandes pilhas de pedras estavam encostadas às paredes da antiga cozinha, mas as mariposas taparam a visão, assim como tinham sufocado os pulmões de Chip.

Bobby ficou parado do outro lado, soltando gritinhos altos e agudos. Era quase impossível de ouvir, com as milhares de asas batendo furiosamente ali em volta. Johnny se virou, em pânico, para encarar Bobby, e viu uma mariposa disparar até a boca aberta do amigo.

De novo, não!, pensou, o coração saltando no peito. Inclinou um pouco a cabeça e deu um passo até Bobby, que cuspia a mariposa no chão. Johnny olhou para baixo e vislumbrou aquele negócio feio, que se contorcia lentamente no degrau, diante dos pés de Bobby. Deu um passo à frente, esmagando a mariposa com o tênis, e tapou a boca do amigo com uma das mãos, enquanto a outra mão fechava seu próprio nariz. Chegando mais perto de Bobby, encostou a boca no ouvido dele e gritou: "Tampa a boca e o nariz! Elas podem entrar!".

Recuou, vendo Bobby assentir, desesperado, e o soltou. O amigo abaixou um pouco a cabeça, cobrindo os olhos com o braço. Ele deixou o rastelo cair e se recostou no batente da porta, parecendo tonto, então tampou o nariz e fechou a boca, como se quisesse mostrar que guardaria um segredo: com lábios lacrados.

Bobby também examinava a cozinha, os olhos arregalados de choque. Johnny quase podia ouvi-lo pensar em Chip — o que era mesmo difícil evitar. Precisou parar e chamar a atenção de Bobby, tão concentrado nas mariposas que se aproximavam. Quando finalmente tocou no ombro do garoto, ele girou para encará-lo com o mesmo olhar arregalado. Bobby olhou de volta para a cozinha. Devia haver outra porta na sala das mariposas, e, se houvesse, Johnny ia usá-la. Não sabia o que aconteceria depois, mas não tinham como descer a escada de volta para o porão, onde estavam as caveiras. Só caveiras, não restava mais quase nada.

Bobby por fim entendeu o que ele queria dizer e fez que não com a cabeça, fechando os olhos com bastante força. *Você não pode me obrigar*, indicava.

Johnny arregalou ainda mais os olhos, esticando o pescoço em direção à porta. A raiva enfrentava o pânico em suas vísceras e em seu cérebro. *Não posso, é?*

Bobby balançou a cabeça outra vez, apertando mais os braços contra o rosto. As mariposas rebatiam de seus braços firmes, como projéteis atirados contra rochas sólidas. "Faça isso parar!", gritou Bobby, em pânico. "Por favor, faça isso parar!"

Johnny se aproximou do amigo outra vez, soltando o nariz, e puxou o garoto pela manga da camisa. *Acho que ele não está mais com raiva, só um pouco assustado*, pensou, meio triste, mas sem saber por quê. Bobby ficava meio insuportável quando estava irritado, mas ele assustado era um problema. *E não preciso de mais problemas esta noite*, pensou Johnny.

Ele se aproximou do ouvido de Bobby e gritou: "Vou entrar lá! Acho que tem uma porta no fundo da cozinha! Pode ficar, se quiser, mas eu vou!".

Bobby se virou, encarando-o por entre os braços. *Já está com raiva de novo*, pensou Johnny, com certo alívio. "Vamos", anunciou, abaixando a cabeça e soltando o menino enquanto se virava para a enxurrada de mariposas. Olhou para baixo por tempo o suficiente para localizar a pá, caída no chão, e a segurou junto ao peito, como um soldado levaria seu rifle.

Então saiu correndo, disparando para o coração do País das Mariposas. Ao seu lado, obscurecido pela tempestade de mariposas, uma pequena floresta de vasos de plantas se agitava, com fileiras de rochas dispostas de um lado a outro do cômodo — Johnny por muito pouco não tropeçou em uma. À fraca luminosidade da luz negra, ele estreitou os olhos para tentar ver melhor o que vinha à frente. Estava certo: no cantinho da parede da esquerda, viu uma grande porta de madeira com dois holofotes gigantes acima; ao menos estavam apagados. Estava fechada, claro, mas fechada nem sempre quer dizer trancada, não é mesmo?

Nesta casa, quer, sussurrou sua mente traiçoeira, e ele se esforçou para ignorar o pensamento.

Uma nuvem de mariposas particularmente densa partiu para cima dele, e Johnny percebeu, quase tarde demais, que estava com o nariz e a boca completamente expostos. Agindo apenas por reflexo, parou e sacudiu a pá no ar, espantando a nuvem para trás. Ouviu muitos baques metálicos reverberando no pouco espaço logo acima dele, e uma pequena chuva de mariposas mortas caiu sobre sua cabeça. Nem se importou em se sacudir para se livrar delas. Apoiando a pá outra vez junto ao peito, Johnny retomou a avançada.

Algo grande esbarrou ao passar por ele, à esquerda. Johnny gritou com o susto, com mariposas assassinas gigantes dançando em seus pensamentos. Então viu Bobby correndo à frente, segurando o rastelo do mesmo jeito que Johnny segurava a pá. *É como aqueles filmes de terror dos anos 1950 que o meu pai gosta*, pensou, *Os Pequenos Soldados Contra as Mariposas Assassinas*. E, apesar de tudo o que acontecera e tudo o que estava acontecendo em sua volta, começou a rir.

Chegou à porta alguns segundos depois de Bobby, que segurava o rastelo debaixo do braço, tapando a boca e o nariz com as mãos.

"Qual é a graça?", perguntou o amigo, com a voz abafada: *Có é a gacha?* Isso só fez Johnny rir mais, e ele teve que se segurar no batente da porta. A mente gritava: *Você está na porta, seu idiota, vai! Vai!* Mas não conseguia fazer mais nada. Aquela gargalhada histérica era como o primeiro bocado de comida para um homem faminto, e ele se agarrou à ela, desesperado. Se ainda podia rir, ainda estava vivo.

Por fim, ergueu os olhos, tampando o nariz e a boca, e viu Bobby gargalhando também, o corpo sacolejando na luz negra. *Toma isso, LaRue*, pensou, o riso enfim diminuindo. *Você não acabou com a gente.*

Bobby tirou a mão da boca. "Chega para o lado", pediu, sorrindo um pouco. Johnny obedeceu, e ele abriu a porta.

"Hã?", perguntou Johnny. "Que diabos...?"

Bobby ficou parado a seu lado, segurando o rastelo com as mãos. "O que é isso?"

A porta estava aberta, e os garotos espiavam lá para dentro, confusos. O batente estava dividido ao meio pelo que parecia uma fina parede de gesso. A luz negra vindo da cozinha atrás deles não entrava muito no cômodo duplo, mas Johnny deduziu que a parede de gesso cruzava a sala inteira, até o fundo. Abriu a boca para responder a Bobby, mas foi interrompido pela voz terrivelmente familiar de Etienne LaRue ressoando sobre suas cabeças.

"Hora de escolher, não façam careta!
esquerda ou direita: é preciso ter sorte
ficarão seguros com a escolha correta
e a errada leva vocês direto para a morte!"

"Odeio ele", comentou Bobby.

"Eu também!", concordou Johnny. Os dois holofotes grandes se acenderam, iluminando os dois. Os garotos se viraram bem devagar; as mariposas, que eram mais um incômodo que uma ameaça, agora avançavam num voo sem escalas para os holofotes... e os garotos logo abaixo.

Somos mariportos, pensou Johnny, e o impulso insano de recomeçar a rir o dominou. Combateu a vontade, dando as costas para as mariposas e gritando para que Bobby o seguisse. Por instinto, disparou para a esquerda, agarrando a maçaneta atrás de si com a mão que não sustentava a pá. O brilho da luz negra e dos holofotes foi cortado instantaneamente, e a porta se encaixava perfeitamente com a parede de gesso, deixando tudo em breu total.

Duas mariposas bateram em sua nuca, e ele as afastou com um tapa. "Bobby?", perguntou, e não houve resposta. Chamou mais alto: "Bobby!".

Então veio a resposta abafada: "Johnny!" Sem fazer barulho, Johnny foi até a parede de gesso, andando em meio à escuridão. "Bobby? Está aí?"

"Sim! Não é uma sala muito grande... tem uma parede de tijolos aqui em volta."

Merda, pensou Johnny. LaRue tinha dividido os dois e prendido um deles. Como ele era bom em acabar com a graça.

"Tudo bem, sem problemas!", exclamou Johnny. "Vou só abrir a porta e você sai, ok?"

Johnny tateou a parede, sentindo-a com a palma de uma das mãos enquanto segurava a pá com a outra. Alcançou a porta num instante, e tateou até encontrar a maçaneta. Girou-a para abrir a porta... a palma molhada da mão deslizou pelo metal, sem movê-la. Franzindo o rosto, encarando o ponto escuro onde sua mão estava, ele girou a maçaneta para o outro lado. Rodou um pouco e parou.

"Ah não...", sussurrou Johnny. "Ah, não, não, não..." *Por favor não me diga que ela só abre pelo outro lado*, pensou. *Pelo amor de Deus*.

Girou a maçaneta outra vez, para um lado, para o outro. Num frenesi, soltou a pá e bateu com o ombro contra a porta. Uma dor brilhante e elétrica chiou por seu braço, mas a porta nem se mexeu.

"Bobby, temos um probleminha."

"Ah, meu Deus!", escutou Bobby gritar do outro lado da parede.

"Não, não, não se preocupe, só preciso pensar um pouco...", respondeu.

"Johnny, me ajuda!"

"Calma, ainda não é hora de entrar em pânico...", respondeu, distraído. "Vou tirar você daí."

Estava prestes a pensar em como poderia fazer isso quando Bobby retrucou, num grito alto e agudo:

"Ele abriu mangueiras por todos os lados!"

Mangueiras? "Mangueiras?"

"Estão vindo do teto! A sala está enchendo de água, Johnny!", gritou Bobby. "Estou numa caixa, e está enchendo de água!"

"Ah, meu Deus!", exclamou Johnny, numa voz baixa e impressionada. De algum lugar lá em cima, podia ouvir a risadinha calma e truncada de Etienne LaRue, e sentiu o sangue gelar.

Ele vai se afogar, pensou Johnny, *dentro desta casa. Primeiro Chip, agora Bobby, e vou ficar sozinho nesta casa escura.*

"Não!", gritou Johnny, soltando a pá. "Não, não é justo!" Urrando, esmurrou a parede à frente com os punhos furiosos, pontuando todas as pancadas com um "Não!" cada vez mais desesperado.

Do outro lado da parede, Bobby começou a gritar, como se o som dos lamentos de Johnny fosse contagioso. "A água está subindo!", lamentou-se o menino, mais assustado que nunca. "Ah, meu Deus, me ajuda!"

Frustrado, Johnny bateu uma última vez com o punho contra a parede. Sentiu algo voar contra o rosto e gritou, com medo de que as mariposas da cozinha tivessem achado o caminho lá para dentro. Mas não eram mariposas. Johnny esfregou dois dedos na bochecha quente e suada, e um gritinho espantado surgiu em sua mente. Não eram mariposas. Era pó de gesso.

"Johnny!", gritou Bobby.

"Usa o rastelo!", mandou Johnny, tateando em busca da pá. "A parede é de gesso! Dá pra quebrar!"

"O quê?", gritou Bobby, de volta. Parecia sem fôlego. Era água o que sentia no chão? "Merda", murmurou Johnny, a mão finalmente achando o cabo da pá. Grunhindo, ergueu a pá, segurando-a como uma baioneta.

"Vai pra trás!", gritou, e enfiou a pá na parede à frente. A lâmina entrou no gesso com uma facilidade inesperada. Sorrindo como um maníaco, Johnny a arrancou da parede e a enfiou de novo. Quando puxou, arrancou um pedaço enorme de gesso junto. Jogou o gesso no chão e tateou a parede furada: encontrou um enorme buraco escancarado no centro, e, quando ele passou o dedo pela borda, mais pó de gesso saiu.

Por que a água não está vindo?, perguntou-se, inquieto. Devia estar passando, eu atravessei a parede. Ergueu a pá e a enfiou pelo buraco, testando. Entrou alguns centímetros, então parou, a lâmina batendo em algo resistente. *Não é uma parede sólida*, pensou, preparando a pá outra vez, *parece oca*.

"Presta atenção, Bobby!", gritou, mas não houve resposta. Ele parou. "Bobby?" Nada.

"Ah, meu Deus!", exclamou, batendo com a pá no buraco, para dentro da parede do outro lado. Era como enfiar uma faca em manteiga gelada. A água esguichou pelo novo buraco, encharcando suas pernas. Johnny recuou um pouco, tentando evitar o fluxo, e enfiou a pá mais uma vez. Então o outro lado da parede se rompeu, a água jorrando para o chão e encharcando seus tênis. Ouviu um baque de algo macio do outro lado da parede. Bobby.

"Bobby!", gritou, tentando passar pelo buraco. O jorro de água o impediu, e ficou ali, desejando socar mais alguma coisa. Logo, o som da água espirrando no chão diminuiu, e Johnny avançou, subindo no buraco e até o outro lado.

"Bobby?", chamou, e seu joelho esbarrou em algo macio e úmido. A perna de Bobby? À esquerda, ouviu um "Ai" baixinho.

"Bobby?", chamou, outra vez.

"Bati a cabeça na parede", explicou o menino, numa voz cansada e muito juvenil. Parecia que iria dizer mais alguma coisa, mas então ele teve uma crise de tosse.

"Tudo bem, cara?", perguntou Johnny, estendendo o braço e dando um tapa nas costas do amigo. Tinha uma vaga lembrança da mãe fazendo isso, quando ele quase se afogara na piscina da avó, aos cinco anos. Sentia um aperto no estômago só de pensar na mãe. Desejou vê-la desesperadamente.

"Estou todo molhado", disse Bobby, simplesmente. "Quero ir pra casa."

"Certo", respondeu Johnny. Ficou surpreso consigo mesmo quando abraçou Bobby. O amigo enrijeceu por um momento, então devolveu o abraço. Mais lágrimas encheram os olhos de Johnny. "Achei que você fosse morrer."

"Eu também", retrucou Bobby, e pareceu que estava chorando.

Ficaram assim por um bom minuto, molhados, com frio e no escuro, mas se sentindo melhor do que em qualquer outro momento desde que tinham entrado naquela casa horrível.

Estavam parados no canto do cômodo vazio do lado oposto à parede de gesso, moídos e cansados, mas bem, apesar de tudo. Encontraram outra escada ali, um caminho para a escuridão desconhecida.

"Quer subir?", perguntou Johnny.

"E temos escolha?", retrucou Bobby. Soava tão velho...

Johnny não precisou responder, só começou a subir, com o amigo logo atrás. Quando chegaram ao topo, Johnny não ficou surpreso por encontrar outra porta. Ele suspirou, perguntando:

"Mesma tática?"

"Sim."

Johnny se apoiou no corrimão e ouviu Bobby se encostar contra a parede do outro lado. "No três", anunciou. "Um, dois, três." Girou a maçaneta e abriu a porta de vez, apertando os olhos contra o que pudesse vier ao encontro deles.

Nada veio. Johnny abriu os olhos, e não ficou muito surpreso por ver que tinham voltado ao corredor do segundo andar, que dava no quarto onde Chip tinha morrido. Uma luz fraca vinha do outro lado do corredor, onde o outro lance de escadas quase matara eles dois. Por um segundo, cogitou simplesmente desistir. Estavam só dando voltas e mais voltas em círculos, e LaRue os pegaria quando estivessem estropiados demais para reagir.

Então olhou para cima. Dali, viu algo que não tinha notado antes: um alçapão no teto. Um alçapão que dava para o sótão.

Fragmentos de memória percorreram sua mente: os sacos de mariposas caindo do teto, as mangueiras vindo de cima. Seu coração se encheu de adrenalina, mas um tipo sinistro de adrenalina. Ele se aproximou de Bobby, ciente de que, se LaRue podia rastrear seus movimentos, também podia escutar suas conversas.

Então sussurrou: "LaRue está lá em cima, no sótão". Bobby olhou para cima, então se voltou outra vez para Johnny, assentindo. "Ele deve estar com as chaves da casa."

"Como a gente vai subir lá?", perguntou Bobby. "Ele não vai ver a gente?"

Johnny olhou outra vez para o alçapão acima, notando a pequena corda para puxar, com um nó no fim. "Dá pra subir", respondeu, virando-se para o amigo. "Agora, se ele vai ver a gente... não sei. Você mesmo disse: não temos escolha."

Bobby assentiu outra vez. "Certo", disse. "Como vamos subir?"

"Me dá o rastelo." Eles trocaram de ferramentas e se afastaram da porta. Johnny olhou para cima e, se esticando, segurando a pontinha do cabo, conseguiu pegar o nó com dois dos dentes do rastelo. Quando estava prestes a puxar, uma luz forte e ofuscante se acendeu acima de uma das portas. Quase no mesmo instante, as mariposas que voavam sem rumo pelo corredor foram para a luz. A voz de LaRue veio de algum lugar acima.

*"Embora tenham visto coisas temerosas
Aqui em cima mantenho as mais perigosas."*

"Que seja", murmurou Johnny.

Depois que os seus olhos se acostumaram com a luz, ele se virou para a fonte de iluminação. Por trás da luz, viu o que parecia um pequeno alto-falante. A trinta centímetros de distância, um objeto preto zumbia como uma gorda abelha eletrônica, seu grande olho de vidro encarando Johnny, zumbindo enquanto focava. Uma câmera.

Bobby seguiu seu olhar. O menino sorriu, mostrando o dedo médio para o olho aberto da câmera. Johnny grunhiu, puxando o rastelo para baixo. O alçapão rangeu e se abriu um pouco. Johnny puxou com mais força, e a abertura aumentou. Bobby deu um passo para a frente, ficando na ponta dos pés, segurando o rastelo ainda mais alto. No três, os dois puxaram o rastelo para baixo juntos, e o alçapão se escancarou, deixando uma escada de mão deslizar pelos trilhos, se abrindo até tocar o chão. Os garotos olharam para cima. LaRue os observava de lá.

O sujeito parecia prestes a falar, mas então passou os braços para trás e pegou um saco de lona. Johnny sabia o que tinha lá dentro, mas não estava mais com tanto medo. Num mundo de mariposas, um saco cheio delas logo perde o poder de assustar. Ele se virou para Bobby, destrocando as ferramentas, então olhou outra vez para o alçapão.

LaRue jogou o saco aberto em cima dele, acertando-o bem na cabeça. Mariposas voaram para todos os lados. Johnny jogou o saco para longe e foi para a escada. Lá em cima, LaRue soltou um murmúrio surpreso e pegou outro saco. Johnny fechou bem os lábios, cerrando os dentes para as mariposas não entrarem. Algumas voaram até seus dentes, mas foram rebatidas. Foi subindo, segurando a pá. Outro saco caiu em sua cabeça, rolando para o chão. Mais mariposas voaram, mas ele nem ligou. Se LaRue tivesse a chave da saída daquela casa assombrada, Johnny iria pegá-la.

"Não!", gritou LaRue, lançando outro saco. *Não conseguiu pensar numa rima, foi?*, pensou Johnny, num tom sinistro, e continuou a subir. Quando olhou de novo, arreganhando os dentes num sorriso mais largo que o do gato de Cheshire, LaRue não estava mais lá.

Johnny enfiou a cabeça pelo buraco, olhando em volta, prestando atenção. O sótão era muito bem iluminado. Quatro enormes geradores despontavam de um canto, como rochas de Stonehenge, parecendo alienígenas naquele lugar decrépito. Uma parede de madeira cortava o sótão ao meio, com uma passagem sem porta no centro. Johnny terminou de subir as escadas, balançando a pá de um lado para o outro, para se livrar daquela praga de mariposas. Uma se enfiou em seu nariz e começou a se debater lá dentro; o nojo revirou o seu estômago, mas ele não entrou em pânico. Ficou parado ao lado do buraco que levava lá para baixo, tampou a outra narina e expirou com força. A mariposa saiu, cambaleante, e caiu no chão.

A cabeça de Bobby surgiu na abertura, a mão direita segurando o rastelo com firmeza, o braço tampando o nariz e a boca. Ele se juntou a Johnny lá em cima. Johnny apontou para a porta, sentindo só um pouquinho de medo, e espiou lá para dentro. Etienne LaRue estava lá, ah, se não estava. E tentava escapar por uma janela.

Johnny rugiu. Um súbito ataque de fúria o dominou, e ele correu para a frente. "Não mesmo!", gritou, atravessando o sótão pela pilha de telas pequeninas com imagens em preto e branco. A cartola de LaRue estava apoiada numa das telas, como que rejeitada pelo Chapeleiro Maluco. Johnny saltou, esticando bem os braços, e agarrou o cabelo de LaRue antes que a cabeça dele sumisse de vista. O homem gritou.

"Volta aqui pra dentro!", mandou Johnny, sabendo que soava mais adulto que nunca. E aquele homem foi quem deixara sua voz assim. Aquele homem fizera coisa muito pior.

"Não!", choramingou LaRue. Johnny puxou sua cabeça, soltando a pá, e começou a estapear seu rosto sem parar. Uma das cortinas brancas translúcidas flutuaram até ele, que a afastou com um movimento brusco de cabeça.

"Volta aqui pra dentro!", repetiu, num rosnado. Bobby foi até eles, apoiando os pesados dentes de ferro do rastelo no cocuruto de LaRue.

"Quer que eu enfie?", perguntou Bobby.

"Está bem, está bem!", retrucou LaRue, apavorado. Johnny ficou olhando enquanto ele rastejava de volta para o sótão e se curvou para pegar a pá. Bobby apontava o rastelo para o pescoço do homem, encarando-o com olhos arregalados e cheios de ódio. Quando LaRue entrou no sótão, Johnny ficou diante dele. Era bem menor, mas se sentia muito mais velho.

"Você matou Chip", acusou. "Você tentou nos matar."

LaRue olhava da esquerda para a direita, desesperado, como se estivesse procurando uma saída. Johnny não gostou daquele olhar. Eles não tinham conseguido escapar; por que ele acha que conseguiria?

Ouviu Bobby perguntar, atrás de si: "Esses sacos estão todos cheios de mariposas?". Ele apontava para uma enorme pilha no canto do cômodo, ia do chão ao teto, e era toda de sacos de lona que se moviam de leve.

"Sim, eles...", começou LaRue, então se lançou contra Johnny, numa fúria ensandecida. Só por reflexo, Johnny ergueu sua pá e girou, golpeando com força, acertando a cabeça de LaRue. O homem desabou no chão.

"Ele morreu?", perguntou Bobby, pisando naquele sujeito maligno.

"Não, ainda está respirando", respondeu Johnny, examinando LaRue, o responsável por todo o horror daquela noite, e sentindo o borbulhar daquela repulsa já familiar.

"O que a gente vai fazer?", perguntou Bobby.

Johnny olhou para LaRue, sob os pés do amigo, então olhou para os sacos de mariposas, e de volta para o homem caído.

"Tenho uma ideia."

LaRue abriu os olhos pouco tempo depois. Johnny o encarou, abrindo um leve sorriso quando ele tentou se mover e não conseguiu.

"Usamos as mangueiras", explicou, se inclinando na direção do homem. "Aquelas que você tentou usar para afogar Bobby." Ele sorriu outra vez, assistindo enquanto LaRue tentava se soltar das mangueiras enroladas em seu corpo. Ele e Bobby tinham sido escoteiros durante dois anos, ambos sabiam muito bem como dar nós.

"E encontramos isso quando fomos procurar as chaves nos seus bolsos", comentou Bobby, surgindo atrás de Johnny. O menino também estava sorrindo. Ele segurava um isqueiro Zippo, que passou para Johnny.

"Como é mesmo o nome deste lugar?", Johnny fingiu não lembrar.

Bobby logo respondeu:

*"Isto aqui não é um jogo,
É o Atraídos para o Fogo."*

Johnny riu, um tanto trêmulo. "Isso mesmo, vamos lá!"

"LaRue, coitado, cá está amarrado."

Bobby riu com ele.

"Firme é este nó, e agora ele está só."

"O que acha disso, LaRue?", perguntou Johnny. O homem começou a gritar. Bobby foi para trás dele, segurando um saco de mariposas diante do rosto de LaRue. Quando o abriu, as mariposas voaram por toda parte, ao menos uma dúzia entrando na boca escancarada do homem, interrompendo o grito.

LaRue começou a convulsionar no chão, e os garotos deram as costas para ele. Foram até a janela e subiram pela escada que LaRue usara para chegar lá, logo no comecinho da noite. Antes de sair pela janela, Johnny estendeu o braço, acendeu o isqueiro, e tacou fogo na fina cortina branca.

Os dois correram por um campo escuro até o parque, já todo apagado. Não havia mais luzes à frente, mas os brinquedos desligados e as cabines escuras ainda representavam sua liberdade. Seguiram ao longo do parque, e, quando chegaram no estacionamento, estavam soluçando.

Bem lá atrás, numa colina escura, depois do campo, uma casa abandonada ardia em chamas. As janelas se estilhaçavam, e a madeira velha e seca chamuscava até queimar. Nuvens de insetos cinzentos subiram para o céu noturno, tapando as estrelas. As que não foram atraídas de volta para o fogo voaram em busca de coisas melhores.

Para as mariposas, o fogo também era a liberdade.

KEVIN QUIGLEY é escritor e designer, fortemente influenciado por Stephen King. É criador do personagem de histórias policiais Wayne Corbin. Saiba mais em charnelhouse.org.

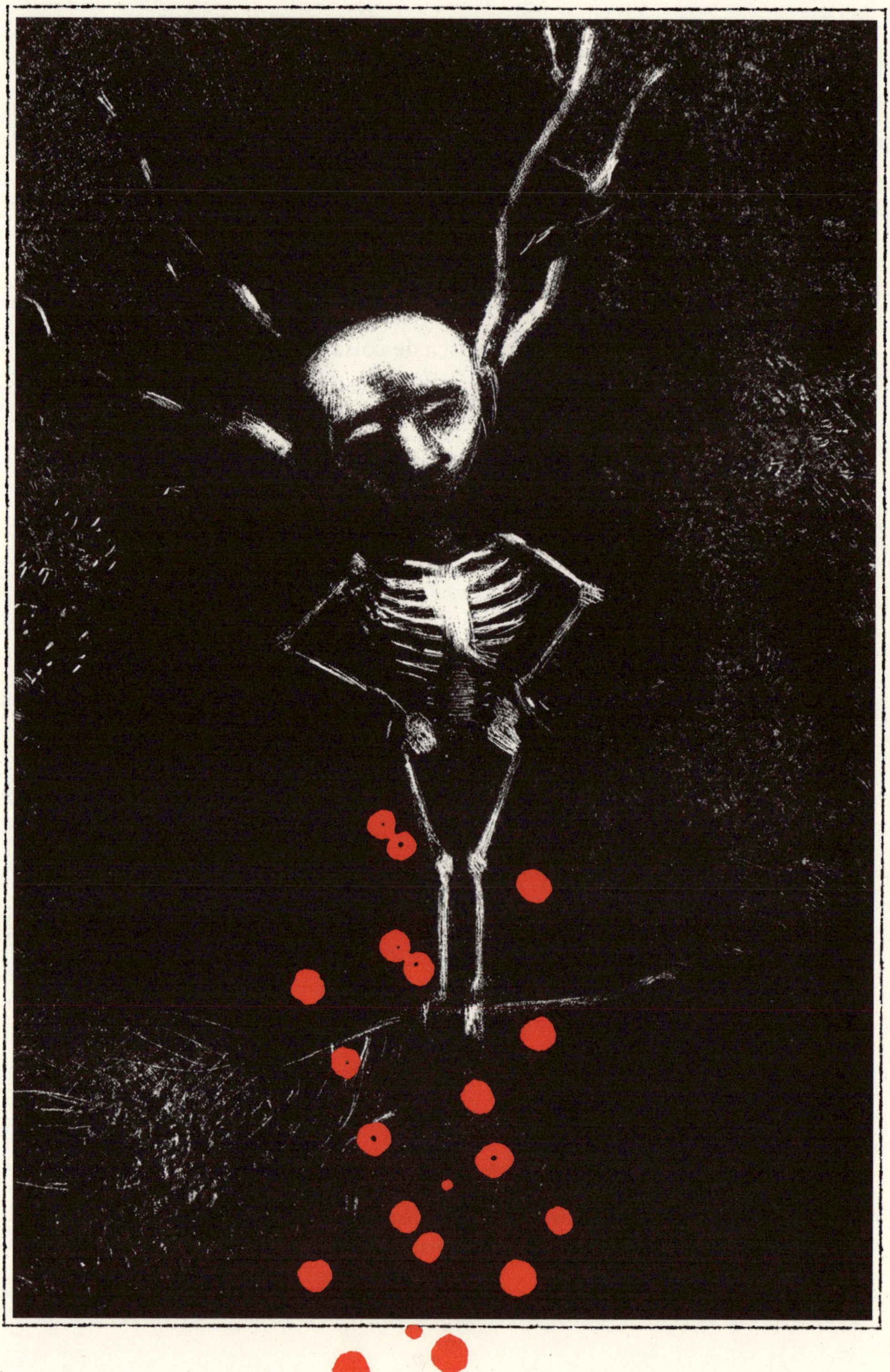

UM CONTO MACABRO *por*
RAMSEY CAMPBELL

O ACOMPANHANTE

Quando Stone chegou à feira, depois de errar o caminho duas vezes, achou que aquilo parecia mais um gigantesco parque de diversões coberto. Dois copos de papel rolavam pelo chão, se batendo ao longo da calçada costeira, e o vento frio e insinuante de outubro agitava o rio Mersey do outro lado dos pavimentos de pedra vermelha que formavam a praia, atrás das garrafas quebradas e pneus abandonados. Debaixo das imitações atarracadas de torres brancas da longa fachada da feira, as vitrines das lojas exibiam lembranças e peixe frito com batatas. Entre elas, na entrada da feira, pedaços de papel rodopiavam.

Stone quase foi embora. Aquelas não eram suas melhores férias. Uma feira em Gales estava fechada, e essa quase certamente não seria o que ele esperava. O guia a fizera parecer uma feira genuína, com camelôs pelos quais é preciso passar sem olhar, senão os vendedores o enganam; com o choque súbito de cachoeiras caindo sobre o que parecia papelão pintado; os tiros e sinos e pancadas na madeira das galerias de alvos, e os gritos das garotas acima de tudo; a cobertura escorregadia; a suculência crocante das maçãs do amor; as luzes se erguendo com força contra um céu que escurecia. *Ao menos escolhi bem o horário*, pensou. Se entrasse naquela hora, teria a feira quase que só para si.

Aproximando-se da entrada, viu a mãe comendo peixe frito e batatinhas numa bandeja de papel. Que baboseira! A mulher jamais teria comido em pé num lugar público — "igual a um cavalo", como ela costumava dizer. Mas ficou olhando quando ela saiu com pressa da loja, desviando o rosto dele e do vento. Era mesmo assim que ela comia, com movimentos parcos e rápidos do garfo e da boca. Ele deixou o incidente de lado, no canto da mente, na esperança de que aquilo logo desapareceria, e entrou na feira com pressa, penetrando aquele tumulto de cor e ruído.

O teto alto com vigas de ferro à mostra lhe lembrou na hora uma estação de trem, mas o lugar era ainda mais barulhento. O alvoroço — as sirenes ecoantes, os tinidos e um perigoso gemido metálico — estava preso lá dentro, e era ensurdecedor. Era tão arrebatador que ele precisou lembrar a si mesmo de que, apesar de não poder ouvir, pelo menos conseguia ver.

Mas não havia muito o que ver. As máquinas pareciam apagadas e empoeiradas; carrinhos que lembravam poltronas gigantescas davam solavancos e giravam ao longo de um trenzinho; um toldo de lona cobria uma fileira interminável de assentos; um grande disco ornamentado com mais lugares para sentar subia até o teto, pendurando um único casal sobre suas engrenagens. Com tão poucas pessoas à vista, quase parecia que as máquinas, frustradas pela falta de ação, estavam funcionando sozinhas. Por um momento, Stone teve a impressão de estar trancado num quarto empoeirado onde os brinquedos, como nos contos infantis, adquiriam vida.

Deu de ombros, de leve, e virou-se para ir embora. Talvez pudesse dirigir até a feira de Southport, mesmo que ela ficasse a uns bons quilômetros do outro lado do Mersey. As férias estavam acabando depressa. Ele se perguntou como estaria a repartição durante sua ausência. Mais lenta que o normal, sem dúvida.

Então viu o carrossel. Era como um brinquedo esquecido por alguma criança, largado ali, ou herdado por gerações. Sob a marquise de faixas ornamentadas, os cavalos circulavam, presos a postes, avançando na direção dos reflexos, num círculo de espelhos. Os cavalos eram de madeira branca, ou pelo menos madeira pintada de branco, com os corpos salpicados de roxo, vermelho e verde, e algumas das cabeças também tinham sido pintadas. No eixo central, abaixo do letreiro indicando FEITO EM AMSTERDÃ, um órgão tocava sozinho. Ao redor dele, Stone viu entalhes de peixes, tritões, zéfiros, uma cabeça e ombros fumando cachimbo dentro de uma janelinha, uma paisagem de montanhas e lago, um falcão empoleirado com as asas abertas. "Ah, agora sim", comentou.

Sentiu um pouco de vergonha quando subiu a plataforma, mas ninguém parecia estar olhando. "Pode ligar pra mim?", indagou a cabeça na janelinha. "Meu garoto foi dar uma volta."

O cabelo do homem era da mesma cor da fumaça do cachimbo. Os lábios se enrugavam ao redor da haste de madeira, arreganhados num sorriso.

"É um bom carrossel", comentou Stone.

"Você entende do assunto, não é?"

"Um pouco." O homem pareceu desapontado, e Stone se adiantou. "Conheço muitas feiras. Passo minhas férias nelas todos os anos, sabe? Cada ano cubro uma área diferente. Talvez eu escreva um livro." A ideia volta e meia o tentava, mas nunca tomara notas, e ainda tinha dez anos até chegar a aposentadoria, quando o livro surgiria como uma atividade para passar o tempo.

"Vai sozinho todos os anos?"

"Tem os seus méritos. Menos custoso, pra começar. Me ajuda a economizar. Antes de me aposentar quero ver a Disney e o Prater, de Viena." Pensou na Roda Gigante, Harry Lime, a Terra caindo sobre eles... "Vou dar uma volta aqui no carrossel", anunciou.

Deu um tapinha nos ombros inflexíveis do cavalo. Lembrou-se de um amigo de infância que tinha um cavalo de balanço no quarto; já tinha montado nele algumas vezes, o bicho ficando cada vez mais selvagem conforme se aproximava a hora de voltar para casa. O quarto do amigo era mais claro que o dele, e, quando agarrava os ombros de madeira, também estava se agarrando àquele quarto tão amigável. *Engraçado pensar nisso agora*, pensou. *Deve ser porque faz anos que não subo num carrossel.*

O carrossel rodava; o cavalo o levantava e descia com ele. Enquanto andavam, acelerando aos poucos, Stone viu uma multidão surgir por uma das entradas e se espalhar pela feira. Fez careta: a feira tinha sido só sua por um tempinho, aquela gente não precisava ter chegado exatamente quando estava desfrutando do carrossel.

A multidão circulava pelo lugar. Um tinido de máquinas de pinball cortava o ar. Um gigante com corpo de barril rodopiava em meio aos carros de bate-bate, sacolejando seus braços flácidos, com um charuto elétrico vermelho enfiado no sorriso vazio, pulsando no tempo com sua gargalhada lenta e espessa. Uma voz metálica lia os números do bingo, num zumbindo indistinto. Talvez fosse porque não comia já fazia um tempo, guardando espaço para as maçãs do amor, mas estava ficando tonto. O que via era como uma imagem embaçada da feira de *Tudo Começou num Sábado* — uma feira da qual não gostara por ser muito sombria. Lembrava o *Pacto Sinistro*, *Deus Sabe Quanto Amei*, *O Terceiro Homem*, ou até mesmo o assassinato da feira de *Horrores do Museu Negro*. Ele balançou a cabeça, tentando controlar o jorro de pensamentos.

Mas a feira estava girando mais e mais rápido. O Trem Fantasma passava depressa, uivando e gritando. As pessoas que ele via ao redor do carrossel pareciam borrões. Aqui vinha o Trem Fantasma mais uma vez, e Stone vislumbrava a fila sob o cadáver verde, que acenava para todos. Estavam olhando para ele. Não, percebeu, na volta seguinte, estavam olhando para o carrossel. Ele era só algo que aparecia de vez em quando na frente, enquanto observavam. No fim da fila, olhando fixo e enfiando o dedo no nariz, viu seu pai.

Stone começou a cair, e se agarrou ao pescoço do cavalo. O homem já estava andando em direção aos carros de bate-bate. Por que sua mente estava tão traiçoeira? Não seria tão ruim se as comparações não fossem tão repulsivas. Oras, ele nunca conhecera homem ou mulher que se comparassem aos pais. Pessoas admiráveis, sim, mas não à mesma maneira. Não desde que os dois caixões polidos tinham sido baixados para buracos e guardados debaixo da terra. Ruído e cor giravam em volta e dentro dele. Por que não estava se permitindo pensar na morte dos pais? Sabia por que bloqueava as memórias, sabia que isso deveria ser sua salvação; quando tinha dez anos, testemunhou a morte e o inferno todas as noites.

Stone se agarrou à madeira em meio ao vórtice e se lembrou. O pai tinha negado uma luz noturna, e a mãe assentira, dizendo "Sim, acho que já passou da hora". Ele se deitara na cama, morrendo de medo de se mexer, para não denunciar sua presença na escuridão, murmurando "Por favor, Deus, não deixa" várias e várias vezes. Ficava deitado de um jeito que dava para ver a fraca linha vertical cinza da janela entre as cortinas ao longe, mas mesmo aquela luz parecia cada vez mais fraca. Sabia que morrer e ir para o inferno seria assim. Às vezes, quando o sono começava a embaçar a visão, o quarto ficava maior e as formas escuras se sobrepunham ao escuro, Stone não poderia afirmar que ainda não tinha morrido.

Ele se sentou de volta quando o cavalo ficou mais lento e começou a escorregar para a frente do pescoço de madeira. E então? No fim das contas, tinha visto além da armadilha que ele mesmo perpetuava de culpa religiosa, do inferno, de não ousar acreditar naquilo para não ser pego. Por um tempo, sentiu-se vagamente desconfortável em lugares escuros, mas nunca o suficiente para detectar a sensação e dominá-la. Depois de algum tempo, a sensação se dissipara junto da desaprovação explícita dos pais ao seu ateísmo. *Sim*, pensou, enquanto suas memórias e o carrossel ficavam mais lentos, *eu era mais feliz naquela época, deitado na cama, ouvindo e sentindo eles e a casa em volta*. Então, quando tinha trinta anos, um telefonema o chamou ao buraco na estrada, à visão do carro como um besouro preto e morto saindo daquele buraco. Depois de um momento de puro terror vertiginoso, acabou. Os pais tinham adentrado a escuridão. Simples assim. Então veio a observância quase religiosa que ele impôs a si mesmo: não pense mais.

E agora não havia mais motivo para isso. Ele cambaleou para longe do carrossel, para a máquina de pinball que ocupava quase todo um lado da feira. Ele ainda lembrava como, ao se deitar na cama fazendo súplicas silenciosas com a boca, às vezes parava e pensava no que lera sobre sonhos: que poderiam durar horas, mas, na realidade, ocupavam apenas um milésimo de segundo. O mesmo seria verdade para os pensamentos? E as rezas, quando não havia nada além da escuridão para anunciar as horas? Além de protegê-lo, as rezas eram uma forma de contar o tempo antes do amanhecer. Talvez só tivesse passado um minuto, um segundo na escuridão. *A morte e o inferno, como eu tinha umas ideias estranhas*, pensou. *Ainda mais para alguém de dez anos. Para onde será que elas foram? Sumiram, junto das calças curtas, as espinhas e tudo mais que eu deixei para trás.*

Três garotos de mais ou menos doze anos estavam juntos ao redor de uma máquina de pinball. Os três se separaram momentaneamente, e Stone viu que estavam tentando jogar com uma moeda presa num pedaço de arame. Chegou mais perto e abriu a boca para protestar... mas e se os três o atacassem? Se eles avançassem, o derrubassem e o chutassem, seus gritos jamais seriam ouvidos em meio ao alvoroço.

Não havia nem sinal de nenhum atendente. Stone correu de volta para o carrossel, onde várias garotinhas subiam nos cavalos. "Aqueles garotos não estão com boas intenções", reclamou para o homem na janelinha.

"Vocês! Sim, vocês! Já vi vocês antes. Duvido que queiram que eu veja de novo!", gritou o homem para os meninos. Os três saíram, fazendo gestos obscenos.

"As coisas não eram assim na minha época", comentou Stone, respirando fundo, aliviado. "Imagino que seu carrossel seja tudo o que restou da feira antiga."

"A antiga? Não, isso não veio de lá."

"Achei que a feira antiga tivesse acabado."

"Não, não, ela ainda está lá. Junto do que restou dela", respondeu o homem. "Não sei o que você encontraria lá agora. O caminho mais rápido é por aquela saída ali. É só ir andando que você chega na entrada lateral em cinco minutos. Se ainda estiver aberta."

A lua já estava no céu. Deslizava pelos telhados enquanto Stone emergia dos fundos da feira e percorria a rua de casas geminadas, com as luzes vazando pelos topos das chaminés e nos cumes dos telhados. Dentro das casas, sobre pedaços de terra ou de pedra que se passavam por jardins frontais, Stone viu rostos prateados iluminados pela TV.

No fim do caminho, depois de uma avenida mais larga, viu uma rua idêntica com um beco paralelo. *Continue andando.* A luz clareava os tetos enquanto ele cruzava a interseção, deixando um trecho embranquecido em sua visão. Estava tentando piscar para aquilo passar quando chegou à rua, então não soube ao certo, mas achou que viu um grupo de garotos vindo da rua que ele acabara de sair e correndo para dentro do beco.

A ansiedade o fez seguir em frente depressa, mesmo pensando se não deveria voltar. O carro estava no estacionamento, e chegaria nele em cinco minutos. Deviam ser os garotos que tinha visto na máquina de pinball, querendo vingança. Muito possivelmente tinham facas ou garrafas quebradas; sem dúvida sabiam usá-las bem, por causa da TV. Seus passos silenciosos ecoavam pela rua. Saídas escuras do beco apareciam entre as casas. Tentou baixar o pé com mais leveza enquanto corria. Os garotos não estavam fazendo nenhum ruído, ao menos nenhum que chegasse até ele. Se conseguissem desequilibrá-lo, poderiam esmagar os seus ossos enquanto ele tentava se levantar. Na sua idade, cair poderia ser perigosíssimo. Outra saída escondia-se entre as casas, que pareciam ameaçadoras em peso e impassividade. Precisava se manter de pé, não importava o que acontecesse. Se os garotos segurassem seus braços, só poderia gritar por ajuda. As casas recuavam quando a rua fazia uma curva, os números opostos assomando mais próximos. À frente, atrás de um muro de latão ondulado, estava a feira antiga.

Ele parou, ofegante, tentando recuperar o fôlego para conseguir ouvir algum som no beco. Tinha esperado encontrar um caminho muito iluminado até o parque, mas os dois lados da rua terminavam como que podados, e a passagem estava bloqueada pelo muro de metal. Porém, bem no meio, as placas de latão tinham sido forçadas como uma tampa, e uma passagem denteada se escancarava entre as sombras pontudas e as inscrições lunares. A feira estava fechada e deserta.

Ao perceber que a última saída estava muito atrás dele, além da curva da rua, Stone atravessou a abertura no latão. Olhou para a rua, vazia a não ser por fragmentos de tijolos e de vidro espalhados. Talvez não tivessem sido os mesmos garotos, afinal. Puxou a placa de latão ao passar e olhou em volta.

As cabines circulares, as compridas galerias de alvos, a pequena montanha-russa, a arca e a Casa Maluca drapejavam sombras entre si, se mesclando na escuridão dos caminhos que passavam entre elas. Até o carrossel estava encoberto pela escuridão do toldo. O pouco da madeira que Stone conseguia ver ao luar parecia envelhecida, com a tinta desigual. Mas, entre as máquinas silenciosas e as barracas, havia ainda um brinquedo levemente iluminado: o Trem Fantasma.

Stone andou até lá. A parte da frente permanecia incandescente, um brilho verde e fraco que à primeira vista parecia algum reflexo do luar, mas ainda era mais radiante que a luminosidade branca com que a lua banhava os brinquedos em volta. Stone avistou um carrinho nos trilhos, perto da entrada do Trem Fantasma. Quando se aproximou, vislumbrou de canto de olho um grupo de homens, presumivelmente vendedores da feira, conversando e gesticulando nas sombras entre duas barracas. Ah, então o lugar não estava deserto. Pareciam prestes a fechar, mas talvez ainda deixassem ele dar uma volta, já que o Trem Fantasma ainda parecia ligado. Torcia para não ter sido visto usando a entrada dos vândalos.

Quando chegou ao brinquedo, percebeu que o brilho vinha de uma espessa camada de tinta luminosa, já um tanto amorfa e desbotada. Ouviu uma pancada alta na parede de latão; talvez tivesse sido alguém lançando um tijolo, ou reabrindo a porta denteada; não tinha como saber, as barracas obstruíam a visão. Olhou em volta, procurando outra saída, mas não encontrou nenhuma. Se corresse, talvez se enfiasse em algum beco sem saída. O melhor era ficar onde estava. Não podia confiar nos vendedores; eles talvez morassem ali por perto e conhecessem os garotos, talvez até fossem pais deles. Quando era criança, correra para pedir ajuda de um adulto que, no fim das contas, era o pai inútil de quem o atacava. Subiu no carrinho do Trem Fantasma.

Nada aconteceu. Ninguém estava cuidando do brinquedo. Stone tentou prestar atenção nos sons em volta: os garotos — se é que estavam ali — e o atendente não pareciam estar se aproximando. Se chamasse alguém, os garotos escutariam. Em vez disso, frustrado e furioso, começou a chutar o interior da frente de metal do carrinho.

O carrinho foi para a frente com um tranco, passando por uma leve inclinação no trilho, e mergulhou por entre as portas do Trem Fantasma, direto para a escuridão.

Quando fez uma curva balançante, invisível nos trilhos, rodeado por barulho e escuridão, Stone sentiu-se como se de repente tivesse caído vítima de um delírio. Ele se lembrou da exaustiva cama da infância, da escuridão abundante se derramando sobre ele. Por que diabos tinha entrado naquele brinquedo? Nunca gostara de trens fantasmas quando era pequeno, e passara a evitá-los instintivamente quando adulto. Permitira que o pânico o levasse a uma armadilha. Os garotos podiam estar esperando quando saísse de lá. Bem, nesse caso, ia apelar para quem quer que estivesse operando o brinquedo. Sentou-se de volta, segurando o assento de madeira com as duas mãos, e se entregou ao balanço do metal, às curvas abruptas e à escuridão.

Então, com a ansiedade que o encontraria no fim do brinquedo reduzida, outra impressão começou a gotejar dentro dele. Quando o carrinho chacoalhara pela primeira curva, Stone tinha vislumbrado uma silhueta iluminada — duas, na verdade, mas recuaram tão depressa que não tivera tempo de observá-las direito. Teve a impressão de que eram os rostos de um homem e uma mulher, encarando-o. Mas ambos desapareceram na escuridão — ou foram engolidos por ela — de uma só vez. Por algum motivo, lhe parecia muito importante lembrar de suas expressões.

Antes que pudesse pensar muito naquilo, notou uma incandescência acinzentada à frente. Sentiu uma esperança irracional de que fosse uma janela, o que talvez lhe desse alguma ideia da extensão da escuridão, mas já podia ver que a forma era muito irregular. Quando chegou um pouco mais perto, pôde discernir a forma melhor: era um enorme coelho de pelúcia, cinza, com olhos de plástico ou de vidro gigantescos, agachado para a frente no vão, as patas da frente estendidas. Não era um coelho morto, claro; era um brinquedo. Debaixo dele, o carrinho vibrava e sacolejava; Stone tinha a estranha impressão de que aquilo era um efeito deliberado, que na verdade o carrinho estava parado, e o coelho é que se aproximava depressa — ou crescia cada vez mais. *Bobagem*, pensou. E era um fantasma bem bobo. Infantil. As mãos puxaram lascas no assento de madeira. O coelho corria até ele enquanto o trilho descia numa leve inclinação. O bicho estava com um olho solto, e a espuma branca escapava pelo buraco, escorrendo até o queixo. O coelho tinha ao menos 1,20m de altura. Quando o carrinho quase colidiu, antes de desviar de vez numa curva, o coelho tombou em sua direção, e a luz que o iluminava desapareceu.

Stone arfou e levou as mãos ao peito. Ele se virou para examinar a escuridão atrás, onde o coelho devia estar, até que um espasmo o empurrou de volta para a frente. Sentiu leves cócegas no rosto, mas deu de ombros e relaxou. Sempre penduravam fios para fingir que eram teias de aranha, seus amigos tinham lhe contado. Mas não era à toa que a feira estava deserta, se isso era o melhor que podiam fazer. Eram só brinquedos gigantes iluminados. Além de tosco, podia causar pesadelos nas crianças.

O carrinho seguiu seu curso, subindo por uma leve inclinação, descendo outra vez antes de chacoalhar freneticamente em várias curvas. *Estão tentando distrair sua atenção antes do próximo susto*, pensou Stone. *Mas comigo, não.* Ele se recostou e deu um grande suspiro de tédio; o som se demorou, cobrindo seus ouvidos como abafadores de barulho. *Por que fiz isso?*, pensou. *Não é como se o operador pudesse me ouvir. Então quem pode?*

Depois de gastar energia nas curvas, o carrinho estava mais lento. Stone olhou para a frente, tentando antecipar o que viria. A corrida era obviamente programada para que ele relaxasse antes que o carrinho desse outro susto com algum tranco. Enquanto observava, descobriu que seus olhos estavam se adaptando à escuridão. Agora podia ver, alguns centímetros à frente, ao lado do trilho, um objeto cinza largo e volumoso. Estreitou os olhos enquanto o carrinho se aproximava. Era uma poltrona enorme.

O carrinho foi até ela e parou, de lado. Stone examinou a poltrona. Nos fracos e frenéticos pontos de luz, que pareciam atrair e contornar todos os discos inquietos em seus olhos, a poltrona parecia maior que ele. Talvez estivesse mais longe do que pensava. Algumas roupas largadas nas costas da poltrona pareciam encolhidas, mas poderiam ser roupas de criança. *Na pior das hipóteses*, pensou, *é instrutivo observar minha mente em funcionamento. Agora vamos lá.*

Então percebeu que a luz quase invisível tremeluzia. Ou isso — o que era possível, embora ele não conseguisse distinguir a fonte da luz —, ou as roupas estavam se mexendo. Era um movimento bem gradual, mas não havia dúvidas, como se algo escondido entre elas as levantasse para dar uma espiada, talvez se preparando para surgir. Stone se inclinou para a poltrona. *Vamos ver o que é isso, vamos resolver essa questão.* Mas a luz estava muito fraca, e a poltrona, muito distante. Provavelmente não conseguiria ver, mesmo quando a coisa surgisse, já que a luz parecia cada vez mais fraca, a não ser que ele saísse do carrinho e se aproximasse.

Já estava do lado de fora quando se deu conta de que, se o carrinho andasse quando estivesse fora, seria deixado na escuridão para tatear o caminho de volta. Pulou de volta para dentro; ao fazer isso, entreviu um movimento súbito entre as roupas perto do assento da poltrona. Olhou bem para lá. Antes que seus olhos pudessem focar, a fraca luz cinza se apagou.

Stone ficou sentado um tempo, se concentrando no silêncio, na escuridão cega. Então começou a chutar freneticamente a frente do carrinho, que sacolejou um pouco, mas continuou parado. Quando o carrinho enfim decidiu avançar, Stone sentia o sangue correr tão depressa pelo corpo que parecia avermelhar a escuridão.

Quando o carrinho embicou para a curva seguinte, lento como se farejasse o trilho à frente, Stone ouviu uma pancada surda e um estalar de madeira sob o ruído das rodas. Vinha de algum ponto à frente. *O tipo de barulho que se ouve numa casa à noite*, pensou. Já devia estar chegando ao fim do percurso.

Sem aviso, um rosto se aproximou cada vez mais rápido, surgindo à frente dele, em meio à escuridão. E chegava cada vez mais perto conforme ele avançava. *Mas claro*, pensou, com uma careta, afundando no assento enquanto via o próprio rosto se afundar no espelho. Agora via que ele e o carrinho estavam rodeados por uma luz opaca que ia até a moldura de madeira do espelho. Devia ser o fim do percurso. Não poderia ser um susto mais bobo. Mas tinha lá sua eficácia.

Ficou olhando o próprio reflexo enquanto o carrinho fazia a curva. Sua silhueta era um vulto na luz acinzentada que ficara para trás. De repente, Stone franziu a testa: sua silhueta estava se movendo, mas sem acompanhar o movimento do carrinho. E já começava a se balançar para fora dos limites do espelho. Stone se lembrou do guarda-roupa que ficava junto à sua cama de infância e compreendeu o que estava acontecendo: o espelho estava preso a uma porta, que se abria lentamente.

Apertou o corpo contra a lateral oposta do carrinho, que quase parara, de tão lento. *Não, não*, pensou, *não faça isso. Não.* Ouviu o ranger das engrenagens abaixo, um grunhido dos trilhos de metal. Jogou o corpo para a frente, contra a dianteira do carrinho. Na escuridão à esquerda, ouviu o estalo da porta e uma leve pancada. O carrinho andou um pouco, então chegou às engrenagens no trilho e seguiu em frente.

Quando as luzes se apagaram atrás dele, Stone sentiu um peso afundar o assento a seu lado.

Ele gritou. Ou tentou; quando tomou fôlego para soltar o berro, sentiu como se estivesse puxando escuridão para os pulmões, uma escuridão crescente, que parecia se derramar sobre seu coração e sua mente. Durante um momento, Stone não conseguia entender nada, como se tivesse se transformado na escuridão e no silêncio, na memória do sofrimento. Então o carrinho começou a chacoalhar, e a escuridão o encobriu completamente. Logo em seguida, a frente do carrinho abriu as portas do trilho e saiu para a noite.

O carrinho se balançava pelo trilho fora do Trem Fantasma, e Stone olhou para o espaço entre as barracas, onde ele pensava ter visto os vendedores. O luar que se derramava sobre a rua mostrou que entre as barracas havia apenas uma pilha de sacolas, se sacudindo e gesticulando ao vento. Então o assento ao seu lado emergiu das sombras, e ele pode ver.

A seu lado, no assento, viu uma figura encapuzada encolhida. Usava jaqueta desbotada e calças listradas com remendos de várias cores, todas indistinguíveis no luar fraco. Era baixo, a cabeça mal alcançava o ombro de Stone. Estava caída, com os braços frouxos para os lados, os pés largados batendo no metal sob o assento. Afastando-se, Stone segurou a frente do carrinho para se levantar, e a cabeça da figura caiu para trás.

Ele fechou os olhos. Quando os abriu, viu o rosto por baixo do capuz: uma face oval de pano branco, com olhos de cruzes negras e uma tira em formato de meia lua no lugar da boca — um sorriso costurado no pano.

De repente, notou que o carrinho não tinha parado e nem mesmo diminuído a velocidade antes de descer a inclinação que levava de volta ao Trem Fantasma. E Stone ainda demorou um pouco para notar que a figura encapuzada segurara sua mão.

RAMSEY CAMPBELL (1946), autor de terror, tem mais de trinta romances e centenas de contos publicados. Venceu os prêmios World Fantasy Award e British Fantasy Award algumas vezes.

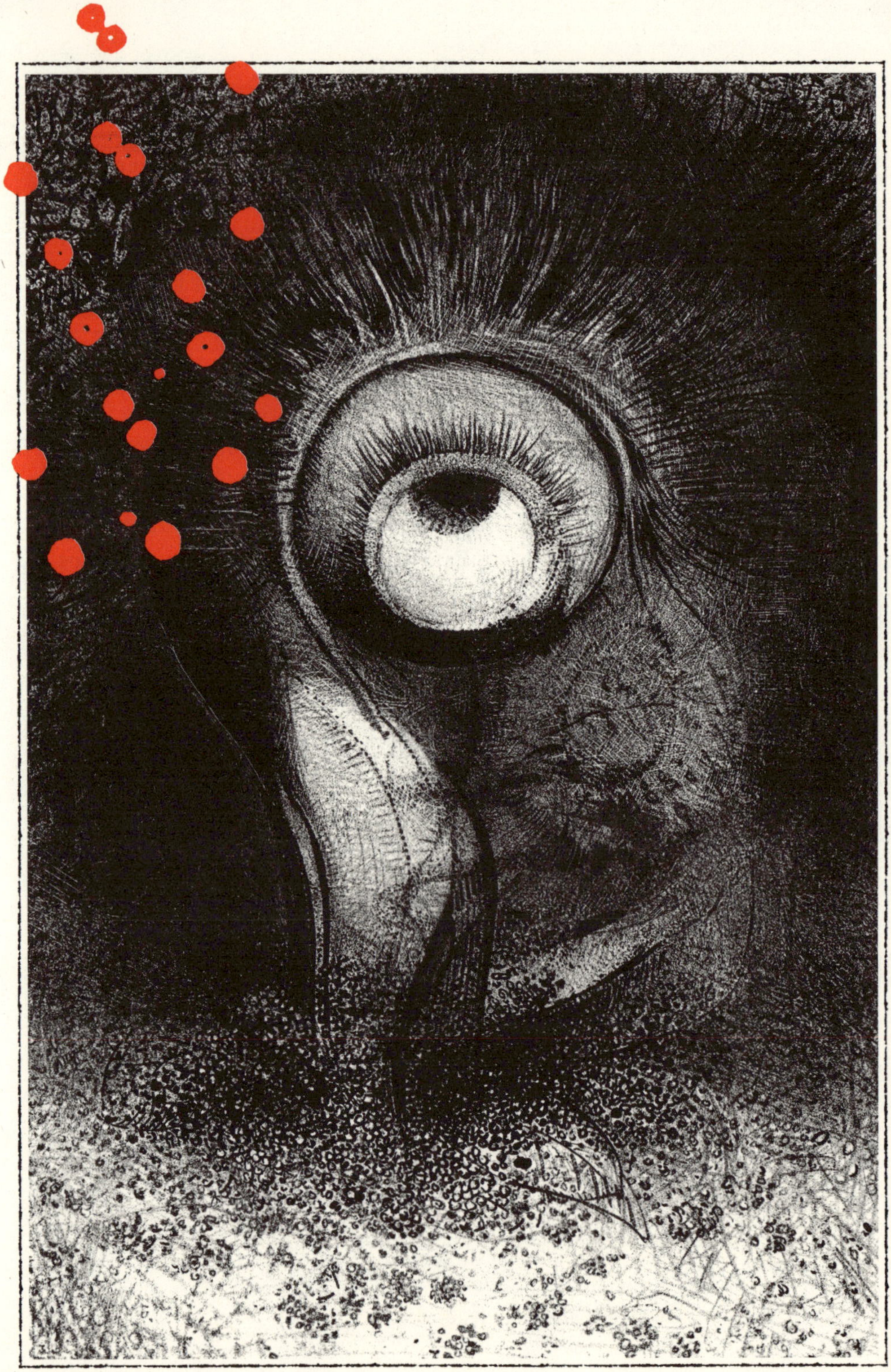

UM CONTO MACABRO *por*
EDGAR ALLAN POE

O CORAÇÃO DELATOR

Verdade! Nervoso — muito, terrivelmente nervoso fui e sou; mas por que *dirá* que sou louco? A doença apurou meus sentidos, não os destruiu, não os amorteceu. Acima de tudo, tornou aguda minha audição. Ouço qualquer coisa, no céu e na terra. Já ouvi muito no inferno. Como, então, posso estar louco? Escute! Observe como posso lhe contar minha história — de modo são — com muita calma.

 É impossível precisar quando a ideia surgiu em minha mente; mas, uma vez concebida, passou a assombrar-me dia e noite. Não havia motivo. Não havia rancor. Eu amava o velho. Ele nunca me fizera mal. Jamais me insultara. Eu não tinha interesse em seu dinheiro. Acho que foi o olho! Sim, foi isso! Um de seus olhos lembrava o de um abutre — de um azul pálido, como se embaçado por um filtro. Sempre que aquele olhar pousava sobre mim, enregelava-me o sangue; então, aos poucos, de modo bem gradual, convenci-me de que deveria matá-lo e, dessa forma, livrar-me daquele olho para sempre.

No entanto, está é a questão. Você me acha louco. Loucos não sabem de nada. Você deveria ter *me* visto. Deveria ter visto como procedi com sabedoria — com que cautela, com que precaução, com que dissimulação me pus a trabalhar! Jamais fui tão gentil com o velho quanto durante a semana que antecedeu o crime. E todas as madrugadas, por volta da meia-noite, destrancava a porta dele e a abria — oh, tão gentilmente! Depois de abri-la o suficiente para passar minha cabeça, colocava lá dentro um lampião, por completo vedado, sem iluminação alguma, e apenas então me retirava. Ah, você teria rido se visse como eu era astuto! Movia-me devagar, bem, bem devagar para não perturbar o sono do velho. Levava uma hora para passar minha cabeça pela abertura, de modo que pudesse vê-lo deitado na cama. Ora, um louco teria sido tão prudente? Então, quando já tinha enfiado a cabeça inteira no aposento, abria o lampião com cuidado, com muitíssimo cuidado, com cuidado (pois as dobradiças rangiam), eu abria o suficiente para que apenas um único raio de luz iluminasse o olho de abutre. E assim procedi por sete longas madrugadas — sempre à meia-noite —, mas seus olhos estavam sempre fechados; era impossível executar minha tarefa, pois não era o velho quem me incomodava, e, sim, seu Olho Maligno. E a cada manhã, quando nascia o dia, eu adentrava confiante no quarto e conversava com ele sem reservas, chamando-o pelo nome em um tom carinhoso, perguntando como havia passado a noite. Assim, como vê, ele teria de ser um velho deveras sagaz para desconfiar que todas as noites, à meia-noite, eu o vigiava em seu sono.

Na oitava noite, redobrei minha cautela ao abrir a porta. O ponteiro de minutos de um relógio movia-se mais depressa do que eu movia a mão. Nunca antes daquela noite eu *sentira* a dimensão de meus poderes, de minha sagacidade. Mal podia conter a sensação de triunfo. Pensar que lá estava eu, abrindo a porta, milímetro por milímetro, sem que ele desconfiasse, nem em sonhos, de minhas ações e meus pensamentos. Tal constatação me fez deixar escapar um riso abafado; talvez ele tenha escutado, pois mexeu-se de repente na cama, como se levasse um susto. Você pode pensar que recuei — mas não. O aposento estava mergulhado na mais profunda escuridão (pois as venezianas estavam cerradas por medo de ladrões), então eu sabia que ele não podia distinguir a abertura da porta, de modo que prossegui empurrando firme, bem firme.

 Depois de colocar a cabeça para dentro, estava prestes a abrir o lampião quando meu polegar deslizou no fecho de metal e o velho ergueu-se na cama, gritando: "Quem está aí?".

 Permaneci imóvel e não respondi nada. Durante uma hora inteira, não movi um músculo e, nesse ínterim, não o ouvi se deitar. Ele continuou sentado na cama, escutando — como eu havia feito, noite após noite, ouvindo os relógios funestos na parede.

 Foi então que ouvi um gemido suave e logo soube que era um gemido de terror. Não era um som de dor ou de lamento — ah, não! Era um ruído cavernoso e sufocado, oriundo das profundezas da alma quando tomada pelo espanto. Eu conhecia bem aquele som. Durante muitas noites, sempre à meia-noite, quando todo mundo dormia, ele brotava de meu próprio peito, aprofundando, com seu pavoroso eco, os terrores que me distraíam. Digo que o conheço bem. Sei o que o velho sentiu, e tive compaixão por ele, embora um riso pairasse em meu coração. Sabia que estava acordado desde o primeiro barulho, quando se mexera na cama. Seus medos, desde então, estavam apenas crescendo. Ele tentara tomá-los por infundados, mas não conseguira. Estivera falando para si mesmo: "Deve ser apenas o vento na chaminé, apenas um rato atravessando o assoalho" ou "Deve ter sido um grilo, que emitiu um único canto". Sim, deve ter tentado se confortar com tais suposições: mas foram todas em vão. *Todas em vão*; porque a Morte, ao aproximar-se, deitara sobre ele sua negra sombra, envolvendo a vítima por completo. E fora a influência lúgubre dessa sombra insuspeita que o levara a sentir — embora não a visse ou ouvisse — a *sentir* a presença de minha cabeça dentro do quarto.

 Quando já havia esperado bastante tempo, com muita paciência, sem que tivesse escutado o velho se deitando, decidi deixar vazar uma nesga muito, muito estreita de luz no lampião. Assim o fiz — você não pode imaginar o quão furtivamente — até que, por fim, um único raio, como teia de aranha, escapou pela abertura e incidiu sobre o olho de abutre.

Estava aberto — bem aberto — e fui tomado por uma fúria ao avistá-lo. Pude vê-lo com perfeita distinção: de um azul mortiço, com um horrendo véu a nublá-lo, que produzia calafrios em meus ossos; nenhuma outra parte do rosto ou do corpo do velho me era visível, pois eu direcionara o raio, como se por instinto, para iluminar com exatidão o maldito lugar.

Já não lhe falei que o que você confunde com loucura é tão somente uma exacerbação dos sentidos? Pois digo que, naquele momento, meus ouvidos identificaram um som embotado, como o que um relógio produz quando envolto em algodão. Também conhecia bem *esse* som. Era o pulsar do coração do velho. Ele aumentou minha fúria como o bater de tambores estimula a coragem dos soldados.

Contudo, ainda assim, controlei-me e permaneci imóvel. Mal respirava. Segurava o lampião sem vacilar. Tentei manter o raio de luz sobre o olho, utilizando-me de toda a firmeza. Enquanto isso, o pulsar infernal do coração se intensificava. Batia mais e mais rápido, mais alto a cada segundo. O pânico do velho *deve* ter sido extremo! O som aumentava, como falei, a cada segundo! Compreende? Já disse que sou nervoso, e sou mesmo. E naquela hora nefasta da noite, no silêncio tenebroso daquela velha casa, um ruído assim tão medonho provocou-me um terror incontrolável. No entanto, eu me contive e permaneci imóvel. Porém, o som das batidas aumentava, mais e mais alto! Julgava que o coração dele fosse explodir. Então, uma nova ansiedade tomou conta de mim — temi que o som pudesse ser ouvido por um vizinho! A hora do velho havia chegado! Com um brado potente, aumentei a luz do lampião e pulei para dentro do quarto. Ele gritou uma vez — apenas uma vez. Em um instante, puxei-o para o chão e fiz cair a pesada cama sobre seu corpo. Então sorri, contente ao notar minha tarefa enfim concluída. Todavia, durante vários minutos, o coração continuou a bater, produzindo um som abafado. Isso, entretanto, não me incomodou; era impossível ouvi-lo através da parede. Por fim, as batidas cessaram. O velho estava morto. Suspendi a cama e examinei o cadáver. Não havia sinal de batimentos cardíacos. Sim, estava morto, completamente morto. Pousei a mão sobre seu coração e aguardei alguns instantes. Nenhum batimento cardíaco. Completamente morto. Seu olho nunca mais me incomodaria.

Se ainda me julga louco, há de mudar de opinião quando eu descrever as precauções ajuizadas que tomei para ocultar o cadáver. A noite extinguia-se, e trabalhei depressa, mas em silêncio. Primeiro, desmembrei o corpo. Decepei a cabeça, os braços e as pernas.

Depois, removi três tábuas do assoalho do quarto e ocultei as partes entre as vigas. Em seguida, substituí as pranchas com tanta habilidade e astúcia que olho humano algum — nem mesmo o *dele* — poderia detectar algo fora do lugar. Não havia nada para ser limpo, nenhum tipo de mancha, nenhuma nódoa de sangue. Tomara muito cuidado para evitá-las. Uma tina absorvera tudo. Ha! Ha!

Quando encerrei essas tarefas, já eram quatro da manhã, mas a mesma escuridão da meia-noite persistia. No momento em que o sino fez soar a hora, ouvi batidas na porta da frente. Desci para abri-la com o coração tranquilo — afinal, o que tinha a temer *agora*? Três homens entraram e se apresentaram, educadíssimos, como oficiais de polícia. Um vizinho ouvira um grito durante a noite, suspeitava-se de um crime, a informação chegara até a delegacia, e eles (os policiais) haviam sido convocados para investigar o local.

Sorri — pois *o que* poderia temer? Recebi de bom grado os cavalheiros. O grito, expliquei, fora meu, proferido em um sonho. Comentei que o velho estava viajando pelo interior. Acompanhei os visitantes por toda a casa. Instiguei-os a vasculhar tudo — a vasculhar *bem*. Por fim, conduzi-os até os aposentos do velho. Mostrei os bens dele, todos em segurança, intocados. No entusiasmo de minha confiança, trouxe cadeiras para o quarto e os convidei a descansar um pouco, enquanto eu, na louca audácia de meu crime perfeito, posicionei minha própria cadeira no exato local onde depusera o corpo da vítima.

Os policiais estavam satisfeitos. Meu *comportamento* os convencera. Eu estava completamente à vontade. Eles se sentaram e, enquanto os respondia com ânimo, conversavam entre si. Porém, não muito depois, senti que empalidecia e comecei a desejar que fossem embora. Minha cabeça doía e julguei escutar um zumbido em meus ouvidos, mas eles permaneciam sentados, conversando. O zumbido foi ficando mais distinto — prosseguia, tornando-se cada vez mais perceptível. Tentei sufocá-lo com uma torrente frouxa de palavras, mas continuava ganhando definição — até que, por fim, percebi que o barulho *não* estava alojado em meus ouvidos.

Sem dúvida, empalideci *ainda mais* — mas continuei falando sem parar, com um tom alguns decibéis mais alto. O som, porém, só aumentava. O que eu poderia fazer? Era um som *abafado e ligeiro — semelhante ao de um relógio envolto em algodão*. Eu estava sem fôlego, mas os policiais não pareciam escutar. Segui falando ainda mais depressa, com mais veemência; e o barulho ia aumentando, em uma cadência constante. Levantei-me e pus-me a debater sobre trivialidades, falando alto e gesticulando de maneira extravagante, mas o barulho aumentava mais e mais. Por que não iam embora? Comecei a andar pelo quarto, de um canto ao outro, com passadas firmes, como se as observações deles tivessem me despertado uma cólera — e o barulho aumentava cada vez mais. Meu Deus! O que eu *poderia* fazer? Espumei! Bradei! Xinguei! Girei a cadeira onde estava sentado e a arrastei pelo assoalho, mas o barulho predominava sobre os demais sons, subindo, sempre subindo. Ficando mais, e mais, *e mais alto*! E ainda assim, os policiais conversavam alegremente, sorrindo. Seria possível que não estivessem escutando? Meu Deus do céu! Não! Não! Eles ouviram! Estavam desconfiados! *Sabiam* de tudo! Estavam debochando de meu horror! Foi o que pensei na ocasião e ainda penso hoje. Mas qualquer coisa era melhor do que aquela agonia! Era possível tolerar tudo, menos aquele escárnio! Eu não podia mais suportar os sorrisos hipócritas! Não podia mais aguentar aqueles sorrisos! Era questão de gritar ou morrer! E então — mais uma vez — ouça! Mais e mais alto! Mais e mais alto! *Mais e mais alto!*

— Desgraçados! — gritei. — Não precisam dissimular mais! Eu confesso o crime! Removam as tábuas! Aqui! Aqui! São as batidas deste coração horrendo!

EDGAR ALLAN POE (1809–1849) é um dos autores seminais de terror e suspense, responsável por influenciar incontáveis escritores ao longo das décadas. A DarkSide® Books publica sua obra na coleção Medo Clássico.

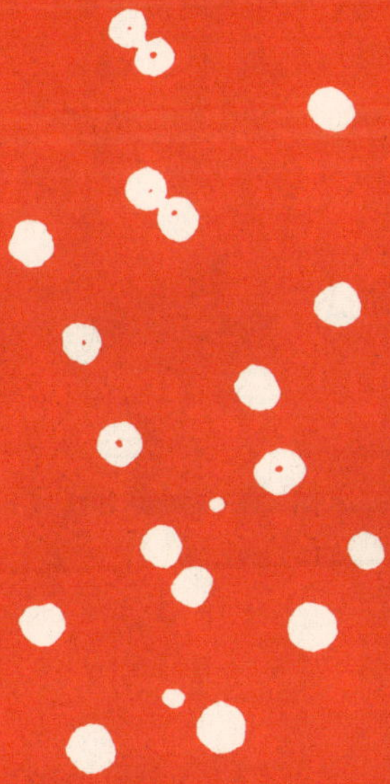

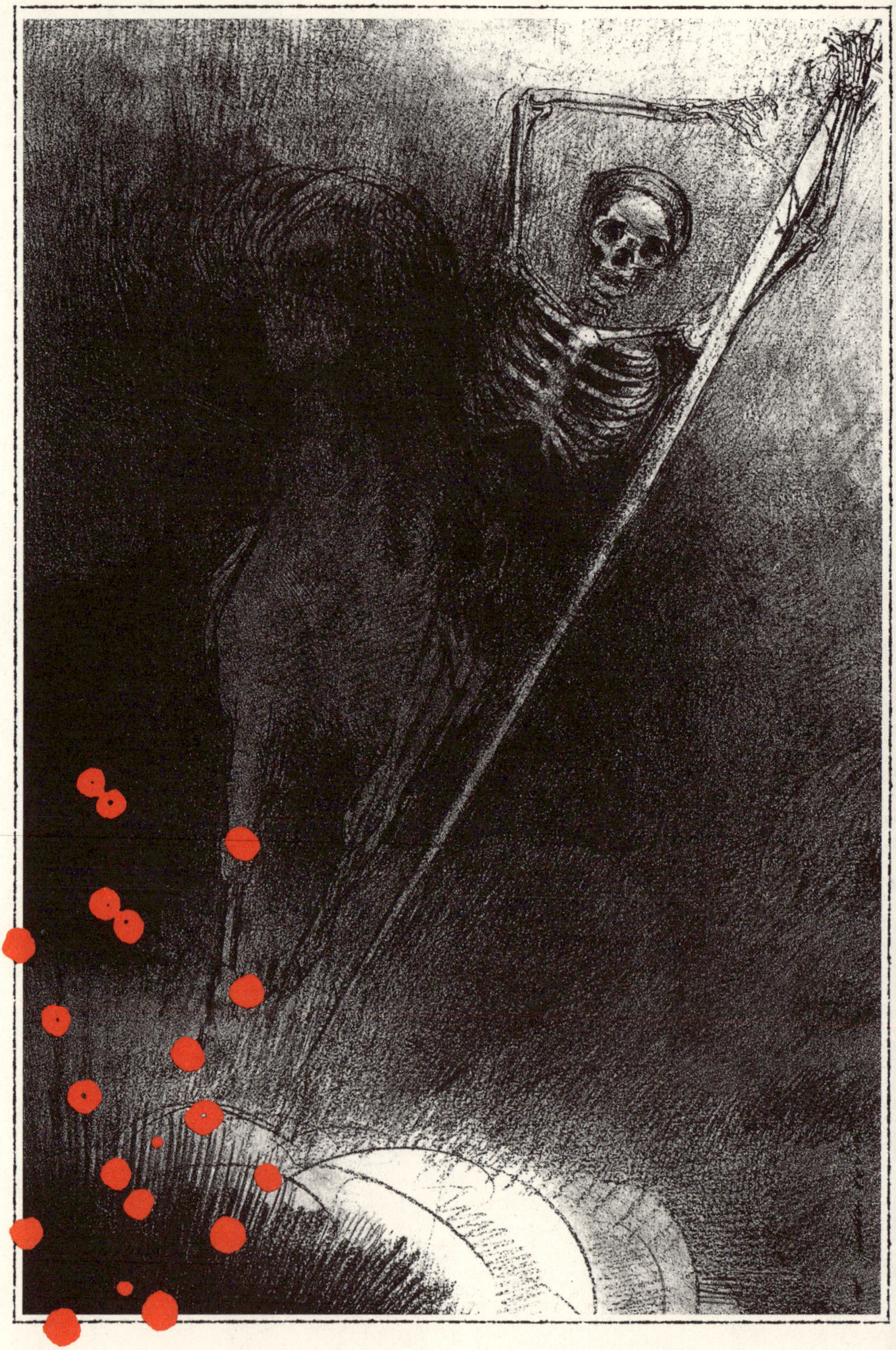

UM CONTO MACABRO *por*
BRIAN JAMES FREEMAN

AMOR DE MÃE

Andrew parou logo antes da enfermaria que ficava bem no encontro dos dois corredores do segundo andar da Casa de Repouso Sunny Days. Não se importava com nenhuma das pessoas que trabalhavam lá. Os funcionários gostavam de conversar com qualquer um, e, no começo, achou que estavam tentando ser amigáveis, mas logo percebeu que eram apenas intrometidos. Sempre queriam saber quem você estava visitando, qual sua relação com a pessoa, se a família autorizava sua presença — perguntas estúpidas e invasivas.

A mãe estava só, e Andrew odiava não ficar ao lado dela a cada minuto, mas estava fazendo seu melhor. Às vezes precisava sair do quarto e se aventurar pelo mundo lá fora. Trabalhava para pagar as contas e manter suas vidas em alguma espécie de ordem, ainda que a dela estivesse prestes a terminar. Cumpria suas obrigações de filho, comprando os cigarros favoritos da mãe — mesmo depois que o médico a mandou abandonar aquele hábito ruim enquanto ainda dava

— e realizando qualquer tarefa que precisava ser feita. Mesmo assim, achava horrível ter que deixar a mãe sozinha sempre que saía.

Esperou até a mulher na enfermaria sair para a sala de descanso para uma xícara de café, então passou discretamente, fazendo o mínimo de barulho possível. Assim que saiu do alcance de visão da enfermeira, tampou o nariz e saiu andando bem depressa. O que mais odiava da casa de repouso era o cheiro, embora compreendesse que a reação visceral se devia principalmente às condições degradantes da mãe, e não aos corredores perfumados.

Ainda se lembrava da primeira visita ao prédio, quando fora recebido num escritório limpo e bem iluminado perto da sala de espera, onde implorou para a responsável pelas admissões, a srta. Clarence, que por favor aceitasse sua mãe nas dependências e que por favor o ajudasse a retirá-la de casa, onde não tinha mais como cuidar dela direito.

A srta. Clarence examinou a papelada que Andrew preenchera, e a primeira questão foi o custo, obviamente, mas ele logo afirmou que poderia cobrir as taxas se o deixassem pagar em prestações. Era possível, certo? Era, e ele ficou aliviado, mas, assim que a questão financeira foi resolvida, permanecia um problema maior: a falta de leitos disponíveis para novos pacientes.

"Como assim?", perguntara Andrew, sentindo as mãos trêmulas e piscando os olhos cansados, sem compreender. "Não estão todos morrendo?"

"Bem, sr. Smith", explicou a jovem atrás da mesa, com muita paciência, "nossos internos ficam aqui o quanto precisam. Não gostamos da palavra 'morrendo'. "É muito rude e definitiva. Gostamos de dizer que eles estão partindo."

"Mas demora quanto para um leito ficar disponível?"

"Não tem como saber ao certo, mas, se você concordar com o plano de prestações, coloco sua mãe no topo da lista de espera. Ligaremos pra você assim que houver um quarto disponível. Entendeu, sr. Smith?"

Andrew tinha entendido muito bem. Passaria anos pagando pela internação da mãe, talvez décadas, e as pessoas que gerenciavam o recinto o fariam esperar um pouco mais por aquele privilégio.

Tinha assinado a papelada, voltado para casa e esperado como lhe disseram. Havia outra opção? Amava a mãe, que o amava também, e faria tudo o que ela precisasse. Entendia que não havia nada no mundo como o amor de mãe. Nenhuma namorada, esposa, ou mesmo outro membro da família poderia amá-lo como a mãe o amaria, e era preciso amá-la de volta na mesma proporção, talvez até mais.

Mas agora Andrew se via consumido por outro tipo de espera. A hora da morte de sua mãe — ou melhor, sua partida, para usar o termo da srta. Clarence — se aproximava. Atravessou o corredor muito brilhante e iluminado, estremecendo sempre que os tênis rangiam no chão polido e reluzente. Um programa de auditório estava passando na tv de algum quarto, mas muitos dos outros estavam silenciosos. Andrew logo aprendera que os moribundos não faziam muito barulho.

Foi chegando perto da última porta à direita, onde o corredor terminava numa janela com vista para um bosque. O sol estava se pondo além das montanhas ao longe, e o céu estava vermelho e laranja, como se o ar tivesse pegado fogo.

Andrew parou ao lado da porta.

Será que conseguiria completar o que fora fazer?

Depois de tantos anos sendo filho único, o melhor amigo da mãe na vida inteira, a única pessoa que a amava tanto quando ela o amava, seria capaz de fazer o que era necessário?

Era seu dever, é claro, mas a dúvida em seu coração pesava demais. Tinha decidido que o melhor seria pensar o mínimo possível naquilo quando entrasse no quarto. Precisava esquecer as emoções, esquecer a humanidade, esquecer as regras da natureza, e se tornar uma máquina por alguns minutos. Tinha que ser frio, fazer o que era necessário, voltar para casa e tentar se esquecer de tudo aquilo o quanto antes.

Andrew abriu a porta, ainda com esses pensamentos rodando na cabeça. Cruzou o quarto até a cama de hospital onde a velha dormia. O céu vermelho e laranja esplendoroso sangrava pela janela, cobrindo o corpo dela com uma luz insondável. A pele estava enrugada, os dentes, amarelos.

Ficou assistindo o peito ressecado dela subir e descer. A mãe tinha sido devorada pelo câncer. Ele se inclinou para escutar seu chiado, sentindo cheiro de cigarro em seu hálito. Aquele odor familiar o seguiria por toda a vida, se prendendo nas roupas, no cabelo e na carne.

Ficou estático, só olhando, e percebeu que precisava se mexer *agora*, ou perderia a coragem.

Cobriu a boca seca da mãe com a mão vacilante. Ela resfolegou, e Andrew ficou imóvel.

Não era tarde para mudar de ideia. Seria mesmo capaz disso?

Seja frio e calculista, pensou Andrew, *frio, frio, frio e calculista*.

A outra mão apertou o nariz dela entre o indicador e o polegar. Ela inclinou a cabeça, e os olhos se abriram. A mãe estava grogue e confusa, e tentou rolar para o lado, mas ele a segurou no lugar. Ela arranhou suas mãos com as unhas quebradiças. A dor foi intensa, e saiu sangue. Ele não tinha planejado sangue; sequer esperava que ela acordasse. Achou que ela simplesmente dormiria para sempre.

Andrew aumentou a força na mão e nos dedos, fechando os olhos para evitar o olhar selvagem, perplexo e raivoso da mãe. Ela se sacudiu, resistindo, dando pancadas em seus braços com os dedos ossudos e calejados, mas, no final, não era uma batalha que poderia vencer.

O corpo parou, a mandíbula se afrouxou, e a pressão que tentava escapar pelas narinas apertadas cessou.

Andrew manteve os olhos fechados enquanto as lágrimas escorriam por seu rosto. Estava feito. Estava mesmo feito.

Mas não conseguia suportar a ideia de ver o rosto da mãe outra vez. Virou-se, escapuliu para fora do quarto e foi para casa.

***

Nem se deu ao trabalho de acender a luz quando chegou à minúscula casa, na velha vizinhança onde morara a vida inteira. Sentou-se no escuro diante da mesa da cozinha e esperou pela ligação. Precisaria fingir surpresa. Sentia-se vazio por dentro, como se o câncer da mãe também o devorasse.

Andrew ficou escutando a quietude da casa. Quanto mais pensava no que fizera, maior era sua certeza de que a mãe estaria orgulhosa. Ela sempre o amara tanto, e Andrew tentara corresponder àquele amor em dobro ou até mais, fazendo tudo o que ela precisava, indo cada vez mais longe para deixá-la contente e confortável, ainda mais no fim, quando sua saúde se deteriorava.

O que mais podia fazer? O amor de uma mãe era o amor de uma mãe, e era preciso amar sua mãe mais do que ela o amava. Simples assim.

Quando o telefone enfim tocou, Andrew respondeu com um "Alô?" baixo, quase inaudível.

"Alô? Sr. Smith? Aqui é a srta. Clarence, da Casa de Repouso Sunny Days."

"Sim, srta. Clarence, sou eu."

"Estou ligando porque tenho notícias, sr. Smith. Um de nossos pacientes partiu, e agora temos uma cama para sua mãe."

"Nossa, isso é ótimo!", respondeu Andrew, ainda atarantado, sem conseguir aceitar o que fizera. "Vou contar pra ela."

Foi até o quarto onde a mãe dormia, onde ela vivera pelos últimos seis meses, já com o corpo enfraquecido, a morte esperando pacientemente que ela desistisse da luta.

Andrew amava demais a mãe, estava aliviado por ter boas notícias para compartilhar com ela.

BRIAN JAMES FREEMAN (1979) é ficcionista, poeta e ensaísta. Escreveu, com Bev Vincent, um livro de curiosidades sobre Stephen King para a Cemetery Dance Publications. É proprietário da editora especializada em edições de luxo Lonely Road Books.

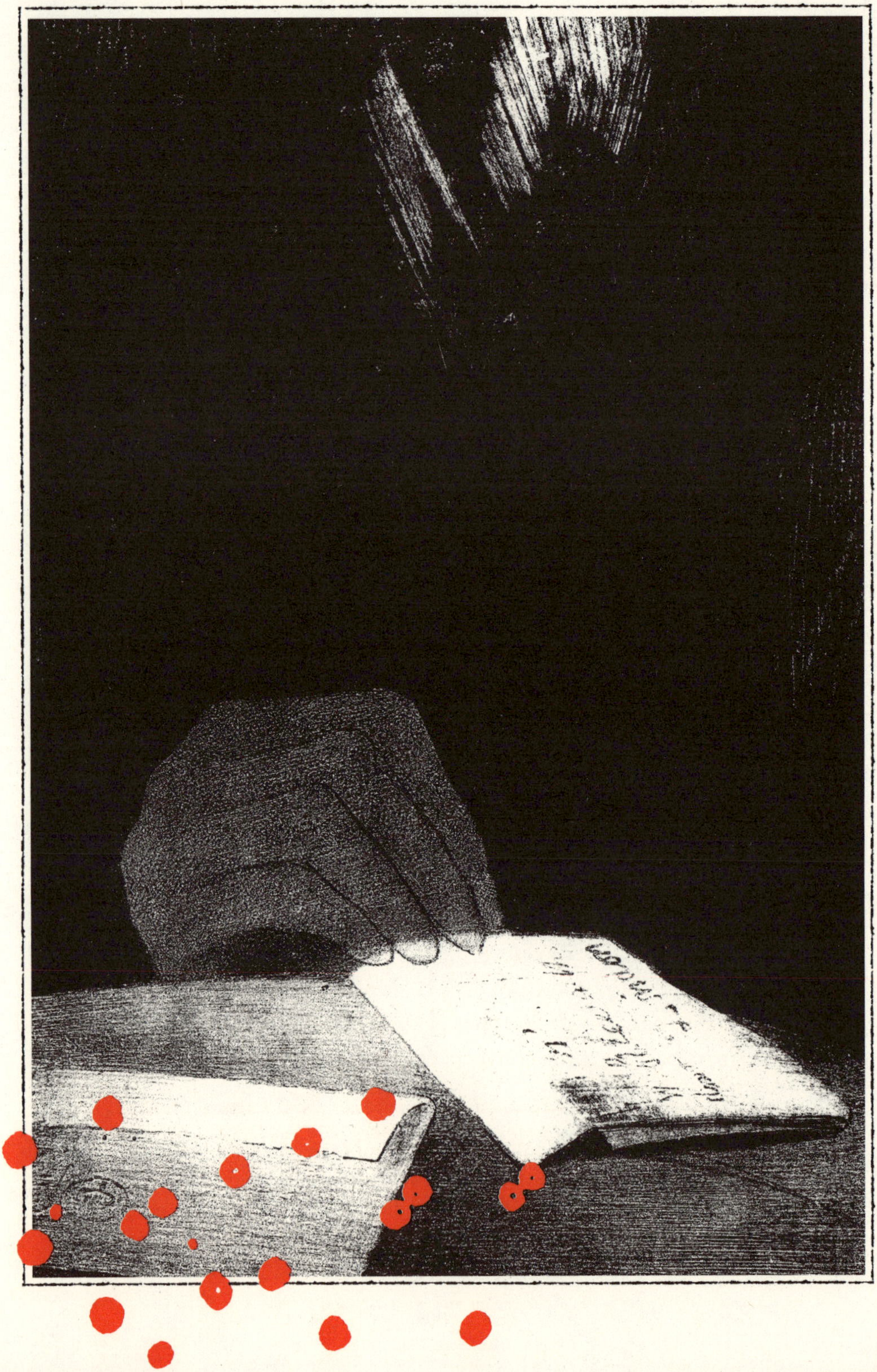

UM CONTO MACABRO *por*
JOHN AJVIDE LINDQVIST

O COMPANHEIRO DO GUARDIÃO

I

Albert nascera para ser um mestre do jogo. Mesmo quando pequeno, era ele quem comandava os amigos nos mundos de fantasia onde caçavam tesouros e enfrentavam monstros. Tinha autoridade, tinha a imaginação. E tinha linguagem.

A mãe era uma escritora de livros infantis relativamente famosa, e o pai ensinava sueco no colegial. Até onde Albert se lembrava, sempre fizera parte de uma conversa contínua em que suas opiniões eram levadas a sério. Já sabia ler e escrever quando entrara na escola, e seu vocabulário não estava muito atrás do dos professores.

Durante o ensino fundamental e o médio, devorara livros, principalmente de terror e fantasia. Nunca se interessara por esportes, e tinha poucos amigos. Então lia. Também jogava no Xbox, mas essa não era bem sua praia, por assim dizer. Com o passar dos anos, uma vaga sensação de insatisfação começou a crescer dentro dele, como se precisasse conquistar e realizar alguma coisa, algo que não sabia definir exatamente.

Tinha doze anos quando conheceu o jogo de RPG *Dungeons & Dragons*, e soube exatamente o que precisava fazer. Os livros com as regras continham uma sabedoria muito útil, ainda que não exatamente factual: mapas detalhados de um continente imaginário, produzidos puramente para as propostas do jogo.

Quando Albert se tornou mestre de uma *dungeon*, após várias semanas de preparo, foi como se as partes dele que tinham ficado inutilizadas e dispersas desde a infância finalmente se encaixassem e voltassem a ter utilidade. Sentado na cabeceira da mesa, ele conjurava narrativas sobre os perigos e prazeres, os personagens e os monstros de *Forgotten Realms*, enquanto os três garotos com quem jogava o encaravam, estupefatos. Albert sabia que aquela era a sua praia. A autoridade, a imaginação, a linguagem... Era para isso que tinha nascido.

Albert nunca fora popular na escola, mas tampouco sofrera nas mãos de valentões. Tinha dois amigos, Tore e Wille; claro que eram chamados de nerds quando citavam *O Senhor dos Anéis*, mas isso era o máximo que sofriam.

A energia negativa da turma era direcionada principalmente para Oswald, um garoto sardento e atarracado que ainda por cima não cheirava muito bem. Na verdade, Oswald era o único que chegava perto de Albert em termos de habilidades linguísticas e educacionais, mas andar com o menino era coisa dos *manés*. Então, quando Oswald se tornou alvo de bullying, Albert não demorou a se juntar aos outros nas provocações. Tinha facilidade em bolar bons apelidos; por exemplo, ele é quem começara a chamar Oswald de Almofada de Pum, numa referência ao corpo gordinho e malcheiroso do menino. Foi um epíteto que Oswald carregou por anos.

Albert se achava importante. Sabia que era mais inteligente que a maioria dos colegas, que tinha mais capacidade de se expressar e que, com seu intelecto, poderia obter poder sobre os outros. Alguém como Oswald não tinha nada que se equiparasse com Albert.

E, ainda assim, foi Oswald quem iniciou o próximo salto em seu desenvolvimento. Tinham quatorze anos, estavam no nono ano. Oswald perdera um pouco de peso e não cheirava mais tão mal; claro que ainda era chamado de Almofada de Pum, mas ele e Albert tinham passado a conversar de vez em quando, pois compartilhavam os mesmos interesses literários.

Foi durante uma dessas conversas que Oswald pegou o livro que estava lendo na época: *Necronomicon — Os Melhores Contos Bizarros de H.P. Lovecraft*,[1] do tamanho e do peso de um prendedor de porta. Albert era esperto o bastante para conseguir fingir que sabia um pouco do tal livro, e folheou ociosamente o grosso volume enquanto Oswald falava, animado, sobre o universo sinistro de Lovecraft e a enorme quantidade de literatura que o rodeava.

Na mesma noite, Albert pediu ao pai para comprar o livro na Amazon. Sempre tinha sido assim, sua vida inteira: quando queria um livro, ganhava. Enquanto esperava a nova aquisição chegar, pesquisou Lovecraft na internet, até que acabou descobrindo a *Chaosium* e o jogo de RPG *O Chamado de Cthulhu*. Depois de navegar por algumas horas, Albert pediu ao pai para completar o pedido com o livro de regras básico e a brochura que o acompanhava, *A Companhia do Guardião*. Os pais também sempre apoiaram e estimularam seus RPGs.

Numa noite de sexta-feira, Albert foi o Guardião — o *Mestre de Dungeon*, como era chamado em *CdC* — durante "A Assombração", uma aventura pronta para iniciantes que vinha no livro de regras. Como de costume, ele e três amigos tinham se reunido no porão da casa de Albert, que fora adaptado para uma sala de lazer, com uma mesa de tênis de mesa, uma bancada de trabalho e uma grande mesa de jantar, perfeita para uma ocasião como aquela. Tore e Wille estavam lá,

---

[1] Alguns desses contos de H.P. Lovecraft (1890-1937), entre eles "O Chamado de Cthulhu" e "A História do Necronomicon", foram publicados em *H.P. Lovecraft: Medo Clássico*, v.1. DarkSide® Books, 2017. Trad. Ramon Mapa. [As notas são dos editores.]

junto de Linus, um garoto de outra turma que gostava muito de usar uma camisa com a frase "O inverno está chegando".

Os personagens foram criados, cada um com uma história de vida, então Albert os conduziu pela investigação da casa assombrada do sr. Corbitt. Ele explicou os rumores que circulavam pela cidade, fazendo o papel das diversas pessoas com quem os jogadores conversavam, construindo a atmosfera. Albert narrou a umidade, a escuridão, o cheiro de mofo na casa antiga.

Chamado de Cthulhu tinha algo que faltava a *Dungeons & Dragons*: tensão. Tudo bem, havia uma certa apreensão quando o grupo se preparava para entrar numa *dungeon* onde sabiam que havia um monstro escondido, mas *CdC* era outra história. O padrão do jogo, aquele mundo onde a insanidade espreitava o tempo todo, parecia mais bem desenhado para criar a percepção de uma ameaça subjacente, de suspeitas aterradoras. Estavam jogando fazia várias horas, já prestes a descer o porão do sr. Corbitt, quando a mãe de Albert bateu à porta. Os quatro saltaram e deram um grito. Foi quando Albert começou a amar aquele jogo de verdade.

Quando tudo acabou, um personagem tinha morrido e outro estava internado num sanatório. Eram cinco da manhã, e os garotos tinham consumido doze latas de energético Celsius e não conseguiam parar de falar sobre como a aventura tinha sido fantástica. A atmosfera era de euforia e exaustão, e, se fossem um pouco mais novos, teriam corrido para a floresta para brincar um pouco de verdade, querendo aliviar o excesso de emoção. Em vez disso, bateram papo. Conversaram sem parar até o sol sair, quando os três amigos de Albert cambalearam de volta para suas casas. *Dungeons & Dragons* era um bom jogo, sim, mas esse era ainda melhor!

Conforme os meses se passaram, foram surgindo rumores sobre as experiências de jogos inacreditáveis no porão de Albert. Linus, em particular, não conseguia evitar se vangloriar das aventuras. As coisas chegaram a tal ponto que dois dos garotos mais durões da sala e a segunda garota mais bonita vieram falar com ele: será que podiam aparecer para jogar, alguma vez?

Não, não podiam. Seis jogadores é muito para manter a atmosfera, então Albert decidiu fazer um investimento para o futuro: em vez do grupo normal, convidou os dois garotos e a garota para visitá-lo numa noite de sexta e reprisou "A Assombração". Como já conduzira a aventura antes, se saiu melhor ao narrar os detalhes.

Os três não eram nem de longe jogadores tão bons como Tore, Wille e Linus; não tinham a amplitude de imaginação e não estavam muito acostumados a manter o tom dos personagens, mas não puderam evitar o poder da tensão daquela narrativa. Daniel, que competia em torneios de MMA e já fizera um cuecão em Albert, no sétimo ano, ficou sentado, imóvel, com os olhos arregalados e a boca aberta, sorvendo cada palavra que saía dos lábios de Albert. Na hora de descer para o porão do sr. Corbitt, Olivia estava com tanto medo que começou a chorar.

Deixaram a casa de Albert umas quatro da manhã, todos concordando que aquela fora uma das coisas mais fantásticas que já tinham vivido. Bem, Albert já podia dizer que fora um investimento bem-sucedido.

Seria exagero dizer que ele se tornara rei da escola depois disso, mas sua reputação certamente ganhou algum impulso. Uma noite de jogos na casa de Albert era algo altamente desejável, e ele volta e meia organizava sessões para os menos iniciados, só para manter viva a sua reputação.

Oswald vivia perguntando se podia ir, mas Albert sempre negava. A essa altura, já tinha esquecido o fato de que Oswald fora quem lhe apresentara Lovecraft, e não via nenhum motivo para desperdiçar seus talentos com alguém que na verdade diminuiria sua reputação. Além do que, Oswald tinha uma compreensão mais profunda que a de qualquer outro sobre o assunto, incluindo Albert.

Ele proibira Wille, Tore e Linus de lerem Lovecraft. Os personagens no jogo não sabiam o que estavam enfrentando, então os jogadores também não podiam saber. A ideia de ver Oswald, com seu conhecimento enciclopédico, fazendo o papel de um completo desinformado simplesmente não fazia sentido, e foi o que Albert disse a ele. O que não disse foi que tinha medo de ter sua autoridade desafiada. Mas também mencionou o fedor que rodeava seu rival.

Durante as férias de verão, Albert encarou uma empreitada que vinha planejando fazia muito tempo, mas que, como era bom aluno, não tivera tempo de fazer: queria criar sua própria aventura. Para os três jogadores principais, narrara as aventuras prontas *A Prole de Tsathoggua*, *Os Fungos de Yuggoth* e quase metade de *Máscaras de Nyarlathotep*,[2] mas agora ia criar seu próprio mundo dentro do universo de Cthulhu, de preferência algo localizado em Estocolmo.

Começou a criar uma narrativa centrada na construção da Biblioteca Municipal de Estocolmo, um recinto com livros proibidos em que o *De Vermis Mysteriis*, de Ludwig Prinn, seria o principal tesouro, devido a um culto desagradável liderado pelo arquiteto da biblioteca, Gunnar Asplund, e com uma progressão que coincidiria com a inauguração da biblioteca, em 1928.

Buscou na internet as imagens da cidade por volta daquela época, estudou as rotas do bonde, o papel da polícia, a questão do contrabando e a situação política. Quando começou a primeira série do ensino médio, no meio de agosto, tinha criado uma aventura que, em sua opinião, era tão boa quanto qualquer coisa que Sandy Petersen pensara, e tinha a ambição de traduzi-la para o inglês e vendê-la para o *Chaosium*. Já pensara até num título — *O Bisbilhoteiro da Biblioteca* —, mas descobriu que já estava sendo usado em outra história, então teve que mudar para o menos sonoro *O Errante de Estocolmo*.

A hora de jogar a nova aventura se aproximava, e Albert foi abordado mais uma vez por Oswald. No fim, foi sua vaidade que o fez ceder. Tinha criado aquele novo mundo com leis que, em certo ponto,

---

[2] Temas dos Mitos de Cthulhu adaptados para o RPG.

desviavam do convencional, portanto seriam desconhecidas para Oswald. Mas, em diversos pontos, ainda usava as mesmas regras. Sendo assim, Oswald seria o único com o conhecimento necessário para apreciar a realização de Albert, e foi por isso que ele disse: "Certo".

"Certo o quê?", perguntou Oswald, com um olhar bem semelhante ao de um cão cujo dono acabou de pegar uma caixa de guloseimas.

"Certo, você pode jogar."

A analogia com o cão foi ainda mais adequada quando Oswald começou a tremer, e pareceu até salivar de empolgação. Antes que o menino Oswald acabasse babando em cima dele, Albert apertou a sua mão. "Mas só dessa vez. Para testar. Depois a gente vê como continua."

Oswald assentiu, ansioso, assegurando a Albert que não iria se exibir, que se comportaria como um total ignorante a respeito de Lovecraft. "Como é que se chama mesmo?", perguntou. "Cleyton?"

Albert abriu um sorriso gentil e disse a ele para ir à sua casa na sexta-feira, às sete.

O restante do grupo não ficou feliz com a adição de Oswald. Tinham passado do começo da puberdade e estavam com os hormônios em fúria, e a camisa de Linus agora trazia a imagem de Tyrion Lannister e os dizeres "Sou o deus das tetas e do vinho". A presença de Oswald era como ter alguém de fora assistindo ao jogo, que possivelmente era infantil demais.

No entanto, todas as reservas caíram por terra quando começaram a jogar. A narrativa de Albert funcionou que foi uma maravilha, e o personagem de Oswald logo se tornou uma parte indispensável do grupo. Era um especialista em armas que sabia ler e escrever em latim, e a aventura envolvia confrontos com capangas armados e um sem-fim de textos nessa língua antiga. Oswald também conseguiu não se exibir, como o prometido. Via-se claramente que os cantos de sua boca se contraíam quando Albert falava de Ludwig Prinn, mas ele não disse nada.

E não havia como negar: Oswald era um jogador exemplar, cem por cento atento a tudo o que Albert dizia, e tão receptivo à sugestão de tensão que seus lábios tremiam quando a situação ficava particularmente crítica. Ele também dava boas ideias e tinha uma sorte incrível com os dados.

Pararam de jogar às quatro da manhã, quando chegaram a uma pausa natural na história. Como sempre, a atmosfera era de muita empolgação. O *De Vermis Mysteriis* estava ao alcance, e, assim que o obtivessem, começaria a fase seguinte da narrativa. Decidiram continuar o jogo na noite seguinte. Quando estavam prestes a sair, Albert comentou: "Certo, vejo vocês amanhã".

Wille, Tore e Linus estavam saindo, mas Oswald não se moveu. Ele se tornara cada vez mais confiante com o passar da noite, mas agora o cãozinho interior reapareceu quando ele perguntou, em voz baixa: "Isso me inclui?". Antes que Albert tivesse tempo de responder, Wille disse: "Do que diabos você está falando? A porra do livro é em latim — precisamos de você".

Albert não ficou contente em ver Wille usurpando sua autoridade. Ele era o mestre do jogo, e era a sua casa e a sua aventura; não cabia a Wille convidar as pessoas. Para a sorte de Oswald, ele tinha percebido isso; o garoto deu um sorriso amarelo para Wille e virou os olhos caninos e suplicantes para Albert, que assentiu e disse: "Claro, Oswald. Vejo você amanhã".

A expressão de Oswald sugeria que ele teria gostado de saltar para cima dele e dar uma boa lambida em seu rosto.

Quando Albert acordou, naquela tarde, mandou ver numa tigela de granola com iogurte antes de se preparar para as atividades da noite. A mãe e o pai estavam num retiro de fim de semana em Paris, então o grupo teria a casa inteira só para si. Os outros iam levar pizza; o mestre do jogo sempre tinha alguns privilégios.

Se os jogadores seguissem a curva dramática que Albert planejara, chegariam a um clímax quando entrassem na câmara subterrânea da biblioteca onde o *De Vermis Mysteriis* estava guardado. Infelizmente o próprio Gunnar Asplund também estaria lá, protegido por uma barreira de *Naach-Tich*, por trás da qual leria uma maldição que evocava um vampiro estelar.

O problema estava em encontrar os detalhes certos para que o acontecimento magnífico e assustador não parecesse sem graça. Albert começou relendo o conto de Robert Bloch,[3] "O Errante das Estrelas", onde o vampiro estelar é mencionado pela primeira vez. O insólito riso emitido pela criatura invisível, a aparição quando ela bebeu o sangue de sua vítima e seus contornos começaram a se delinear, a massa amorfa e pulsante, os tentáculos...

Um obstáculo era a maldição, que os personagens ouviriam ao escutar por detrás da porta fechada. Albert começara com a mesma do conto: "*Signa stellarum nigrarum et bufaniformis...*", e acrescentara algumas invocações do livro *A Companhia do Guardião*: "*Ia Shub-Niggurath, y'ai'ng'ngah yog-sothoth*", junto de fragmentos esquisitos, como: "*Ph'nglui mglw'nafh Cthulhu R'lyeh wgah'nagl fhtagn!*". Repetiu a invocação para ajustar o fluxo das palavras e se assegurar de que soaria o mais sinistro possível.

Tinha uma meta bem específica: fazer Oswald chorar. Chegara perto duas vezes na noite anterior; os olhos de Oswald tinham ficado suspeitamente brilhantes. Mas, naquela noite, essas lágrimas com certeza cairiam.

A noite chegou, as pizzas foram comidas, e o jogo começou. Para dar um toque a mais, Albert levara um par de candelabros para o porão, para que jogassem à luz de velas. Os dados chacoalhavam pela mesa, e a tensão crescia em proporção direta com o número de latas de Celsius que os garotos consumiam. Por volta da meia-noite os personagens finalmente estavam parados diante da porta fechada no fundo da longa escadaria.

Albert construíra a atmosfera com muito cuidado, descrevendo as vibrações nas paredes de pedra, o cheiro do charco pré-histórico do

---

[3] Além de seus contos relacionados com os Mitos de Cthulhu, Robert Bloch também é conhecido pelo clássico romance de suspense *Psicose* (DarkSide® Books, 2013. Trad. Anabela Paiva), adaptado para o cinema por Alfred Hitchcock.

submundo, o feixe de luz da lanterna que parecia ser engolido pela escuridão compacta, o som da invocação blasfema. Ele baixou a voz, deixando o timbre o mais grave possível, e começou a entoar: *"Ph'nglui mglw'nafh Cthulhu R'lyeh wgah'nagl fhtagn ny'ar rot hotep..."*.

Podia sentir o frêmito de energia se espalhando pelo cômodo enquanto os jogadores percebiam que estavam encarando algo que poderia matá-los. Albert se virou para Oswald, com o olhar fixo em seus lábios enquanto subconscientemente movia a própria boca, repetindo. Havia lágrimas em seus olhos.

Vai, chora, seu verme patético.

Albert aumentou a voz e intensificou a maldição. Tinha abandonado o texto escrito e começado a improvisar. Parecia evocar as palavras do nada, e as escarrava com uma potência maliciosa da qual não sabia que era capaz. E ali estava: uma lágrima escorrendo pela bochecha de Oswald enquanto os lábios continuavam a se mover ao mesmo tempo em que os dele. Era uma sensação boa ter as emoções de outra pessoa na palma da mão; podia fazer tudo o que quisesse com elas. Abriu bem os braços e estava prestes a declamar "Ia! Ia'y!" quando algo aconteceu.

Sentiu-se tonto enquanto via as superfícies e os ângulos se alterarem. Cantos tornavam-se quinas afiadas, e os lados da mesa dobraram-se sobre si mesmos, fazendo-o perder o equilíbrio. Ele caiu para a frente, o campo de visão se contraindo até que pudesse ver apenas as seis chamas das velas tremeluzindo no fim de um túnel. De certo modo, impossível de descrever, sabia que as chamas estavam segurando as velas de cera, e não o contrário.

Depois de um segundo, tudo passou. Quando sua testa bateu na mesa, ela já voltara a ser uma superfície sólida de bétula; por trás de uma cortina vermelha, ouviu seus amigos chamando: "Albie, que porra é essa?" "O que aconteceu?" "O que você está fazendo?" Ele se levantou, cambaleou um pouco e esfregou a cabeça.

O que foi isso?

Apesar da percepção do quarto desabando, foi a visão das velas o que se gravara em sua mente como uma realização indiscutível.

Aqueles objetos de cera brancos eram um adjunto e uma consequência das finas chamas amarelas subindo dos pavios. Causa e efeito tinham trocado de lugar de uma maneira que fez sua cabeça girar, e ele cobriu os olhos com as mãos enquanto escutava Wille dizer: "Puta que pariu, Albie, isso já está assustador o bastante, não precisa forçar a barra".

Albert baixou as mãos e abriu seus olhos. O quarto parecia perfeitamente normal, e os quatro garotos estavam sentados em volta da mesa olhando para ele. Fracos indícios de lágrimas reluziam sob o brilho amarelado da luz das velas nas bochechas de Oswald.

A chama produz o pavio, a luz cria o fogo.

A dor na cabeça enfraqueceu, e ele voltou a si. Então abriu a boca para dizer algo, amenizar as coisas, mas nenhum som saiu. Um tremor percorreu sua espinha quando percebeu que tinha algo sentado logo atrás dele, encarando-o. Ele se virou lentamente e espiou o canto escuro onde ficava a bancada de trabalho.

A coisa olhando para ele estava sentada na frente da bancada. Estava sentada? Não sabia dizer, porque a coisa era invisível, mas conseguia sentir sua presença, sua atenção completamente focada nele.

"O que você está fazendo? Deixa disso, Albie." Tore estava ao seu lado, balançando o ombro dele. "Albie!"

Queria poder reagir, dar de ombros ou sorrir, mas estava paralisado de medo. Podia sentir o poder e a fome emanando da coisa em frente à bancada e sabia que ela poderia matá-lo em um segundo. Tore o sacudiu outra vez. Nada aconteceu. Albert conseguiu separar as mandíbulas à força, apenas o bastante para murmurar: "Vocês estão vendo aquilo? Ali no canto?".

Apontou com o dedo trêmulo, mas foi recompensado com uma gargalhada. "Sério, Albie, deixa disso! Vamos, vamos voltar ao jogo."

Continuar a jogar era impossível. Mesmo que a coisa vigiando no canto não fosse invisível, não daria as costas para aquilo de jeito nenhum. Disse que não estava se sentindo bem e que precisariam continuar alguma outra hora; alegou estar passando mal depois de bater a cabeça.

Quando os outros se arrumaram para sair, resmungando, Albert olhou para o lugar onde a coisa sem nome ainda estava sentada, então se virou para Wille. "Escuta, posso dormir em sua casa?"

"Você disse que não estava se sentindo bem."

"Não, mas... posso?"

Achou que corria o mesmo risco de enlouquecer que os personagens do jogo, se fosse forçado a passar a noite sozinho na casa com... aquilo. Para seu alívio, Wille deu de ombros e disse: "Tudo bem, se não for vomitar em mim".

Wille morava a três casas de distância, e ele e Albert eram amigos desde que podiam se lembrar. Se tinha uma pessoa com quem Albert podia se abrir era Wille. Tinham se despedido dos outros e saído quando o amigo parou e perguntou: "O que foi que aconteceu lá?".

Albert olhou para a rua, para os meninos que se afastavam na direção da estação de metrô, sem a menor consciência do mal indiferente, da sede de sangue no ar. Teria gostado de se convencer de que aquilo tudo tinha sido autossugestão, mas a certeza sobre a natureza das velas se gravara a fogo em seu cérebro. Nada era o que ele pensava, as verdades mais básicas estavam erradas.

"E se...", começou. "E se todo esse negócio de Cthulhu... E se for realmente possível invocar alguma coisa? Dizendo as palavras certas, claro."

Wille inclinou a cabeça para o lado. "Hã?"

"E se eu... tivesse feito isso acidentalmente?"

"Como assim?"

"Quando eu disse aquelas palavras. Quando estávamos na biblioteca. Era como se alguma coisa tivesse... acontecido. E veio alguma coisa."

Wille não riu nem falou que Albert estava forçando a barra. Na verdade, pareceu considerar aquilo um problema teórico, porque disse: "Bem, sim, mas... é tudo invenção, não é? Quer dizer, não é como se isso fosse baseado em fontes autênticas, ou coisa do tipo".

"Não, mas..."

"Mas o quê?"

"E se for?"

Continuaram a conversa, mas Albert não mencionou a criatura sentada no canto do porão, porque ele estava cada vez mais convicto de que tinha sido só sua imaginação superaquecida. Algo acontecera, mas talvez fosse apenas uma visão, como quando as pessoas viam a Virgem Maria ou o Elvis. Um curto-circuito temporário, um blecaute momentâneo em que a realidade é distorcida.

Pegaram duas cervejas do esconderijo do pai de Wille, então se sentaram na varanda, papeando, por cerca de uma hora. Perto do fim da conversa, mudaram o assunto para livros, filmes e garotas, e Albert estava começando a se sentir bem maduro. Deram boa-noite, e Albert foi para o quarto de hóspedes e fechou a porta. Estava prestes a abrir o zíper das calças quando travou no quarto e parou de respirar.

O quarto de hóspedes também era usado como escritório, e no fundo havia uma estante de livros abarrotada de arquivos e classificadores de diversas cores. Na frente da estante estava a criatura, sentada. Era ela. Não possuía nenhum corpo perceptível, exceto talvez que as cores estavam levemente mais pálidas por trás dela, mas isso podia ser sua imaginação. Essencialmente, era invisível. E estava olhando para Albert.

Ele soltou o ar bem devagar, girou a maçaneta na porta e saiu do quarto de costas, sem tirar os olhos da área onde a criatura estava. A respiração ficou veloz e superficial enquanto fechava a porta, parado no corredor.

Estou ficando louco.

Quantas vezes fingira sentir empatia ao jogar os dados para determinar qual categoria de insanidade ou fobia um personagem deveria sofrer após ser confrontado com algo com o qual a mente humana era incapaz de lidar?

Agora estava exatamente na mesma posição, e descobriu que a loucura incipiente não tomava a forma de imagens alucinatórias ou um desejo de fugir em pânico; em vez disso, era como uma massa cinza e viscosa na qual sua consciência se afundava lentamente. Com os braços flácidos, desceu as escadas, lutando contra o impulso de botar a língua para fora.

Foi para a sala de estar e desabou no grande sofá com almofadas rechonchudas a alguns centímetros da TV de tela plana de 55 polegadas. Não sentiu nada, os pensamentos eram incapazes de se mover pela névoa gelatinosa que preenchia sua mente enquanto ficava lá, sentado, encarando o retângulo preto. Nem percebeu quando aconteceu, mas, em algum momento, a criatura se materializou no piso diante da TV. Estava olhando para ele. Esperando.

O terror apertara sua garganta, reduzindo-a ao diâmetro de um canudo, e as palavras saíram como um suspiro rasgado: "O que... você quer?".

Nenhuma resposta. Nenhuma mudança na atenção da criatura. Mas, no silêncio do cômodo, Albert pensou que pudesse ouvir algo que soava como se viesse de muito, muito longe se esfregando contra seus tímpanos pelo éter. Um riso sem humor.

Qualquer tentativa de fugir seria inútil. Albert ficou onde estava, no sofá, observando a coisa que não podia ser vista, escutando o riso que não podia ser ouvido. Após cerca de uma hora, puxou o cobertor para cima de si e se encolheu. Havia um vampiro estelar no chão, a três metros dele.

De Vermis Mysteriis e Ludwig Prinn eram criações de Robert Bloch, assim como a própria criatura. Os encantamentos que Albert recitara eram uma miscelânea de latim macarrônico com a língua inventada por Lovecraft, baseada no árabe.

Mas mesmo assim.

Havia apenas duas possibilidades. A primeira era que ele, Albert Egelsjö, de quinze anos e QI alto, sem traumas de infância e com uma boa relação com a mãe e com o pai, enlouquecera. Começara a imaginar coisas com tamanha autenticidade que elas lhe pareciam reais. Acabaria num hospital psiquiátrico infantil, com um diagnóstico envolvendo muitas letras maiúsculas, seguido por um tratamento com medicação.

A outra possibilidade era que uma série de coincidências o levara a proferir uma maldição de verdade, assim como um número infinito de macacos sentados diante de um número infinito de máquinas de escrever um dia acabará produzindo uma peça de Shakespeare. Era uma base real para o universo de Lovecraft, e ele de algum modo teve algum contato com isso.

Se aceitasse essa possibilidade, por que a criatura não o atacava? Levaria apenas um instante para o vampiro sugá-lo por completo antes de retornar às estrelas, rindo, saciado de sangue.

Porque...

A percepção que inundou o corpo de Albert fez com que ele se sentasse mais reto. Era óbvio! Era apenas o medo do impossível que o impedia de entender; afinal, narrara muitas situações similares no jogo.

Em sua aventura, Gunnar Asplund estava na biblioteca secreta balbuciando as maldições. Não com a intenção de evocar algo que sugaria sua vida e o desovaria de lado como uma casca vazia, ah, não. Sua meta era evocar a criatura porque precisava dos serviços dela. Se a realidade funcionasse do mesmo modo que no jogo, a criatura agora estava presa a Albert até que ele lhe desse um comando, uma tarefa que ela deveria realizar, então ficaria livre para retornar ao local de onde viera.

Um sorriso surgiu em seus lábios enquanto Albert se levantava e apontava para a presença invisível. "Você é minha, não é?", murmurou. "Você fará qualquer coisa que eu mandar."

Nenhuma resposta. Mas, por um momento, Albert achou que o riso sem alma ficou um pouco mais alto.

2

A aurora surgiu quando Albert caía no sono, apenas para ser acordado duas horas depois pelos pais de Wille, perguntando se ele queria tomar café. A criatura apareceu no local entre a pia e o fogão, o riso mudo abafado pelos sons da vida cotidiana.

Albert estava num mundo particular enquanto mastigava uma fatia de pão com queijo e geleia. Volta e meia olhava para o canto. Um comando. Em tese, Albert podia mandar a criatura remover a família de Wille da superfície da Terra nesse exato momento. Em tese. Em um segundo, o ocioso café de domingo seria transformado num massacre sangrento, bastava que Albert murmurasse apenas algumas palavras. Ou o poder da mente seria suficiente?

A criatura estava conectada aos seus pensamentos na mesma sintonia que ele estava ciente da existência dela, um fluxo secreto que vinculava os dois. Albert teve até dificuldade para engolir os nacos de pão que mastigava.

Veronica, a mãe de Wille, ficou de pé, pegou o prato e foi em direção ao local em questão. Albert enrijeceu. E se alguém tocasse a criatura? Veronica ficou diante da pia, a perna dentro da presença invisível.

Estaria imaginando tudo aquilo, afinal? Veronica estava lá, parada, enxaguando o prato sob a torneira e cantarolando "Strangers in the Night" com uma perna envolvida na massa amorfa do vampiro estelar. Aquilo era realmente possível?

Wille tossiu alto, e Albert se virou da cena banal. O amigo olhou bem feio para ele, e Albert o encarou de volta, sem compreender. Então entendeu. Ele e Wille já tinham conversado sobre garotas mais velhas — mulheres, na verdade, e Albert mencionara que achava a mãe do amigo uma coroa muito gostosa. Talvez não tivesse usado aquela palavra especificamente, e com certeza não falara "coroa", mas Wille não gostou nada. Tinha apenas fechado a cara e mudado de assunto imediatamente.

E agora Albert passara um bom tempo sentado à mesa da cozinha, encarando a parte de baixo do corpo de Veronica. Sem dúvidas, Wille pensava saber exatamente o que estava se passando pela mente de Albert. Por sorte, o pai de Wille, Thomas, estava ocupado com o jornal e não percebera nada.

Albert agradeceu pelo café da manhã e se levantou sem levar o prato para a pia, como geralmente fazia. Ele foi ao corredor para calçar os sapatos; Wille o seguiu, as mãos enfiadas nos bolsos.

"Que porra foi aquela? Você não pode ficar sentado secando minha mãe que nem um..."

"Não era isso que eu estava fazendo. Desculpa, mas não era mesmo."

"Certo... E era o quê, então?"

"Você não consegue sentir uma... presença?"

"Não sinto nada disso, não. De jeito nenhum."

Albert suspirou. Não conseguiria a confirmação de Wille, mas sentia que devia continuar. "Na cozinha, agora mesmo, exatamente onde sua mãe estava. Era pra isso que eu estava olhando."

Wille assentiu, muito sério. "Entendo. E agora ela falou pra você voltar pra casa e bater uma, certo?"

"Vai se foder."

"Não, vai se foder você."

Albert saiu da casa de Wille pela trilha do jardim. Tinha que aceitar os fatos. Ninguém além dele podia ver ou perceber o visitante extraterrestre, e teria que lidar com isso sozinho.

Era uma bela manhã de agosto, e o sol já estava agradavelmente quente, brilhando sobre os pequenos jardins e fruteiras de Södra Ängby, onde cortadores de grama ecoavam por toda parte. Estava tão longe quanto possível do mundo fétido e soturno de Lovecraft.

E, ainda assim, o visitante estava a quatro metros de distância, perto de uma cerca baixa que rodeava o quintal dos Ingesson, observando com atenção cada movimento seu. Era hora de tomar uma decisão.

Seria capaz de evocar horrores cósmicos, ou tinha o miolo mole? Não possuía evidências verificáveis para avaliar, então, no fim, era uma questão de fé. Examinou a área da calçada na qual a criatura estava e tentou parar de pensar nela, ver apenas o pavimento de pedra e a cerca branca e levemente descascada dos Ingesson, tentou se convencer de que a presença silenciosa era uma mera invencionice.

Era impossível. Apesar da falta de fisicalidade, o visitante estava tão presente quanto o sol no céu. Não havia nada que Albert pudesse fazer, e achou que poderia enlouquecer se negasse sua existência. A criatura existia, por mais etérea que fosse. Daquele momento em diante, Albert agiria de acordo. Começou a mexer os pés. Estava indo para casa.

Durante os dias que se seguiram, Albert tentou se adaptar à nova situação. O visitante estava sempre a seu lado; mantinha a vigília noturna enquanto ele dormia, e estava lá quando ele acordava de manhã. Na rua, percebia a presença suspensa e flutuante, e, quando ele entrava em algum lugar, bastava alguns segundos até que a sentisse observando-o do canto. Às vezes fechava os olhos, dava uma pancadinha na própria cabeça ou cantarolava alto, só para evitar escutar aquele riso, mas era inútil. Assim que ficava em silêncio e abria os olhos, instantaneamente sabia que estava sendo observado e podia ouvir aquele som, que parecia vir de algo que esperava ansiosamente o fim de alguma piada grotesca.

Uma semana depois de a criatura surgir em sua vida, a turma de Albert se envolveu num torneio de vôlei com outra turma do mesmo ano. Albert era inútil com qualquer coisa que envolvesse uma bola, e dificilmente alguém a passava para ele. A criatura estava sentada sobre o armário de equipamentos, assistindo às tentativas desajeitadas de Albert de pôr a bola no ar quando ela ia em sua direção. Isso o incomodava. De algum modo obscuro, queria ser digno da visita, mas a bola escorregava por seus dedos como se fossem feitos de fumaça, e seus colegas reclamavam.

No chuveiro, mais tarde, seu péssimo humor só piorou quando Felix, um idiota corpulento da outra turma, começou a incomodá-lo. "Não esquece de lavar o pintinho de amendoim, Bilbo. Se conseguir encontrar!" Felix balançou o próprio pênis, que tinha no mínimo o dobro do tamanho do de Albert.

Ele baixou a cabeça e sentiu as bochechas se avermelharem. Era mil vezes mais inteligente que Felix e provavelmente teria sucesso na vida, enquanto que o garoto acabaria trabalhando com um caminhão de mudanças ou em algum outro emprego sem futuro, engordando com hambúrgueres e fritas e se afogando na bebida.

Mas, naquele exato momento, estavam um do lado do outro num banheiro imundo de azulejos brancos, e a única coisa que contava era que Felix tinha mais músculos e um pau maior. Exceto pela presença amorfa e malevolente da criatura emanando do canto entre os armários e a privada. Ela estava observando enquanto Albert se banhava no fluxo de água, a cabeça curvada, as bochechas queimando.

Felix torceu a toalha duas vezes e fustigou as costas de Albert. Bastava o garoto mandar, formular o comando em sua mente. Felix seria rasgado em pedaços. Em vez disso, apenas pegou a própria toalha e a segurou debaixo d'água até que ficasse encharcada. Quando Felix estava saindo do local, Albert torceu a toalha molhada até ficar grossa como um salame, então seguiu Felix e disse: "Escuta aqui, babaca".

Felix se virou, os cantos da boca se erguendo num misto de expectativa e aborrecimento. Antes que tivesse tempo de fazer ou dizer qualquer coisa, Albert atingiu o pau dele com a pesada clava de toalha. Os cantos da boca de Felix se abaixaram, e ele caiu de joelhos sobre os azulejos, choramingando como um filhote de cachorro. Com toda a força que era capaz de reunir, Albert bateu com a clava nas costas dele. A pancada ressoou pelas paredes, e Felix estremeceu.

"Você precisa calar a porra dessa boca!", gritou Albert, torcendo ainda mais a toalha. Um vergão grosso e escuro apareceu nas costas de Felix, onde a primeira pancada o acertara. Albert juntou toda a força que tinha, dos pés à cabeça, girou mais uma vez e a acertou exatamente no mesmo lugar, com tanta força que Felix caiu para a frente e ficou lá, de barriga para baixo, tremendo.

A pele acima do quadril se rompera, e um fio de sangue descia no chão molhado. Albert mirou mais uma vez e acertou na ferida, abrindo-a mais, respingando sangue na toalha. Ele a jogou no chão, se curvou e pegou a toalha úmida de Felix, que usou para se secar. Quando olhou para cima, viu cinco ou seis garotos de pé na porta, assistindo a tudo.

Prendeu a toalha de Felix ao redor da própria cintura. Era hora de dizer algo que todos se lembrariam e repetiriam quando estivessem compartilhando a história com os amigos ou nas redes sociais, mas sua cabeça estava vazia. Por sorte, Felix ajudou; com o queixo ainda colado aos azulejos, o garoto resmungou: "Vou te... matar... seu...".

Antes que Felix pudesse completar com um xingamento apropriado, Albert o interrompeu: "Sua mente pode estar bolando um plano, mas, quando você pensar nisso, supondo que seja capaz de um pensamento racional, vai perceber que não é uma ideia muito boa. No fim das contas, você é que vai morrer, se tentar qualquer coisa. E isto é uma promessa".

Quando saiu dos chuveiros, percebeu que dois dos garotos tinham pegado os celulares. Por sorte, apenas o comentário final tinha sido filmado.

Esse de fato foi o caso. Os outros tinham ficado ocupados demais assistindo ao que estava acontecendo, e tudo tinha sido muito rápido. No entanto, o diálogo final entre Felix e Albert foi preservado para a posteridade. Apesar de o vídeo viralizar entre os estudantes, não chegou à atenção de nenhum adulto, e Felix não era do tipo que saía correndo para o diretor. O grandalhão também não fez qualquer tentativa de levar adiante a ameaça de vingança.

Albert pensou bastante sobre o que acontecera. Nunca usara a violência física contra ninguém, nem tinha qualquer desejo de repetir o feito. Caso tivesse, seria razoável pensar que a criatura o levara a agir daquele modo, e ele agora almejaria evoluir para o derramamento de sangue. Histórias assim existiam, afinal, ao menos nos filmes.

Mas Albert tinha muita certeza de que não era por isso. No vestiário, a única influência da criatura fora sua presença: ela estava lá como uma espécie de garantia, e Albert sabia disso. Se Felix decidisse saltar sobre ele com uma faca, ainda teria uma saída. Bastava uma palavra, e o problema seria resolvido, sem a menor possibilidade de suspeitarem dele pelos atos que a criatura era capaz de cometer.

Porque ele agora a conhecia. Durante o tempo passado desde que a evocara, sentira certa insinuação de contato em duas ocasiões, e volta e meia — numa certa luz, contra certo fundo — a entrevia.

Era mais que um vampiro, era a encarnação da própria ideia de vampiro, faltando todos os atributos exceto aquele necessário para dar conta de seu único dever: a capacidade de sugar sangue. A ciência de sua presença, sempre a postos, lhe dera coragem para cruzar as limitações anteriores, como se estivesse sempre com uma arma na mão.

Os velhos amigos perderam importância, e jogar era algo do passado. Albert estava mudando. Se antes já tinha suas habilidades e a si mesmo em alta conta, agora estava adquirindo uma estatura física sintonizada com a autoconfiança. Começou a frequentar a academia. Já fazia um bom tempo que tinha vontade de ir, mas tinha medo dos corpos forçudos se exercitando atrás das janelas gigantescas.

Agora parara com as desculpas. A criatura observava enquanto Albert mexia com diversos equipamentos três vezes por semana, mas mal pensava nela. Os caras trincados o tratavam com educação ou o ignoravam completamente.

No fim de outubro, Albert começou a sair com Olivia. Uma festa, um beijo, algumas mensagens de texto e ligações, e o que parecia inatingível se tornou realidade. Tinha uma namorada — e não só isso, ela era a segunda mais gostosa da sala. Wilma, que parecia modelo, jamais fora vista com garoto nenhum, e, para ser sincero, parecia improvável de acontecer até que Chris Hemsworth batesse à porta dela. Ou despedaçasse a porta com seu martelo.

Ter uma namorada era fantástico. Eles conversavam, se aninhavam no sofá, viam filmes juntos... Albert chegou a ponto de mandar emojis, algo que sempre vira com profundo desprezo. Mas Olivia amava tudo o que era doce, e, depois de começar, Albert simplesmente não podia parar.

Havia apenas um problema: a questão do sexo. Olivia nunca fizera, então não estava exatamente pressionando, mas, depois do estágio de beijos sérios e dos abraços e de dar uns amassos, havia uma *progressão natural*, para ser sutil. E só havia como ir em frente, depois de dar chupões e se pegar por tanto tempo. Infelizmente, assim que as coisas ficavam sérias, quando Olivia começava a tirar a roupa dela e a de Albert, o pau dele ficava mole, e não tinha jeito.

Sabia o motivo, era o mesmo motivo para ele inevitavelmente acabar deitado na cama afagando Olivia: a criatura. Simplesmente não conseguia fazer aquilo com ela lá, sentada, assistindo. Não conseguia atuar em público, ainda que o público fosse invisível e sobrenatural.

Albert dava uma desculpa atrás da outra, mas via que Olivia estava ofendida. Podia ter começado a desenvolver músculos, e, depois do incidente com Felix, ninguém ousava lhe incomodar, mas de que isso servia se era impotente? Mais cedo ou mais tarde, Olivia contaria a uma amiga, que contaria para outra, que colocaria algo no Facebook, e seria o fim...

E também queria fazer, queria desesperadamente. A virilha estava doendo de tanto tesão, e o fracasso causava dores de cabeça. Uma semana antes, Olivia enrubescera ao lhe confidenciar que estava tomando a pílula, e, se isso não era um convite, o que seria?

Havia uma solução óbvia, claro: podia simplesmente dizer para a criatura: "Vá embora e não volte nunca mais". No entanto, não estava convencido de que ela partiria sem mitigar sua sede de sangue. Sem falar que... ia mesmo descartar um elemento de poder cósmico apenas para comer uma garota? Às vezes, achava que era o melhor a se fazer. Na verdade, estava cada vez mais seguro disso.

O que o impedia de agir era uma falta de certeza sobre quem seria sem a criatura. Estava gostando da reputação na escola, e não sabia se poderia mantê-la sem a presença reconfortante a seu lado. Depois que adquirira o gosto pelo poder sobre os outros, era difícil desapegar.

Certa noite de sexta, quando seus pais tinham ido ao teatro ver uma peça interminável de Lars Norén, convidou Olivia, resoluto a finalmente fazerem *aquilo*. Tinha surrupiado uma garrafa de vinho branco das aquisições mais recentes da adega dos pais e comprara camarões. Parecia um grande clichê, mas não sabia mais o que fazer.

Bebeu sozinho a maior parte do vinho, para ganhar coragem, até que enfim seus dedos pararam de tremer o bastante para descascar dois camarões e enfiá-los na boca. Quando os crustáceos acabaram, ele e Olívia foram para seu quarto e se deitaram na cama.

Albert tinha uma estratégia muito simples. Desligou a luz. Já tinha baixado a persiana, e o quarto estava no escuro total. Tiraram a roupa. Ele sentia o olhar da criatura sobre ele do canto do quarto, e, quem sabe, talvez ela pudesse enxergar no escuro. Tinha uma estratégia para lidar com essa eventualidade: quando estavam pelados, puxou o edredom *king-size* para cima dos dois.

Estava quente e abafado dentro daquele casulo, mas, por fim, após muita espera, ele conseguiu manter a ereção. Seu maior medo era que a criatura não aceitasse que ele desaparecesse da visão e entrasse no espaço limitado, mas isso não aconteceu.

Ela ainda estava lá, mas o vinho embotara suas percepções, e Albert conseguiu ignorar a presença. Quando finalmente penetrou Olivia, tudo o mais foi varrido numa onda de prazer quente e úmida. Era ainda melhor do que poderia ter imaginado.

Dois minutos depois, ele simplesmente não conseguiu se segurar, e foi como se cada nervo de seu corpo estivesse contraído num pacote apertado e retesado antes de explodir para fora e para baixo, numa rede de fios reluzentes. Ao rolar para longe de Olivia e afastar o edredom, sabia que havia experimentado algo que nunca queria perder.

Acendeu o abajur da cabeceira, e os dois ficaram ali, pelados, acariciando a pele suada um do outro. Albert sentiu uma calma quase tão maravilhosa quanto o próprio ato do amor, mas mais tranquila. Algo se esvaziara dele, e a paz havia se infiltrado no espaço que ficara. Seus mecanismos de defesa normais estavam desativados, e, antes que pudesse evitar, as palavras saíram: "Olivia, você tem a sensação de que algo está... nos observando?".

Instintivamente, a menina cobriu os peitos com o edredom e olhou em volta. "Como assim?"

"Não, é só que... quer dizer... Uau! Foi fantástico!"

O calor no rosto de Albert aumentou perceptivelmente. Fazia muitos anos desde que não pronunciava uma frase tão atroz. Olivia sorriu e resmungou "Hum", então foi para o banheiro. Albert ficou onde estava, assistindo enquanto ela se afastava. Seus pensamentos fluíam livremente, como se aquela presença jamais tivesse sido um problema, e ele formulou o comando em sua cabeça e o transmitiu para o canto: *Vá embora. Saia daqui.*

Nada aconteceu. A criatura continuou olhando para ele. Agora que tinha formulado o pensamento, Albert percebeu que era exatamente isso o que queria. Não precisava mais da garantia da criatura, queria ficar livre para viver sua vida sem a vigilância constante, queria poder fazer aquele negócio maravilhoso com Olivia sem precisar apelar para medidas especiais. Podia ouvir o chuveiro sendo ligado, então se escorou em um cotovelo e disse em voz alta: "Vá embora. Saia daqui".

Conseguia sentir a natureza da atenção da criatura se alterando; sabia que ela tinha escutado e entendido. Mas a criatura não saiu, não se moveu um centímetro sequer. Albert jogou as costas no travesseiro e cobriu os olhos com o braço.

Não dá pra continuar assim. Tenho que acabar com isso.

Quando Olivia saiu do banheiro, Albert já estava de pé, vestido.

"O que você está fazendo?", indagou a jovem, segurando uma toalha diante do corpo, de repente consciente de sua nudez.

"Desculpa", começou Albert, "mas esqueci que preciso resolver um negócio."

"Agora? Já passou das dez!"

"Eu sei. Mas não tenho escolha."

"Então... Você quer que eu saia, ou o quê?"

"Pode ficar se quiser. Eu já volto."

"Ah, sim, posso ter uma ótima conversa com seu pai e sua mãe, falar pra eles como foi trepar pela primeira vez."

"Olha, eu sinto muito mesmo..."

"Eu também."

Com lágrimas nos olhos, Olivia recolheu suas roupas e se vestiu. Albert ficou sentado na cama, olhando para ela sem dizer nada. A criatura estava no canto, observando. Quando Olivia saiu pela porta, Albert chamou: "Olivia? Eu te amo".

Ela olhou por cima do ombro e disse: "Então prove". Albert a ouviu chorando quando abria e fechava a porta da frente. Ele olhou furioso para o canto do quarto e sussurrou: "Vai embora! Vai embora!".

Nada aconteceu.

Oswald ficou surpreso quando Albert ligou para ele. O menino reclamou que aquilo não era muito conveniente, e Albert teve que atraí-lo com a promessa de sessões de Cthulhu e de amizade — nenhuma das quais ele pretendia cumprir —, antes que Oswald cedesse e dissesse que podia aparecer.

Oswald era um dos poucos colegas de classe que não morava numa casa, e foi um pouco exótico pegar o metrô para Blakeberg e usar o GPS do celular para chegar à väg Elias Lönnrot — as favelas, pode-se dizer. Os prédios decadentes de três andares, as luzes de postes quebradas, as calçadas desiguais, os buracos no asfalto.

Oswald morava bem no final, na seção mais ao fundo de um pátio sombrio, sem uma árvore ou arbusto à vista, apenas carros mal estacionados e bicicletas acorrentadas com pneus sem ar. O som de seus passos ressoava nas fachadas escuras enquanto Albert seguia até a porta externa do bloco de Oswald e a abria com um puxão.

O corredor tinha cheiro de fritura e detergente barato, e, quando tocou a campainha, Albert sentiu que estava passando mal. A feiura do lugar era como uma infecção, e a situação não melhorou quando Oswald abriu a porta. Um cheiro de mofo e fungo misturado com fumaça escapou para a escadaria já pestilenta, e Albert precisou se controlar para não tapar o nariz.

"Oi", cumprimentou.

"Oi", respondeu Oswald, sem fazer qualquer movimento para convidá-lo a entrar. O menino estava usando uma camisa preta desbotada com os dizeres MISKATONIC UNIVERSITY — CURSO DE LETRAS. Parecia pálido e doente.

"Posso entrar?"

"Para quê?"

"Como eu disse... preciso mesmo falar com você. É muito, muito importante, e você é o único que pode me ajudar."

Oswald suspirou, baixando os ombros. "Não precisa tirar os sapatos", disse. "Só entra."

Oswald o levou para uma porta aberta, mas Albert ainda teve tempo de perceber o estado do apartamento. O papel de parede estava descascando, e pilhas de jornais velhos estavam espalhados por toda parte, sem falar que o lugar estava cheio de lixo. Quando passou pela cozinha, viu uma pilha de pratos sujos.

Antes que entrasse no quarto de Oswald, viu a sala de estar. Estava escura, mas a luz do corredor permitiu ver uma mesa coberta de garrafas e cinzeiros, e uma mulher jogada no sofá, com o cabelo sujo tão grande que se arrastava no chão.

Que muquifo.

Albert nunca tinha visto nada parecido. O apartamento de Oswald era uma paródia imunda de uma casa mal-assombrada, tão nojento que não parecia real. Por sorte, o quarto de Oswald era um pouquinho melhor, embora o nariz de Albert dissesse que fazia muito tempo que o lugar não via uma limpeza. Duas grandes estantes dominavam o espaço, que também era ocupado por uma escrivaninha com um velho computador de mesa e uma cama surpreendentemente arrumada. Albert foi até as prateleiras e passou o dedo pelas lombadas.

Reconheceu diversos nomes: Lovecraft, Robert Bloch, Ramsey Campbell, Robert E. Howard.[4] Outros eram desconhecidos, e alguns livros não tinham nada escrito na lombada, ou então estavam sem capa.

"Senta aí", disse Oswald, apontando para a cama. Albert quase fez um comentário ácido em resposta, mas achou melhor não. Obediente, sentou-se na cama grumosa e desconfortável. Oswald tomou a cadeira da escrivaninha, descansando o queixo nos dedos interligados. "E então?"

Albert respirou fundo, então contou toda a história. Começou da noite em que eles tinham jogado, falando da maldição que entoara, da chegada da criatura que suspeitava ser um vampiro estelar. De como ela o seguira por toda parte. Deixou de fora os eventos que tinham acontecido mais cedo, naquela noite; obviamente teria adorado se gabar de ter feito sexo com Olivia, mas não queria deixar Oswald com inveja. Quando terminou, perguntou: "Você acredita?".

---

[4] Todos eles escritores dos Mitos de Cthulhu. Campbell está presente nesta Antologia com o conto "O Acompanhante". Howard é também o criador do famoso personagem Conan, o Bárbaro.

Oswald assentiu. "Sim. Ele está aqui agora?"

Albert apontou para as estantes. A criatura tinha subido quase até o teto, e agora ondeava pelo quarto, se esticando até Oswald. "Ali."

O menino olhou de lado, então voltou sua atenção para Albert. "E o que você queria me falar?"

Albert inspirou e balançou a cabeça. Se Oswald acreditou na história, seu comportamento calmo era incompreensível. A presença malevolente da criatura estava a ponto de engoli-lo, e ainda assim ele apenas ficava lá, sentado. Vários comentários depreciativos lhe ocorreram, mas então ele pensou em Olivia. Naquela experiência macia, úmida e maravilhosa que poderia ter de novo, se encontrasse um modo de se livrar da criatura. Então, em vez disso, perguntou: "Quero saber se existe uma maldição para me livrar dela".

Oswald olhou para ele por um longo tempo. O olhar foi dos sapatos mocassins de Albert para seu jeans Acne e seu suéter Fred Perry, e por fim o encarou diretamente nos olhos.

"E se houver", disse, "por que eu contaria?"

Os pais de Albert já estavam em casa quando ele voltou. O pai tinha ido para a cama, e sua mãe estava sentada diante da mesa da cozinha, com seu habitual chá de camomila. Albert serviu-se de meia xícara, sentou-se do lado oposto ao dela e perguntou se a peça tinha sido boa.

"Sim... nada empolgante, mas foi muito intensa, e a atuação era excelente. Achei que Olivia ainda estaria aqui... aconteceu alguma coisa?"

"Não, ela só teve que voltar pra casa."

"Eu vi as cascas de camarão no lixo."

"Hum."

Silêncio. Albert tomou um gole de chá. A mãe se inclinou para a frente, parecendo preocupada. "Está tudo bem, querido? Tem alguma coisa incomodando você?"

Albert manteve os olhos fixos na mesa. Algo o incomodava. Talvez suas defesas tivessem se quebrado depois da montanha-russa de êxtase e desespero da noite; as palavras simplesmente saíram.

"E se eu for... mau?"

A mãe franziu a testa. "Por que diabos você seria mau, querido? De onde veio isso? Tem algo a ver com aquele seu jogo?"

"Não, não é nada." Albert se levantou. "Boa noite, mãe."

Ele foi para o quarto, trancou a porta, conectou o celular ao computador e transferiu as fotos que tirara no apartamento de Oswald. Tinha simplesmente segurado o celular por lá e clicado algumas vezes a caminho da porta da frente; o menino não tinha percebido nada.

Depois de abrir as imagens num programa de edição de fotos e melhorar a exposição e a definição, a miséria da casa de Oswald ficou evidente. Albert até conseguira captar a mulher que devia ser a mãe do garoto, e, se não estivesse enganado, a mancha no sofá era vômito. Ajustou o contraste para fazê-la se destacar ainda mais.

Oswald se recusara a lhe contar qualquer coisa, mas havia sugerido que o *De Vermis Mysteriis* não era de todo invenção, e sim um livro real, e que ele talvez tivesse uma cópia. E se recusara a dizer mais.

Era óbvio que Oswald tinha vergonha das condições em que vivia, e Albert decidira pressioná-lo com essa questão sensível para lhe obrigar a revelar o que sabia. Ele baixou as imagens melhoradas no celular e as repassou apenas para checar se estavam humilhantes o bastante na tela menor. Perfeito.

Foi para a cama, se enrolando no edredom que ainda cheirava ao que ele e Olivia tinham feito, e pensou na opção final. Se Oswald continuasse se recusando a ajudar, mandaria a criatura atacá-lo. Parecia razoável escolher Oswald, o único que sabia tudo sobre aquilo. Se o garoto não cooperasse, teria que sofrer as consequências.

Quanto mais pensava nisso, menos maldoso lhe parecia. Oswald seria o único culpado do próprio destino, se não levasse em conta os recursos à disposição de seu oponente. Tudo é válido no amor e na guerra etc, etc.

Albert estava tão acostumado à presença da criatura em seu quarto que o som que ela fazia já ficava no canto de sua consciência e não o incomodava mais. Naquela noite, no entanto, ao apagar a luz, o riso demente soava estranhamente claro. Como se a criatura de fato pudesse ler sua mente e estivesse na expectativa do que o dia seguinte pudesse trazer.

3

A oportunidade surgiu durante a hora do almoço. Era um belo dia de outono, com o ar elevado e limpo, e muitos estudantes estavam do lado de fora. Mesmo Oswald, que geralmente passava o intervalo vasculhando a biblioteca, estava recostado contra o poste onde ficava a cesta de basquete. Albert foi até ele.

"Então", disse. "Pensou um pouco mais no que conversamos ontem?"

Oswald chutou um bastão de hóquei quebrado e balançou a cabeça. "Não. No que eu deveria pensar?"

"Então você não vai me dizer o que fazer?"

Oswald o encarou. Haviam sombras escuras sob seus olhos, e, quando ele sorriu, Albert viu uma membrana amarela cobrindo seus dentes, como se eles não fossem escovados fazia um bom tempo.

"Você não entende", disse ele. "Não entende mesmo."

"Possivelmente não", respondeu Albert, pegando o celular. Ele clicou na pasta das fotografias do apartamento de Oswald e lhe mostrou duas. "Mas entendo que você não vai querer que eu compartilhe isso. No Facebook, por exemplo."

Até aquele momento, tudo estava indo de acordo com seus planos. Oswald deveria olhar em volta, horrorizado, suplicar para ele guardar o celular e concordar em ajudá-lo. Mas não foi isso o que aconteceu.

Albert começou a sentir que aquilo poderia ser um problema quando Oswald olhou para as fotos com total falta de interesse, em vez de pânico cego, mas o verdadeiro desvio do plano ocorreu quando o garoto pegou o bastão de hóquei e bateu com ele no poste do basquete, o som reverberando pelo pátio da escola como o sino de uma igreja.

As pessoas se viraram para ver o que estava acontecendo; Oswald ergueu os braços, balançando-os como um homem se afogando, e gritou em alto e bom som; "Ei, vocês! Venham ver! Albert tem algo para mostrar pra vocês!"

Os estudantes não tinham nada para fazer, e se aproximaram como vespas em direção a um pote de mel, desesperados por algo doce para aliviar o tédio.

"Que merda você está fazendo?", sibilou Albert.

Oswald mostrou os dentes amarelos outra vez. "Você está muito equivocado se acha que tenho algo a perder."

Um círculo de observadores interessados se reunira em volta deles, e Albert percebeu que estava fodido, pelo menos no momento. Era socialmente informado o bastante para saber que não podia passar o celular em volta. Postar fotos no Facebook e acrescentar "Olha só isto!" era uma coisa; mas assumir responsabilidade física pela ação era completamente diferente. Pareceria mal-intencionado, vingativo e bastante maldoso. Seria humilhante.

Por sorte, se livrar da situação não era problema; só precisava dispensar a algazarra de Oswald como outro sinal de estupidez. Albert não tinha nada para mostrar a eles. Tinha muita gente em volta, incluindo Olivia. Tentou capturar o olhar dela, mas a menina observava Oswald, que tinha parado de balançar os braços. Ele apontou para Albert e disse: "Este é Albert, vocês todos o conhecem. Albie. Ele foi lá em casa ontem à noite para me pedir ajuda com algo, mas, quando não conseguiu, tirou umas fotos e quer mostrar pra vocês".

Ok, era esse o jogo dele. Esperto. Um ponto para Oswald. O garoto tornara impossível postar as fotos on-line; Albert não podia negar que tinha fotos para depois compartilhá-las.

Por um momento, não soube o que fazer. Não tinha considerado aquela possibilidade — ou melhor, impossibilidade. O comportamento de Oswald foi tão atípico que não havia como tê-lo previsto, e, no calor do momento, o melhor que ele conseguiu pensar em dizer foi: "Não tenho ideia do que você está falando, Oswald. Relaxa".

Oswald não relaxou. O palco era dele. Numa voz cheia de um poder até então insuspeitado, ele gritou: "Meu nome é Oswald, mas a maioria de vocês provavelmente me conhece como Almofada de Pum. Por sinal, foi Albert aqui quem bolou esse nome, com um monte de outras coisas que vocês podem não se lembrar. Mas eu me lembro".

Almofada de Pum? Quando foi isso? No oitavo ano? Fazia eras desde que alguém o chamava assim... ninguém fazia isso pelo menos desde o começo das aulas daquele ano, até onde Albert podia se lembrar. Olhou irritado para Oswald, que se empolgara tanto que um pouco de espuma branca escapava dos cantos da boca. Albert desviou os olhos para mostrar que isso não tinha nada a ver com aquilo, e estava prestes a sair dali quando Oswald continuou: "Sim, Albert é muito criativo, mas não tão criativo a ponto de pensar numa maneira de levantar o negócio dele, apesar do fato de estar com uma das garotas mais bonitas da escola".

Albert olhou para Olivia, que assumira um tom vermelho vivo, e a fúria do constrangimento entrou em seu corpo como veneno.

"Preste atenção no que diz!", sibilou para Oswald. "Preste bastante atenção!"

Oswald, ignorando o perigo que deveria saber que o ameaçava, continuou: "Albie acha que é melhor que todo mundo, mas, quando ele vê uma garota pelada, seu pintinho minúsculo encolhe que nem uma lesma com medo". Algumas pessoas riram, o que só o encorajou. "Estou falando sério, pode ser relacionado com a mãe dele. Ela sempre costumava..."

Com aquilo, ele passou dos limites. Albert não se importava se Oswald era doido ou suicida ou se realmente acreditava que não tinha nada a perder. O garoto tinha passado dos limites.

Mate ele.

Albert formulou as palavras como um grito dentro da cabeça, como letras de fogo. A criatura assomou em frente ao trepa-trepa, e, na luz intensa do sol, podia vê-la reluzindo com uma clareza que jamais vira.

Mate ele. Sugue todo o sangue!

Nada aconteceu, e Albert ficou tão arrebatado e fervendo de raiva que gritou as palavras em voz alta, em direção ao trepa-trepa: "Mate ele! Mate Oswald! Agora!".

O silêncio baixou sobre os estudantes reunidos, e Albert entendeu o porquê, percebeu como estava soando, mas não se importou. Contanto que acontecesse. Mas não aconteceu. Seu radar social captou o fato de que as pessoas estavam se afastando, porque muitos achavam que a exortação assassina era direcionada a elas. Em meio ao silêncio, veio a voz de Oswald, que dessa vez se dirigia diretamente para ele.

"Não era você, Albert. Mas como você é burro, hein?"

Ele encarou o garoto, cujo sorriso estava tão largo que os dentes amarelos formavam o riso sardônico de um predador. Uma suspeita horrível o atingiu. "Do que você está falando?"

Numa voz deliberadamente gutural, Oswald entoou: "Ph'nglui mglw'nafh Cthulhu R'lyeh... você realmente acreditou nisso tudo? Um monte de besteira inventada do manual? Existem textos genuínos, Albert, textos que você nunca viu. Mas eu vi".

A suspeita se tornou uma certeza. "Foi você que..."

"Sim. Fui eu."

Na noite em que tinham jogado, Albert repetira o encantamento inventado com tanta paixão que começara a acreditar em si mesmo. Oswald movera os lábios no que ele pensara ser o terror evocado pelo poder de sugestão do jogo, mas na verdade o menino estava recitando o encanto real. As lágrimas nos olhos dele tinham sido de alegria, por ter conseguido, talvez pela primeira vez.

Ele é a chama, eu sou a vela. Que será consumida.

Albert teve que se apoiar no poste do basquete, pois tudo o que achava que sabia tinha virado de ponta-cabeça. A sineta tocou, e a multidão começou a se dispersar.

"Não entendo", murmurou. "Você não... você não deu nenhum comando para ele."

"Ah, mas eu dei", respondeu Oswald. "Mandei ele vigiar você. E matar você quando eu desse o comando. Ou se eu morresse."

Seus joelhos fraquejaram, e Albert desabou no chão enquanto protestava, sem forças: "Mas. São. Duas. Coisas".

Oswald gargalhou. "Quer dizer que ela deveria seguir o livro de regras do RPG? Deixa disso, Albert. Cresça." Oswald deu um tapinha no cocuruto dele. "Isso se eu deixar, claro."

Oswald saiu, seus pés sumindo da sua visão periférica enquanto ele se dirigia para o prédio da escola. Albert sentia o olhar da criatura fixo em suas costas. Pesando-o. Esperando.

Acreditara que estava em posse de uma arma sempre presente para atirar. E a arma estava lá, sempre estaria, mas era o dedo de Oswald no gatilho. De agora em diante, teria que viver com o conhecimento de que poderia morrer a qualquer instante. Do nada. Como o apertar um botão.

Quando Albert por fim conseguiu erguer a cabeça, sentiu como se um saco de areia de várias toneladas tivesse sido colocado em sua nuca. Todos tinham ido para a aula, exceto uma pessoa. Felix, que ficara ali, parado, com os braços dobrados diante do peito largo, pensativo. Ele assentiu, descruzou os braços e foi na direção de Albert.

JOHN AJVIDE LINDQVIST (1968), sueco, escreve livros de terror. Sua obra de estreia, *Deixe Ela Entrar*, foi publicada em 2004 e se tornou best-seller instantâneo, lançado em mais de trinta países. O livro foi adaptado para o cinema em seu país natal, e conquistou prêmios em mais de quarenta festivais audiovisuais pelo mundo. Em 2010 ganhou uma versão norte-americana.

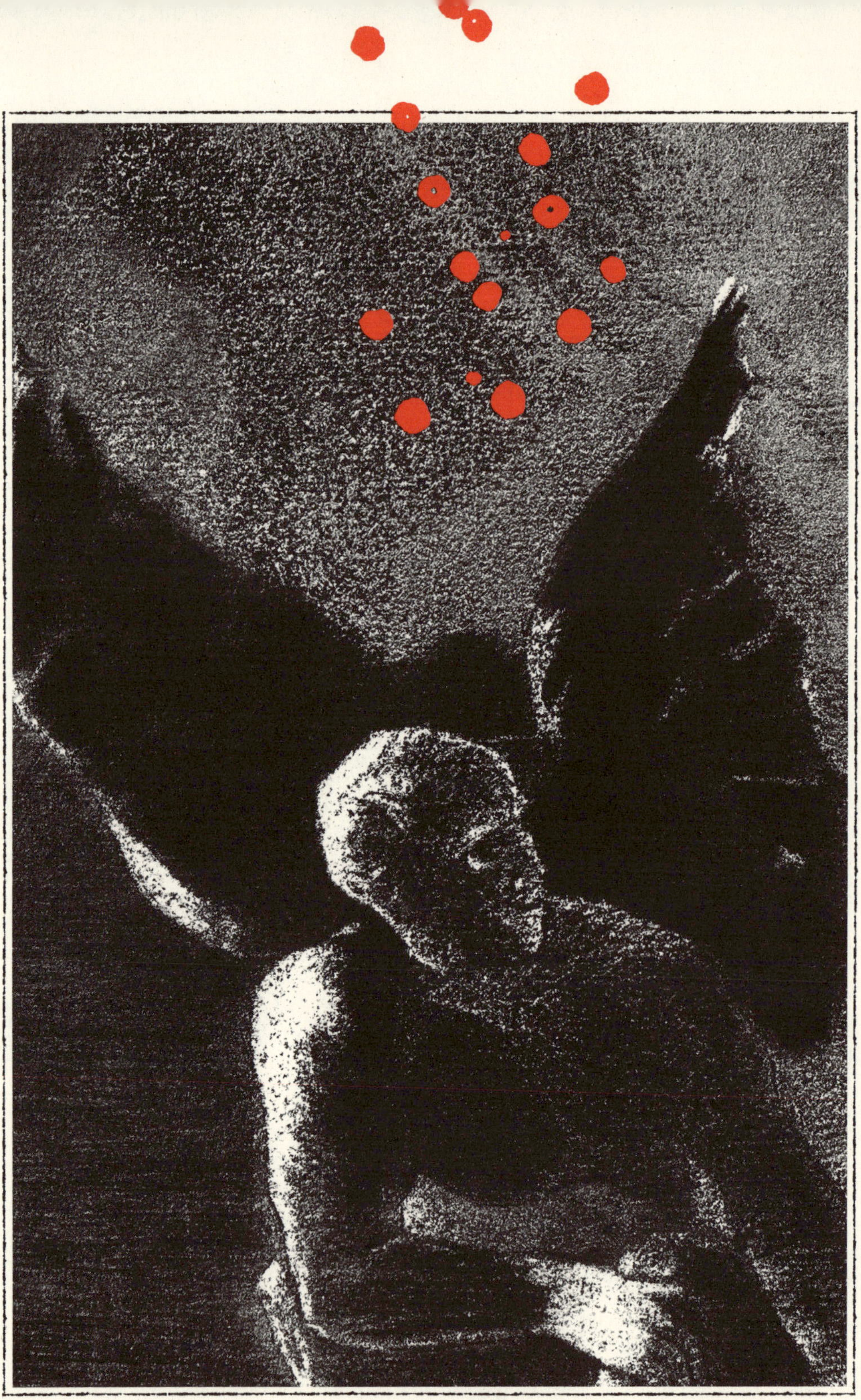

AGRADECIMENTOS *por*

HANS-AKE LILJA

RECONHECIMENTO

Espero que vocês tenham gostado dos contos deste livro tanto quanto eu. Cada um deles é especial a seu próprio modo. E, agora, antes de deixá-los, quero agradecer a algumas pessoas que foram essenciais para este livro chegar às suas mãos. Se não fosse por essas pessoas, este livro e o site talvez sequer teriam existido. Então, por favor, junte-se a mim nesse agradecimento tão merecido:

Stephen King, obrigado por me deixar incluir seu conto "O Compressor de Ar Azul" e por me fornecer pautas pelos últimos vinte anos. E por todas as histórias.

Jack Ketchum, obrigado por me sugerir "A Rede" para esta antologia. Estou muito feliz por ter incluído esse conto. P.D. Cacek, obrigado por concordar quando Jack sugeriu "A Rede" para a antologia. Espero que vocês dois escrevam mais coisas juntos. Stewart O'Nan, obrigado por juntar seu conto a esta antologia. Ele é importante!

Bev Vincent, obrigado por me deixar ser o primeiro a publicar seu conto sobre a maravilhosa Aeliana e por dar todas as respostas para cada pergunta que lhe fiz nos últimos vinte anos.

Clive Barker, obrigado por me deixar publicar "Pidgin e Theresa". É um dos melhores e mais estranhos contos que eu já li. Brian Keene, obrigado pelo conto "Um Fim a Todas as Coisas". É deprimente, e eu amo demais! Richard Chizmar, obrigado por me permitir incluir seu conto e por publicar meus livros. Kevin Quigley, obrigado pelo conto, pela amizade e pelo apoio durante todos esses anos! Ramsey Campbell, obrigado por "O Acompanhante". Um grande conto sobre um de meus assuntos prediletos.

Edgar Allan Poe, espero que olhe para nós de onde está. Obrigado por cada autor que influenciou!

Brian James Freeman, obrigado por oferecer "Amor de Mãe" e por me ajudar a resolver todos os percalços de fazer um livro como este. Eu não teria conseguido sem você! John Ajvide Lindqvist, obrigado por escrever "O Companheiro do Guardião" para a minha antologia, e obrigado por me envolver na tradução. Vincent Chong, obrigado por transformar minha ideia na maravilhosa capa original desta antologia. É uma das melhores que já vi.

Erin Wells, obrigado por todas as ilustrações maravilhosas. Amo cada uma delas. Marsha DeFilippo, obrigado por toda a ajuda durante os últimos vinte anos. Anders Jakobson, obrigado por toda a ajuda com o site. Tudo o que eu quis você entregou. O site não seria o que é sem você! Talvez ele sequer existisse sem sua ajuda.

Glenn Chadbourne, obrigado por criar Marv.

Marlaine Delargy, obrigado pela ótima tradução de "O Companheiro do Guardião", de John. Mark Miller, obrigado por me ajudar a adquirir os direitos para utilizar "Pidgin e Theresa".

Hans-Åke Lilja

"The blue air compressor" by Stephen King. Copyright © 1971
(Published by agreement with The Lotts Agency, Ltd.)

"The net" by Jack Ketchum and P.D. Cacek. Copyright © 2006
"The novel of the holocaust" by Stewart O'Nan. Copyright © 2006
"Aeliana" by Bev Vincent. Copyright © 2017
"Pidgin and Theresa" by Clive Barker. Copyright © 1993
"An end to all things" by Brian Keene. Copyright © 2017
"Cemetery dance" by Richard Chizmar. Copyright © 2017
"Drawn to the flame" by Kevin Quigley. Copyright © 2017
"The companion" by Ramsey Campbell. Copyright © 1976
"A mother's love" by Brian James Freeman. Copyright © 2017
"The keeper's companion" by John Ajvide Lindqvist. Copyright © 2017

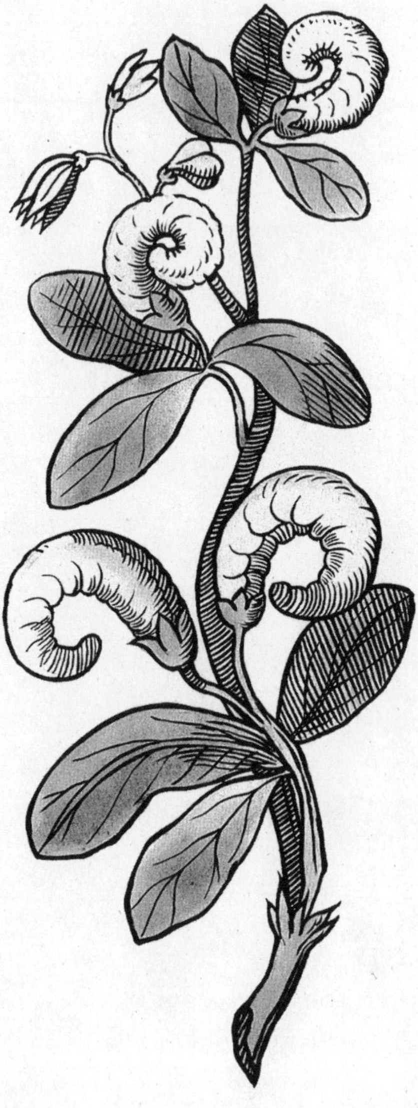

Viver da colheita é compreender a sabedoria do tempo. Estações que se repetem, sem jamais serem iguais, ancestrais e inéditas em transitória eternidade. A messe é o amanhã da semente, assim como somos o hoje dos antepassados. Nossa safra de verão celebra a beleza do ciclo da vida, homenageando as raízes que servem de sustentáculo para o vigor dos galhos e a seiva de sangue das folhas.

A família Macabra agradece ao Deus dos Grãos pelo sacrifício que garante a abundância da safra, e a Deusa da Colheita que, sempre magnânima, nos concede férteis searas, como a deste volume.

Nosso agradecimento a todos os autores que mantêm viva a tradição do horror e nos tornam herdeiros desta terra.

FAMÍLIA MACABRA
primeira colheita • verão de 2020

BIBLIOTECA MACABRA

Para multiplicar os frutos de nossa safra, reunimos os irmãos e irmãs da família Macabra e organizamos uma seleção especial com outras obras dos autores deste volume. Que nossos favoritos os inspirem a explorar o fecundo solo desta lavoura literária.

STEPHEN KING
A Coisa
Creepshow
Carrie
O Iluminado
Cemitério Maldito

JACK KETCHUM
The Girl Next Door
Closing Time and Other Stories

P.D. CACEK
Night Prayers
Leavings

STEWART O'NAN
A Face in the Crowd
The Night Country

BEV VINCENT
The Road to the Dark Tower
Flight or fright

CLIVE BARKER
Hellraiser
Candyman

BRIAN KEENE
The Rising
Ghoul

RICHARD CHIZMAR
Widow's Point
Monsters and Other Stories

KEVIN QUIGLEY
Drawn into Darkness
This Terrestrial Hell

RAMSEY CAMPBELL
The Parasite
Midnight Sun

EDGAR ALLAN POE
"A queda da casa de Usher"
"Morella"
"O baile da Morte Vermelha"
"O gato preto"
"William Wilson"

BRIAN JAMES FREEMAN
Black Fire
More Than Midnight

JOHN AJVIDE LINDQVIST
Deixe Ela Entrar
Estou Atrás de Você

HANS-AKE LILJA é uma das principais vozes da internet quando se trata de cobrir e relatar livros e filmes de Stephen King. Seu site, *Lilja's Library*, é a fonte de fãs apaixonados para obter informações sobre novos projetos do King e notícias de última hora, mas Lilja também apresentou suas próprias análises e entrevistas detalhadas com as pessoas mais importantes do mundo de King, incluindo o próprio Stephen King. Saiba mais em liljas-library.co

ODILON REDON nasceu em 1840 e se tornou um dos grandes artistas franceses, considerado o mais importante dos pintores do simbolismo, ao criar uma linguagem plástica particular e original. Redon aprendeu as técnicas da gravura com Bresdin, influenciado pela obra de Doré. Em 1884 fundou o Salon des Indépendants com Paul Gauguin e Georges Seurat. Seu mundo de visões e sonhos, povoado de criaturas estranhas e às vezes monstruosas, influenciou significativamente os surrealistas. Odilon faleceu em Paris em 1916.

MACABRA
DARKSIDE

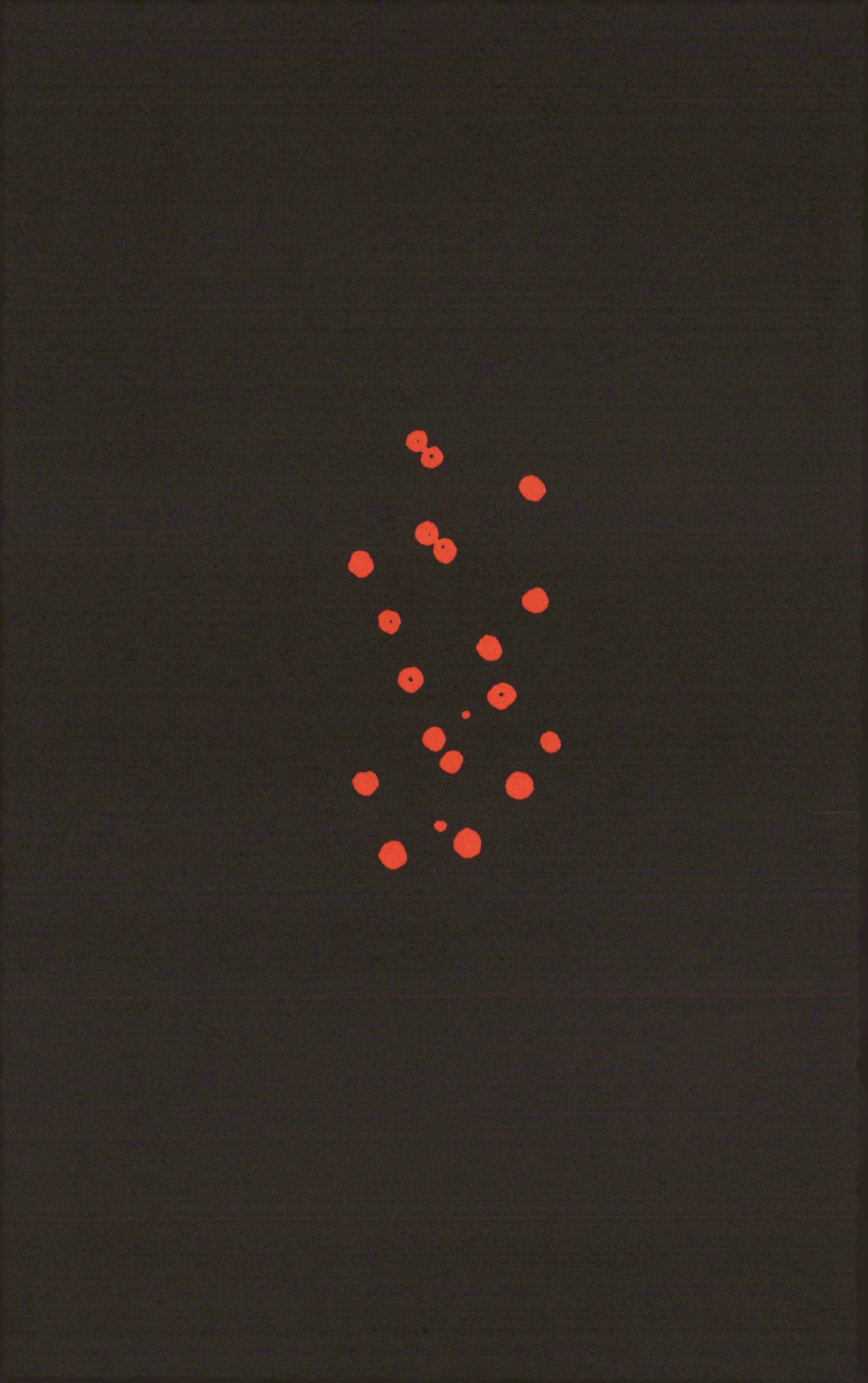

Aqui nós ficaremos e alimentaremos
a terra seca com nosso sangue.

"MY BOOK, MY GOAT AND HEART
MUST NEVER PART"

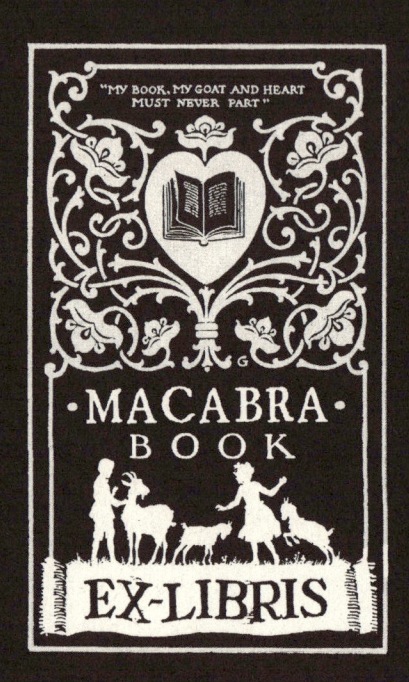

· MACABRA ·
BOOK

EX-LIBRIS

MACABRA™
DARKSIDE

dark *M* Kings

FEAR IS NATURAL ©MACABRA.TV DARKSIDEBOOKS.COM